色，戒

张爱玲与胡兰成的
前世今生

夏世清 著

陕西师范大学出版社

图书在版编目（CIP）数据

色·戒：张爱玲与胡兰成的前世今生 ／夏世清著. —西安：陕西师范
大学出版社，2007.4
ISBN 978-7-5613-3270-2

Ⅰ.色… Ⅱ.夏… Ⅲ.①张爱玲（1920~1995）–人物研究 ②胡兰成
（1906~1981）–人物研究 Ⅳ.K825.6
中国版本图书馆 CIP 数据核字（2007）第 039035 号
图书代号：SK7N0288

责任编辑： 周　宏
封面设计： 门乃婷工作室
版型设计： 祝志霞
出版发行： 陕西师范大学出版社
　　　　　　（西安市陕西师大 120 信箱）
邮　　编： 710062
印　　刷： 北京佳信达艺术印刷有限公司
开　　本： 787×1092　1/16
印　　张： 15
字　　数： 202 千字
版　　次： 2007 年 7 月第 1 版　2007 年 7 月第 1 次印刷
书　　号： ISBN 978-7-5613-3270-2
定　　价： 25.00 元

注：如有印、装质量问题，请与印刷厂联系

目录

色,戒

张爱玲与胡兰成的
前世今生

第一章 传奇

喧嚣过后的苍凉

20 世纪 20 年代的上海，十里洋场，灯红酒绿、觥筹交错，好一派繁荣富贵之象。在这宁静繁华的外壳下，却处处隐藏着危机；变革的列车终于呼啸而来，不管人们有着怎样的悲欢喜乐，都一同掩在这震耳欲聋的时代强音中。

　　1920 年初秋的上海，微雨乍凉、毫无生气。9 月 30 日这一天，位于公共租界的张家公馆降生了一名女婴。这是一栋还未从满清天朝的残梦中苏醒过来的官僚私寓。宅子的前主人身名显耀，其名门大户的声誉与影响直至 20 世纪 20 年代依然存在。然而，新生儿的降生并没有驱散这座公馆的迟暮之气，外部世界摧枯拉朽的变革运动仿佛从未与馆内的生活发生任何的交集。而这名女婴的命运，也如同这幢稀有的老宅一般，只演绎着属于自己的故事；她日后的生活，亦如当日的天气，带着沁心沁脾的清新，也渗着沉哀的凉意。这名被父母唤作"小煐"的女孩，便是日后演绎别样爱恋人生的奇女子——张爱玲。

　　一个从小被视为天才的女子，一个有着痛苦童年经历的女子，一个年纪轻轻就成了当红作家的女子，无论时代如何变化，依旧固守着自己的故事。高处不胜寒，面对外界，她有着本能的排斥和轻视，一个人孤傲地走在路上，直到胡兰成的出现——带着自己的风流倜傥，带着自己的才华横溢，带着对她的欣赏与剖析，带着自己的爱慕和坚持，怎能不令她怦然心动呢？于是，汉奸也罢，有妇之夫也罢，所有的一切，都抵不过一个爱字，她爱上了他，感觉自己变得很低很低。

然而，人但凡一出生便背负着自己的家庭——过去的历史或现在的境况，在世的或逝去的与自己血脉相连的人们。无论这一切带来或将带来什么，成就或是摧毁都无从去怨恨。

身世显赫的年轻祖母与失意落魄的老祖父的结合，看似匪夷所思的姻缘竟成就了一段佳话：一个是御史大少，一个是军门千金，仿佛天造地设的一对，竟是家世门第的捆绑。父亲的古板与沉郁，母亲的现代与疏朗，两种格格不入的因子注定成为家庭不幸的开始。而生于此间的张爱玲，如何能够脱逃千疮百孔的家所带来的伤？无论怎样追寻，仿佛命定的一般，真爱之于她，依旧那么远。

上苍给了她显赫的身世，高贵的血统，却没有给她相称的境遇。如若不然，她或许就同所有旧时的官家小姐一样在深宅大院里安逸的度过自己不为世人知晓议论的一生。

对于自己家族广为流传的旧闻逸事，成年之后的张爱玲不太愿意与人谈起，但家世血缘对她那特立独行的个性气质、唯美主义的人生态度的形成却有着潜移默化的影响，这是她本人始料未及的，也是不可能自觉到的。

张爱玲的曾祖父名张印塘，字雨樵，同治年间曾当过安徽按察史。因为职务上的往来，与此后的晚清"中兴名臣"李鸿章相识。彼此倾慕对方的才学，遂结下深厚的友谊。到了张爱玲祖父张佩纶这一辈，两家人已成为远近闻名的世交。

张佩纶，字幼樵。自幼好学，才思敏捷。1854 年，当父亲张印塘病故于任上时，佩纶才不过是 7 岁的幼童。由于他奋进好学，22 岁便成了同治辛未科进士，授编修。随后在光绪元年（1875 年）的朝廷大考中考取了第一名，授翰林院侍讲，又晋升为日讲起居注官，常伴光绪左右。这也是张家从未享有过的荣耀。

张佩纶在京做官，时常愤慨激昂地批评时政，"饱经世略，忧天下之将危"，他深得军机首辅恭亲王奕䜣与另一位军机要臣李鸿藻的赏识与器重。他为官清廉，虽然身为翰林院侍讲，做着高级文官，但仍然守着清粥白饭的饮食习惯，对于那些华屋高堂、锦衣玉食的达官显贵们，无论是朝中贵族，还是镇边大将，要是犯了案子在他手里，只要证据确凿，参奏的折子就会递上去，笔锋犀利，条理明晰，颇受皇帝"嘉许"。

1884年，法国殖民军入侵越南，把攻占越南作为入侵中国南疆的基地，并且还窥伺台湾岛，把军舰停泊在福建马尾口外，挑衅驻扎在当地的清军福建水师。张佩纶则被派往马尾一线主持战事。踌躇满志的张佩纶赶赴福建，原以为经此一役可以实现报国的宏愿，没想到却成为他人生的悲剧性转折点。

张佩纶本是个辞严义正的书生，善于辞令论辩，在实际的军事作战能力上无疑是缺乏经验的，因而等到海战一打响，就只知道按照朝廷的圣谕和李鸿章的电报来布置战局。结果一战而败，葬送了整个福建水师。张佩纶自己则冒着大雨顶个破铜盆狼狈逃出，年底就被清廷发配到了边疆察哈尔。

1888年，张佩纶戍期已满返回京城。李鸿章一直非常关切这位故交之后。当年4月，张佩纶料理完家务事，就前往津门，来投奔这位李大人。没过半月的时间，就同李大人的千金李菊耦订婚，一时传为美谈。李鸿章在给朋友的信中写道："平生期许，老年得此，深惬素怀。"

"幼樵以北学大师做东方赘婿，北宋泰山孙先生故事，窃喜同符"，又赞"幼樵天性真挚，囊微嫌其神锋太隽，近则愈近深沉，所造正未可量，得婿如此，颇惬素怀"。可见李鸿章十分器重这位老女婿，对女儿的婚事也十分满意。但在普通人的眼中，此时的张佩纶已风光不再，以战败之罪被朝廷流放，刚刚从流放地察哈尔返回京师，几同于庶民。从婚姻通常意义上的"门当户对"原则来看，一个如此落魄、失意的文人与相府千金喜结良缘，只会在戏文里出现。张、李二人的婚姻，无疑是一出才子佳人的现世喜剧。

这里面还有一则慧眼识英才的佳话。因为事出名门，以影射现实写作见长的清末著名谴责小说家曾朴直接将此实事巧加发挥，演绎成了《孽海花》中的一段"传奇"故事。

　　小说中写道,尽管张佩纶战败,遭致流放边关,但总理北洋军务的李鸿章大人仍然十分爱惜这位才子的学识,甚至有意将他招为自己的女婿。某一天,张佩纶因公务去拜见这位德高望重的李大人,正要迈进李鸿章的书房内,忽抬头看到里面正立着一位妙龄少女:"眉长而略弯,目秀而不媚,鼻悬玉准,齿列贝编。"退也不是,进也不是,只得硬着头皮立在那儿,好不尴尬。李大人见了,却非常高兴,对这位老才子说道:"贤弟进来不妨事,这是小女呀,——你来见张世兄。"女子一回身,正瞧见这位手足无措的张佩纶,顿时满面红霞,轻摇漫步,羞答答地进了里间屋子。张佩纶这才进前,只见桌上铺着两首七律诗,都是咏叹马尾海战的,表达了对败军之将张佩纶深切的理解之情。

　　张佩纶见了,顿觉心头涌上无限苦楚,眼角竟不知不觉润湿了。马尾一役可谓是他仕宦生涯中最为惨痛的一次挫折,其继室边粹玉也在他离家的这段时间病故于北京。然而他并未消沉自轻,而是重新振作,利用在塞上的这段苦旅,勤奋研学,著书以自遣。在这三年的流放生涯中,他竟先后完成了《管子注》二十四卷、《庄子古义》十卷,以及《涧于集》、《涧于日记》等多卷著述。少年时代的张爱玲就常常阅读《涧于日记》。然而,在三年多的谪戍生活中,他以出世之心,与汉晋隋唐的诗文为伴,以饱读诸子百家为乐;然而内心的悲凉与挫败感不是如此就能够排解的了的。

　　看着眼前的这两首诗文,张佩纶的心仿佛被什么东西轻轻拨动了一下。李鸿章见眼前的这位才子沉默不语,就笑着说这两首诗只是女儿的涂鸦之作,还要请他多多指教。张佩纶一听,只是一个劲儿地称赞相府千金用韵精当,却再找不出其他的话来。李大人似乎已经看出张才子一时难以言语的复杂感受,便换了另一个话题,托张佩纶为自己的宝贝女儿物色一个好姑爷。张大才子就问李大人对人选有什么要求,大人只说"要和贤弟一样",并且还暗示性地"看了他几眼"。张佩纶顿时心里暗暗吃惊,不过即使再呆的人也能够领会对方的意思。张佩纶回去后就立刻托人来相府提亲,李大人果然答应下来。而相府夫人一得知此事,便痛骂李鸿章"老糊涂虫",好好的宝贝女儿竟然配给一个老"囚犯"。李鸿章被夫人骂得哑口无言,这时小姐本人开口了:"既然爹爹已经应承,就是女儿也不肯改悔!况且爹爹眼力,必然不差的。"

原来这位小姐早已倾慕于张佩纶的才学,她本人已然表明了自己的立场,爱女心切的母亲也无可奈何了。

张爱玲的祖父张佩纶在娶李菊耦之前,已先后有过两位夫人。元配夫人朱芷芗,病逝于1879年,生子张志沧、张志潜,长子早夭;继室边粹玉,在张佩纶被流放期间病逝,没有留下子女;李菊耦是他的第三任夫人。而李菊耦嫁入张氏家族,则带去了丰厚的嫁妆,包括田产、房产与古董,其具体数额现在已经无法获知,但30年后分到张爱玲父亲名下的财产,仍包括8座花园洋房以及分布在安徽、天津、河北等地的大宗田产,而实际上,张爱玲父亲所获得的这些遗产只占当年李菊耦陪嫁资产中相当少的比例。毫无疑问,这段天降的姻缘无疑多少挽回了一些丰润张氏昔日的风光。

张爱玲的祖母23岁出阁,照当时的标准,离一般的出嫁年龄已长出一大截,而且还嫁给一个长她20来岁、死过两个太太、曾革职充军的年长老头。而且论门弟、相貌、年龄,哪一样都称不上般配,连后来的儿女们也都觉得父亲配不上母亲。在孩子们的印象中,这位年老的父亲面目模糊,他们都不大瞧得起这位不得意的、跟着母亲身后吃嫁妆的父亲,幼年时的张爱玲就曾听姑姑替祖母不平:"我想奶奶是不愿意的。"

在念中学的时候,她惊奇地发现原来爷爷也有名字,于是向姑姑穷追家族史上的爷爷,姑姑断然地摇了摇头:一点都不记得了。被官场中人和文人墨客编得有声有色的那段佳话,在子女们的眼中早已蜕去了绚丽的光环,剩下的只有和普通平民婚嫁一样的取舍标准了。世俗物质的标准是没有罗蔓蒂克的,罗蔓蒂克的少年爱玲接受不了,可是好听的、好看的,不一定就中用,世上有用的往往是俗人所用的。如果论起生活,不管怎样璀璨炫目的人士也只能从柴米油盐、肥皂、水、太阳每天的升起降落中寻找实际的人生。

但好在这对老父少妻的组合感情很好，虽不甚如意，但生活中也不时有小小的快乐，意外和知足可以冲淡诸多不如意，况且，还有许多回忆的过往把他们连在一起。张李联姻后，张佩纶仍然留在李府中做事。他在这一时期所写的日记就多为夫妻二人偕游的意趣，更令人惊奇的是，李菊耦的才学也不让张佩纶，喜吟诗赋词，颇有女才子之称。一次她拿出藏于闺房的宋拓兰亭，张佩纶一见大喜。他原本也珍藏了一份兰亭，于是互相在兰亭上题咏，李菊耦慧心所至，马上铺纸研墨，挥毫题书"兰骈馆"三个字，叫人挂至书房，以此命名。

然而，张佩纶的仕途并未因此得到转机。虽然在婚后他曾一度得到李鸿章的重用，辅佐其政治改革，但是后来，当他在协助李鸿章与八国联军各代表谈判时，在对俄态度上与岳父意见不合，总不便顶撞，于是只好称病不出，离开北京，携少夫人在南京的大房子里偕隐。不问政事是无奈的选择，他晚年的生活是不得意的，纵酒终日，不久便郁郁而终。由于时代的变迁，家族的没落，又使他的后世子孙成为了家族解体的受害者——张爱玲即是其中的一例。她斩不断与家族世界的千丝万缕的精神联系，并在丝丝缕缕中透出一个失落者寻找不到精神家园的孤独感和自哀自怜感。而这一切，是她沉郁于失败感中的祖父无法感知的了。

生在民国的张爱玲，无缘得见外曾祖父李鸿章、祖父张佩纶等辈在时代的洪流中弄潮的风姿，也不可见证老父少妻的祖父母如何相濡以沫的厮守在一起。她对生活、对世界的最开始的感受还是来自于父母所组建的家庭。而家庭给她的最早的印象，便是父母之间的不和谐，这对她后来人生的影响之大是难以想象的。

张爱玲的父亲张廷重是张佩纶和李菊耦婚后生的儿子，女儿张茂渊就是后来同张爱玲共同生活十多年、感情深厚的姑姑。张佩纶于1903年郁郁而终后，李菊耦也心绪不佳，终日闭门不出，没过多久就染上了肺病，于1912年在上海辞世。此时一双儿女都尚未成人，张爱玲的父亲16岁，姑姑11岁。不久兄妹俩就投奔到他们同父异母的二哥张志潜家生活。

张爱玲的父亲在19岁时跟黄素琼（后改名黄逸梵）结婚。和祖父张佩纶一样，张爱玲的母亲也有着非同一般的家世。她的祖父黄翼升，是曾国藩治下的湘军中的一员大将，与李鸿章一同在曾国藩手下领军作战。后因平定太平天国、捻军之乱有功，渐升为首任长江水师提督，随后被授予三等男爵，而黄氏在南京的地位与势力也非同小可。

一个是御史少爷，一个是军门千金，是当时令人艳羡的金童玉女的结合。但黄逸梵虽出生于清朝军官家中，但家庭环境却还开明，她接受了新式教育，人又聪慧，个头高挑，清秀漂亮，洋溢着一股新时代女子蓬勃的朝气，与张廷重老气横秋的遗少气息格格不入。婚后，二人仍然在张爱玲的二伯父张志潜的管治下生活。张志潜是个不尚奢华、家教管束甚严的旧式人物，小夫妻俩也觉颇受约束，为此黄逸梵常回娘家散心。为了摆脱这种受人管治的生活，不久，张廷重就托堂兄张志潭（1921年5月出任北洋政府交通总长）为自己在津浦铁路局谋了一个职位，做英文秘书。就这样，在张爱玲2岁的时候，一家人从上海搬到了天津，同时也和张志潜分了家。张家的主要资产都是李鸿章嫁女儿时送过来的陪嫁，尽管在分家之前，这位二哥哥已先独占了一部分，但分到张廷重名下的资产仍然是丰厚的。

黄逸梵是被迫与张廷重结婚的。她是李鸿章的远房外孙女，她的表姊妹也是张廷重的远房表姊妹，所以算来两人的婚姻是"亲上加亲"的。张爱玲从小就一直听人说母亲像外国人，头发不太黑，皮肤也不白，深目高鼻，薄嘴唇，有点像拉丁人的后裔。黄逸梵的家是明朝时从广东搬到湖南来的。张爱玲也曾对母亲的血统感兴趣，看了许多人种学方面的图书，但始终没弄明白。《茉莉香片》中那个从未爱过丈夫的冯碧落也许就是黄逸梵的写照，而且两人的婚姻都是父母包办的"亲上加亲"。她不关心家中的事，与丈夫话不投机，便尽量沉默不言，花心思学钢琴、读外语、裁衣服，好在她的小姑子与她一样，看不惯哥哥败家子脾气，姑嫂两人意气相投,形同姐妹,暂时稳住这个名存实亡的"家"。

年幼的张爱玲就出生在这样的环境中。尽管母亲出身名门,却深受五四新文化运动的熏陶与影响,但她没能逃脱包办婚姻的命运。张爱玲从母亲身上看到的,更多的是处于新旧时代夹缝的中国女性的无助与悲哀。

搬到天津后,一家人的生活惬意而又自在:有钱有闲,有儿有女,有房有车有司机,还有烧饭打杂的仆役,孩子也有专门雇来的保姆照顾,什么事都不用操心。此时的张爱玲被成群的仆人包围着,天天被他们"抱来抱去"。童年的生活,充满了明快与温馨,弥漫着"春日迟迟"的空气。

院中有一架秋千,小煐常常被仆人们带到那去玩。一名额头上有疤,被小煐唤做"疤丫丫"的高个子丫头,荡秋千的技术极高,竟能荡到秋千架的最高处,猛地翻过去;院子里还养了鸡,经常被她追得惊慌失措地满院子乱窜。这一切都使得小煐乐得合不拢嘴。

夏日的午后,小煐也有自己的消暑良方。穿着"白底小红桃子纱短衫、红裤子"的她坐在板凳上,喝上"满满一碗淡绿色、涩而微甜的六一散",捧着"一本谜语书",嘴里念叨着书上的谜语"小小狗,走一步,咬一口",好不惬意!一本儿童诗歌选集上的诗句让懵懂时期的张爱玲领略了"半村半郭的隐居生活",但成年后却只记得"桃枝桃叶作偏房"这么一句,"似乎不大像儿童的口吻"。

一个"通文墨、胸怀大志"的男仆人时常用笔蘸了水,在天井下架的一块青石砧上练习写大字。这个人"瘦小清秀",小煐非常爱听他讲三国演义的故事,还给他取了个十分古怪的名字——"毛物"。恰好这名男仆还有两个弟弟,也一并被小煐叫成了"二毛物"、"三毛物"。毛物的妻子自然是"毛物新娘子",简称做"毛娘"。这位毛娘生着"红扑扑的鹅蛋脸,水眼睛,一肚子'孟丽君女扮男装中状元'",非常可爱。但却是个"心计很深的女人"。后来被小煐叫做"疤丫丫"的丫头嫁给了三毛物,经常受毛娘的欺负。幼时的张爱玲并不懂得大人间的恩怨,在她眼里，毛物一家就如同她给起的名字一般，"是可爱的一家"，并且因为她对南京小户人家莫名的好感，女仆又时常带着她到这一家开的杂货铺去照顾他们的生意，在店堂楼上吃吃茶，要几颗玻璃罐里的糖果，这都使得小煐对他们有一种"与事实不符的明丽丰足"之感。也因为她特有的感受力，在 7 岁那年，还以此为蓝本想出了一个妯娌不和的故事。

富贵的生活并非总是闲适慵懒的，名门之后也要讲究秩序与才学。崇尚西方生活的母亲坚持西式教育，并不和女儿睡在一起。每日清晨，独自从梦境中苏醒的小煐会被女仆抱到母亲的铜床上，自己趴在方格子的青锦被上，跟着母亲"不知所云地背唐诗"。4 岁时，她经常跟着大人去拜访祖父张佩纶的堂侄张人骏。在晚清时代，张人骏曾当过两广总督；辛亥革命的时候，革命军攻入南京，他跃墙而逃。此时他正在天津做寓公。这位被小煐唤作"二大爷"的人开口总问她认了多少字，随后就要求背诗给他听。于是小煐就把母亲在家时教的那几首唐诗念出来，"有些字不认识，就只背诵字音"。这位前朝的旧臣每当听到"商女不知忘国恨，隔江犹唱后庭花"时就流泪不止。

孩子眼中的世界也不尽是完美的，背书或许就是其中破坏完美的一件事情。家里为她和弟弟请来了私塾的先生，小煐因为整天背书而又总背不出来而苦恼不已。此后，再大一点的"不快"，就是来自那个古怪精灵的弟弟了。小煐只与弟弟相差一岁，且弟弟生得美丽而文静，甚至会让人产生这样的感叹："那样的小嘴、大眼睛与长睫毛，生在男孩子脸上，简直是白糟蹋了"。有一次，家里人谈论某人的太太如何漂亮，年幼的弟弟竟问："有我好看么？"以至于大人们常常因此而取笑他的虚荣心。然而，尽管如此，小煐仍能够感到来自弟弟的"威胁"。作为男孩，弟弟在家中的地位终究是高于姐姐的，将来也必是家中的主人；女孩子终将要嫁出去的，俗话说："嫁出去的女儿，泼出去的水。"一旦"泼"出去，就与原来的家没太大关系了。虽然那时的她还不懂得一般女孩子的归宿是怎样的，但家中这种"男尊女卑"的气氛，令小煐感到非常愤然。

照顾小煐的女仆叫"何干"，"干"即是"干妈"之意。小时候的张爱玲十分顽皮，经常用手去揪何干颈上松软的皮——年纪的缘故，何干颈上的皮是松垂的——探手到她额下，渐有不同的感觉。因为小煐的脾气很坏，经常会把何干抓得满脸血痕。领她弟弟的女佣是"张干"，裹着一双小脚，要强伶俐，处处想占先。何干认为自己带的是个女孩，比不了带少爷的张干，因而处处都让着张干，自认为没有底气和她争。小煐却为这事感到十分不服气，常常拿出小姐的架子和她争，这时候"张干"就会说："你这个脾气只好住独家村！希望你将来嫁得远远的——弟弟也不要你回来。"连小煐抓筷子的方式也成为她预测小煐将来命运的证据。小煐抓得近，她就说"筷子抓得近，嫁得远"；急得小煐赶忙把手指远远移到筷子上端，以为这下会嫁到近处了，就问张干："抓得远呢？""抓得远当然嫁得远。"张干得意地说，气得小煐一时说不出话来。弟弟娇弱，书读得也没自己好，因为忌妒她画的图，就乘没人的时候把画拿下来撕了或者在上面涂上两道黑杠子。也就从这个时候起，小煐的头脑中朦朦胧胧地有了男女平等的意识，暗暗较劲，"要锐意图强"，立志要超过弟弟。

　　但毕竟小煐比弟弟大一岁，比他身体好，比他会说话，也比他能吃更多的好东西，比他能做更多的事情。两人一同玩的时候，总是小煐出主意。凭借着"毛物"给她讲的三国演义或者隋唐时代的故事给她留下的印象，想象两人是《金家庄》上能征惯战的两员骁将，自己叫月红，弟弟叫杏红。自己使一口宝剑，弟弟使两只铜锤，以及许许多多虚拟的伙伴。"开幕的时候永远是黄昏，金大妈在公众的厨房里略略切菜，大家饱餐战饭，趁着月色翻过山头去攻打蛮人。路上偶尔杀两头老虎，劫得老虎蛋，那是巴斗大的锦毛毯，剖开来像白煮鸡蛋，可是蛋黄是圆的。"

　　然而，弟弟经常不听小煐的调派，姐弟间的争吵自然也是不可避免的，但矛盾很快就会被化解："……然而他实在是秀美可爱，有时候我也让他编个故事：一个旅行的人为老虎追赶着，赶着，赶着，泼风似的跑，后头呜呜赶着……没等他说完，我已经笑倒了，在他腮上吻一下,把他当个小玩意。"

但很快,这样平静的生活就因父母间的矛盾而被打破了。张爱玲的父亲结交了一帮酒肉朋友,整日泡赌城,逛戏院,抽大烟,还背着妻子在外面养姨太太,成了一个十足的浪荡子。

对丈夫所沾染的恶习,张爱玲的母亲厌恶到了极点,深受新派思想影响的她绝不会像旧式妇女那样,对丈夫纳妾、抽鸦片等行径只会忍气吞声,敢怨不敢言。对于丈夫种种堕落的行为,她从来都没有妥协过。尽管丈夫也经常浏览书报,常以新派人物自居,可骨子里仍是个腐朽的封建遗少,十足的享乐主义者,两人为此经常争吵。家中发生的这一切,自然是在花园里嬉戏玩闹的小煐和弟弟所不知道的。

张爱玲的母亲无法忍受丈夫的腐化堕落,最终选择了出走。不久她以留学的名义决意出国。张爱玲的姑姑也是新派女性,坚决支持嫂子的行动,也与她一同出国。1924年,已经是两个孩子的母亲的黄素琼踏上了远行的油轮。在当时的社会看来,母亲的行动完全是个不守本分的"异数",但舆论的非议没能阻止她的脚步。在母亲动身去法国时,张爱玲才4岁,尚未对母亲的离去感到怎样的沉痛与悲伤,在《私语》中她忆起母亲当日动身的情景:

"上船的那天她伏在竹床上痛哭,绿衣绿裙上面钉有抽搐发光的小片子。佣人几次来催说已经到了时候了,她像是没听见,他们不敢开口了,把我推上前去,叫我说:'婶婶,时候不早了。'(因张爱玲是女孩,从小过继给伯父,所以称母亲为婶婶。)她不理我,只是哭。她睡在那里像船舱的玻璃上反映的海,绿色的小薄片,然而有海洋的无穷尽的颠波悲恸。

"我站在竹床前面看着她,有点手足无措,他们又没有教给我别的话,幸而佣人把我牵走了。"

母亲无言的痛哭,仿佛是在哀悼自己不幸的婚姻与命运。她之所以出国,也只是一种"眼不见为净"的逃避方式而已。对于这一点,她自己自然是十分清楚的。但发生的这一切,对于年仅4岁的小爱玲来说,是无法看透的。母亲的离去并非是一种伤痛，就好像一个人从记忆中消失了一段时日："家里没有我母亲这个人，也不感到任何缺陷，因为她很早就不在那里了。"

早在张爱玲的母亲出国之前，她的父亲就偷偷养起了姨太太，母亲的出走不能不说与此有关。一开始，这位姨太太被父亲包养在外面的小公馆里，小时候的张爱玲还时常被父亲抱到那里玩。或许是因为不愿意去，每当父亲过来抱她时，她就拼命地扳住门，双脚乱蹬，把父亲气得非要把她扳下来打几下。可是一到了那边，看着小公馆里气派的红木家具，摆在云母石的雕花圆桌上的高脚银碟子，小爱玲就马上高兴起来，况且姨太太又很会哄人，给她许多糖吃。一等母亲出国，张爱玲的父亲就迫不及待地把这位姨太太接进了家门。

姨太太本是妓女出身，绰号老八，"苍白的瓜子脸，垂着长长的前留海"。一进了张家，就时常举办各种宴会。躲在帘子背后偷看的小煐，见到了许多稀奇的人物。同坐在一张沙发椅上的两位漂亮姊姊，则最让她难忘："批着前刘海，穿着一样的玉色裤袄，雪白的偎依着，像生在一起似的。"大概从那时起，张爱玲就一直对美有一种特殊的敏感。

小煐的弟弟，这位姨太太是不喜欢的，一看到他，大概就会令她想起孩子的母亲来。小煐倒是很合她的心意。有那么一段时期，小煐每日都会被大人们带到起士林去看跳舞。年幼的她还不曾有舞池边上的桌子高，与"面前的蛋糕上的白奶油高齐眉毛"；等把面前的这块奶油蛋糕解决掉，她也渐渐在那微红的黄昏里发起困来，照例到三四点的时候，被仆人背回家。姨太太还曾为她做了一件顶时髦的雪青丝绒的短袄长裙，还曾说："看我待你多好！你母亲给你们做衣服，总是拿旧布料东拼西改，哪儿舍得用整幅的丝绒？你喜欢我还是喜欢你母亲？"当时四五岁的小爱玲得了这样漂亮的裙子，自然满心欢喜，因而毫不犹豫地说"喜欢你"。然而为了这件事情，直到成年之后她还感到"耿耿于心"，因为那是自己真实的想法，"并没有说谎"。

不过姨太太的脾气实在不好，常把张家闹得鸡飞狗跳："姨奶奶住在楼下一间阴暗杂乱的大房里，我难得进去，立在父亲烟炕前背书。姨奶奶也识字，教她自己的一个侄儿读'池中鱼，游来游去'，忽意打他，他的一张脸常常肿得眼睛都睁不开。"很快，张爱玲的父亲也领教了姨太太的威力，被痰盂砸破了头。族里人看不过意，最终逼得她不得不离开。姨太太走的那天，小煐坐在楼上的窗台上，看着两辆榻车从大门里缓缓出来，盛着姨太太的银器家什。这在她看来，未必是一件拍手称快的事，然而仆人们都说"这下子好了"，因为太太要回来了。

就在她 8 岁的这一年，家里发生了很多事情。先是姨太太被撵走，随后父亲又把家从天津迁回了上海，在海外多年的母亲即将归来，这其中的缘由，又与她父亲的差事有关：1927 年 1 月，那位在天津任交通部总长的张志潭被免了职，靠这位堂兄谋得差事的张廷重就此失去了靠山，而英文秘书一职本就是个闲差，他整日不务正业，只知道抽大烟、逛赌场，还和姨太太打架，名声原本就不好，这样一来没多久就丢了官。一时意志消沉，不觉又想起留学海外的妻子的种种好来，这才决意赶走姨太太，迁回上海，给张爱玲的母亲写信，央求她回国。

张爱玲在她的散文《私语》中回忆这段经历时，写道：

"坐船经过黑水洋绿水洋，仿佛的确是黑的漆黑，绿的碧绿，虽然从来没在书里看到海的礼赞，也有一种快心的感觉。睡在船舱里读着早已读过多次的《西游记》，《西游记》里只有高山与红热的尘沙。

"到上海，坐在马车上，我是非常伴气而快乐的，粉红地子的洋纱衫裤上飞着蓝蝴蝶。我们住着很小的石库门房子，红油板壁。对于我，那也有一种紧紧的朱红的快乐。"

然而，丢官这件事对张廷重的刺激很大，他因此曾注射了过度剂量的吗啡。事业上的失败，几乎要了他的命。他终日坐在阳台上，头上搭一块湿手巾，呆滞地望着前方。窗外的雨哗哗地下着，听不清他嘴里喃喃说着些什么，这让小煐害怕极了。

初涉人世的张爱玲，第一次看到了生活腐烂、颓败的一面。仿佛是一种先兆，人世的阴冷将一步步侵入她内心的世界；而她，终将用一颗更加漠然而悲苍的心灵审视这个世界。她将推翻这一切,她将呼唤属于她的完美。然而此时的成长,还不足以让这颗种子发芽,她仍是一个富家小姐,懵懵懂懂、静静地等待着母亲的归来……

异域漂泊的母亲终于从英国回来了。尽管当初离开的目的是逃避令人心碎的丈夫,而这次的归来则是以女强人的面貌,重新挽救这段婚姻。

母亲回来的那天,小爱玲吵着要穿自己认为最漂亮的小红袄,然而母亲看到女儿的第一句话就是:"怎么给她穿这样小的衣服?"不久,小爱玲就有了新衣服,生活的一切都与以往不同了。悔过的父亲被母亲送到了医院治疗。一家人也从石库门的房子搬进了一所花园洋房,过起了洋人的生活。养了狗,种了花,还有迷人的童话书,家里也陡然多了许多蕴籍华美的新朋友。母亲还和一个胖伯伯坐在钢琴前模仿一对电影里的恋人。小爱玲坐在地上观赏着,快乐地在狼皮的褥子上滚来滚去。母亲那时候23岁,穿着从欧洲带回来的新奇的洋服,看起来是那么迷人!姐弟俩望着新潮的母亲弹琴唱歌,小爱玲偶尔转过脸来看看弟弟,俏皮地冲他眨眨眼睛,仿佛在说:"你瞧!妈妈回来多好!"

这时的家还充满着一种西洋气氛。家中的蓝椅套配着旧时的玫瑰红地毯,实际上这种搭配并不和谐,但小爱玲却非常喜欢,于是连带母亲去过的英国也成为她向往的地方。因为在她的脑海中,一想到"英格兰",就会出现蓝天下的小红房子;而法兰西则是微雨的青色,就像镶在浴室里的瓷砖,散着生发油的香。这是小爱玲的"英格兰"和"法兰西",尽管母亲常常纠正她的错位印象,告诉她英国常常下着雨,法国则是晴朗的,但她没办法纠正自己的想法。小爱玲写信给天津的一个玩伴,把自己的新居室、新生活和喜悦写了满满的三张信纸,而且还画了图样,但并没有得到回信——"那样的粗俗的夸耀,任是谁也要讨厌罢?"母亲还告诉她,画图的背景切忌红色。背景看起来应当有距离感,而红色的背景总迫近于眼前。可她和弟弟卧室的墙壁的颜色就是亲切的橙红色,这是小爱玲自己选的,她在画小人的时候也喜欢画红墙,温暖而亲近。

在母亲离开的这4年里，晃动在小煐眼前的，尽是姨太太的影子——这也正是母亲所担忧的。在她眼里，母亲是辽远而神秘的。即使在母亲过马路时拉住她的手，也会让她产生一种生疏的刺激。但母亲回来的这段时光，是张爱玲童年生活中最和美、安宁的时期，仿佛一切都达到了美和快乐的极至。姑姑每天练钢琴，手腕上紧匝着绒线衫的窄袖，大红绒线里绞着细微闪亮的银丝。琴上的玻璃瓶里鲜花怒放，母亲则跟着琴声练唱，"啦啦啦啦"地吊嗓子。童年的记忆如此愉快，"她的衣服是秋天的落叶的淡赭，肩上垂着淡赭的花球，永远有飘堕的姿势。"

和许多小女孩一样，幼时的张爱玲对美也有着本能的向往。对美的最初的记忆，便是来自于立在镜前、往绿短袄上别翡翠胸针的母亲。她在母亲的旁侧仰着脸望着，羡慕得不得了，简直等不及自己长大，就许下"宏伟"的心愿：8岁要梳爱司头，10岁要穿高跟鞋，16岁吃粽子汤团，以及一切难于消化的东西！然而越是性急，成长的日子越是看不到尽头："童年的一天一天，温暖而迟慢，正像老棉鞋里面，粉红绒里子上晒着的阳光"。

母亲还教她学英文，学弹钢琴。就像她自己形容的那样："大约生平只有这一个时期是具有洋式淑女的风度的。"此外还充满了"优裕的感伤"，看到书里夹着的一朵花，听着母亲追述起它的往事，竟自掉下泪来。而母亲见了则高兴地夸赞女儿不是为了吃不到糖而哭！这番夸奖，让她一高兴没了眼泪，反倒觉得不好意思起来。她还曾为学画还是学琴的事烦恼过一阵。在看一场描写穷画家的影片后，她痛哭了一场，便立志要当钢琴家，然而她对色彩有着一种源于心底深处的爱好。装在金耳的小花瓷罐里的松子糖，黄红色的蟠桃式瓷缸里香喷喷的痱子粉，连那张磨白了的旧梳妆台，也让她着迷。或许是受了母亲的遗传吧，她对颜色有一种天生的敏感。她欣赏古人对颜色的参差对照：宝蓝色配苹果绿，松花色配大红，葱绿配桃红。曾用自己第一次赚得的稿费买了一支口红。这支为她的童年增添第一抹亮色的口红，直到她成年后仍然无法忘怀。实际上，从那个时候起，她的眼睛里就从未缺少过色彩，对色彩的感受力几乎是一种天分。

留过洋的的母亲，对于新事物历来敏感而乐于品尝。一回到上海就订阅各种刊物，其中最喜欢的就是《小说月报》和《良友画报》。在这种融洽的气氛中，文学让母女俩有了心灵相通之感："《小说月报》上正登着老舍的《二马》，杂志每月寄到了，我母亲坐在抽水马桶上看，一面笑，一面读出来，我靠在门框上笑。"因为这段难忘的经历，使得成年后的爱玲一直对老舍的《二马》念念不忘，"虽然老舍后来的《离婚》、《火车》全比《二马》好得多"。一看到它就会想起母女俩同乐的日常生活场景，有着她以后再怎样努力寻找也找不回来的亲情。

幸福的时光终究是短暂的。恢复健康的父亲没过多久就又开始犯老毛病——抽起了鸦片，并且开始用另一种手段对付作风强硬的妻子。他不出生活费，所有花费都由妻子来付，以为这样终有一日会让这个桀骜的女人因为没钱而再次出走。他别无所求，用尽方式来束缚妻子，以图使她乖乖地向他低头。父亲的这一行径给张爱玲留下了非常深刻的印象，在她的小说中也常常出现这样的情景：《金锁记》中的姜季泽想骗嫂子的钱，《倾城之恋》中的哥哥花光了妹妹的钱，《多少恨》中的父亲千方百计骗女儿的钱，《小艾》中五太太的丈夫骗尽妻子的私房钱。

母亲早就看透了这些把戏，因而两人没过几天就会大吵一架："他们剧烈地争吵着，吓慌了的仆人们把小孩拉了出去，叫我们乖一点，少管闲事。"躲在阳台上的小爱玲和弟弟都不作声，静静地蹬着三个轮的小脚踏车。在张爱玲的记忆里，"晚春的阳台上，挂着绿竹帘子，满地密条的阳光"。父母间的争吵与战争，使他们无暇顾及孩子的生活。一个整日用鸦片麻醉自己，另一个一味地追求西方的自由。张爱玲的童年并未从父母那里获得足够的关爱，然而文学却给了她巨大的安慰，在文学中才找到内心的自我，让生命和情感在文字中流淌。

原本以为这次归来能挽救自己的家庭,然而封建遗少的习气早已深入丈夫的骨髓,想要改造眼前的这个男人,已是万万不能的了。这段千疮百孔的婚姻,不要也罢!

根据张爱玲表哥黄德贻的说法,当时张爱玲的父亲并不想离婚,然而她的母亲则态度坚决,坚持要离。当初为了让妻子回国,张爱玲的父亲曾答应她两个条件:一条是赶走姨太太,另一条是"戒除鸦片"。但后者没有做到。他自知理亏,所以无可奈何。办离婚手续的那天,她的父亲绕室徘徊,长叹一声之后,把笔放回桌上。律师见他这个样子,就问女方是否要改变心意,然而她母亲毫不迟疑地说了句"我的心已经像一块木头"!

她父亲听了这话,才立刻在离婚书上签了字。

冥冥中,母亲对这段婚姻决绝的态度,亦传给了女儿。十多年后,张爱玲也因为男人那无可救药的本性,快刀斩乱麻,结束了与胡兰成的那一段惊世骇俗的爱情,把爱与不爱的问题交给了那个苦苦徘徊挣扎的男人。这样的女人,注定是一场惊艳,一场浮华的旧梦,一个绝美的传奇吧。

尽管母亲勇敢地和父亲离了婚,但在二三十年代的中国,虽然已现新思想的曙光,但在一般人世俗的眼中还是不能接受的。在中国,一个离了婚的少奶奶要保持个性与人格谋取自己的社会地位与经济权利是不容易的事,但对于个性独立的母亲,即便再怎样不幸艰难,对于她,没有比自由与尊严更重要的了。

"乱世的人,得过且过,没有真的家。"若干年之后,张爱玲讲出这样刻骨铭心的话。对于父母的离异,她也曾提到过自己的想法:"虽然他们没有征求我的意见,我是表示赞成的,心里自然也惆怅,因为那红的蓝的家无法维持下去了。"她曾对一个因插足别人家庭而担心让男方离婚会伤害他孩子的同学说:"……我自己就是离婚的人的小孩子,我可以告诉你,我小时候并不比别的小孩特别地不快乐。而且你即使样样都顾虑到小孩的快乐,他长大的时候或许也有许多别的缘故使他不快乐的。"

张爱玲的父母是协议离婚的。孩子都归父亲监护和抚养,不过张爱玲的母亲在离婚协议上坚持,女儿日后要进什么学校,必须先征求她的同意,教育费用则由父亲方面承担。母亲的坚持,使女儿得以继续在新式学堂接受教育。

1930年,10岁的她被带到黄氏小学入学时,母亲一时踌躇着不知填什么名字。她觉得"张煐"这个名字叫起来嗡嗡地毫不响亮,可匆忙中又不知该用什么名字,于是临时用英文名"Eileen"的音译名"爱玲",作为女儿入学登记用的名字,等想好了再给她改过来。可母亲一直没有想起更好的名字,而随意想起的"张爱玲"这个名字,却在她以后的岁月中,发散出奇特的魅力。

张爱玲的家从此变成了两个——父亲的家,母亲的家。按照离婚协议上的要求,母亲仍关心女儿的教育问题,尽管她同父亲生活在一起,但张爱玲也同样可以去看望母亲。这一点让她感到极大的满足。离婚后,母亲就很快同姑姑一起搬走,住进了赫德路公寓。父亲这边也搬到了一幢新洋房——康乐村10号。

尽管分居两地,张爱玲时常去母亲和姑姑那边玩,母亲公寓内的欧式装饰让她十分好奇和着迷。在那里,她生平第一次见到铺在地上的瓷砖、浴盆与煤气炉子,对这里的一切都非常喜爱:"纤灵的七巧板桌子,轻柔的颜色,有些我所不大明白的人来来去去。我所知道的最好的一切,不论是精神上的还是物质上的,都在这里了。"相比较之下,父亲这边的家则完全是两样:"那里什么我都看不起,鸦片,教我弟弟做《汉高祖论》的老先生,章回小说,懒洋洋灰扑扑地活下去。像拜火教的波斯人,我把世界强行分作两半,光明与黑暗,善与恶,神与魔。"

当小爱玲还陶醉在母亲家的快乐与新鲜感中的时候,母亲竟又要动身出国了。在临走前,母亲曾到黄氏小学去看望过她。她不愿当面表露自己真实的情感,在《私语》中,她写道:"她来看我,我没有任何惜别的表示,她也像是很高兴,事情可以这样光滑无痕迹地解决,一点麻烦也没有，可是我知道她在那里想："下一代的人，心真狠呀！'一直等她出了校门，我在校园里隔着高大的松杉远远望着那关闭了的红铁门，还是漠然，但渐渐地觉得这种情形下眼泪的需要，于是眼泪来了，在寒风中大声抽噎着，哭给自己看。"

母亲这一走，父亲这边的家很快又变回了天津时的老样子：花园洋房，狗，一堆的仆人，一个吸鸦片的父亲，没有母亲。

时间仍一如既往地静静地溜走。她住在学校里，继续上着小学。每逢节假日，都会有家里派来的司机来接她。在学校读书的时候，小爱玲继续学习钢琴，还请了一位白俄老师授课，每周一次。但父亲认为学费太贵，每次她向他要钱交学费时，父亲总是一拖再拖，迟迟不肯给。可怜的爱玲"立在烟铺跟前，许久，许久，得不到回答"。钢琴课也就此断了。

1934年，张爱玲从黄氏小学毕业，进入了有五十年历史的圣玛丽亚女校。此时的她不再是从前那个懵懂无知的小女孩了，一片新的天地在她面前展开。和一切刚刚走上人生之路的少女一样，她开始设想着自己的未来：中学毕业后就到英国去读大学，学画卡通画片，尽可能地把中国画的画风介绍到美国去，要比林语堂还出风头，穿最别致的衣服，周游全世界，在上海拥有自己的寓所，过一种"干脆利落的生活"。显然，张爱玲的这些理想受着她母亲欧式生活方式的影响。然而，这种理想还未及实行，家中又发生了一起"结结实实的，真的"事件——父亲又结婚了。

可以说，这件事预示着张爱玲整个少年时期阴郁记忆的开始，也正一点一滴地磨去她原本对家的热爱，最终导致了她的第一次出逃，并渐趋独立面对外面的社会，真正的"赤裸裸地站在天底下了"。

父亲迎娶的是孙用蕃，即孙宝琦的第七个女儿。孙氏一系也是显贵人家。孙用蕃的父亲孙宝琦，1901年出任法国大臣，1903年又兼任西班牙国大臣。在法期间，他还暗中协助孙中山从事海外革命活动。因而进入了民国时期，他仍能够继续在新政府里任职。北洋政府期间，他曾先后担任过外交总长和国务总理的职位。

孙宝琦，除了正室外还有 4 个妾，一共有 24 个子女，在女儿中，孙用蕃排行老七，当时已经 36 岁了，同时也是陆小曼的闺中密友。据说十分精明能干，善于交际和处理家务。如此看来，她嫁给财势渐弱的张廷重，和她的兄弟姐妹比起来，似乎有点"下嫁"的意思，其实这位老小姐早染上了阿芙蓉癖（抽鸦片），而这一点是张爱玲的父亲所不知道的。

1934 年的夏天，张爱玲父亲在礼查饭店进行订婚仪式，半年之后在华安大楼举行了婚礼。张爱玲和表姊们一起参加了这次婚礼。那一年，她 14 岁。这是一个非常敏感的年龄，然而在整场婚礼上她都一直沉默着，面对父亲闹哄哄的喜事，她没有喜，也没有忧。对未来的生活，此时的她是否已预知到某种阴影正悄然靠近呢？成年后的张爱玲在《私语》中揭示了她的这种隐忧：

"我父亲要结婚了。姑姑初次告诉我这消息，是在夏夜的小阳台上。我哭了，因为看过太多的关于后母的小说，万没想到会应在我身上。我只有一个迫切的感觉：无论如何不能让这件事发生。如果那女人就在眼前，伏在铁栏杆上，我必定把她从阳台上推下去，一了百了。"

不幸被她言中。由于这位后母的出现，或者说因为她所起到的作用，张爱玲日后的这段生活开始嵌进更深而终身无法愈合的伤口，在反抗这创伤冲击的挣扎下，曾经的那段橙红色的童年时代、充满优裕感伤的少年时代，一同成为了遥远的记忆。她开始面对自己应承担的责任，开始像大人那样思考。

后母进门后，对住房十分不满意，总觉得现在住的洋房太狭窄，不够气派，因而要求搬家。此时在张爱玲的二伯父的名下，正好有一栋别墅空下来，一家人就搬了进去。别墅原本是李鸿章送给女儿的陪嫁，李菊耦还在世的时候，张爱玲的二伯父、父亲还有姑姑都住在那里。等祖母去世后，子女们分了家产，别墅归于二伯父名下。在她父亲谋得天津的职务迁居之后，她的二伯父觉得住在这样大的别墅里太过奢侈，也搬了出去，一直把房子租了出去。

这栋别墅位于麦德赫司脱路与麦根路的交界处，挨着苏州河，能够望见河对面的闸北区。别墅是在清末民初时建的,仿欧式建筑。房间很多而且进深很大,后院还留有一圈房子供仆人居住,算起来总共有二十多间。一般而言,像这样大的房子,人口众多的大家庭来住才划算,但张爱玲一家总共只有4个人而已,而且房租昂贵,他们根本没必要租住在这样宽阔豪华的房子里,可她的后母坚决不住那栋康乐村的房子。那里离她的舅舅家太近,而且后母一点也不喜欢她和弟弟总去舅舅家玩——凡是和张爱玲的母亲有关的事物,这位后母都不喜欢。

张爱玲也不喜欢后母挑的新住处。她曾经出生在这栋房子里,现如今隔了十几年又回到这里,心中难免会有一种阴郁之感:"房屋里有我们家的太多的回忆,像重重叠叠复印的照片,整个的空气有点模糊。有太阳的地方使人瞌睡,阴暗的地方有古墓的清凉。房屋的青黑的心子里是清醒的,有它自己的一个怪异的世界。而在阴阳交界的边缘,看得见阳光,听得见电车的铃与大减价的布店里一遍又一遍吹打着《苏三不要哭》,在那阳光里只有昏睡。"现在已经是圣玛丽亚女校高一女生的张爱玲,十分不喜欢这种沉闷而恹恹欲睡的气氛——越是有机会接触到新空气、新人物,这种不满就越深、越重地隐在她沉默寡言的外表之下。

不过在最初的两年里,张爱玲都在学校住宿,到了周六,家里派司机来接她回家。到了周一的早晨,又坐着父亲的汽车去学校。只有周末会在家里,因而张爱玲的生活并未因后母的出现发生强烈的变化。在家的时候,她就在家里做她喜欢做的事。自己裁纸手绘圣诞卡与贺年卡,看电影看小说,照常去舅舅家谈天说地——和过去没什么两样。她喜欢去姑姑那里,喜爱她那的雅致、清新以及姑姑职业新女性的生活作风。当时她姑姑一直在怡和洋行做事,随后又到电台做播音工作,这在当时,算得上是五四之后的新女性了。

张爱玲与后母之间的关系,多是出于礼节性的友好。在家过假期时,她偶尔也会与后母寒暄几句,谈谈天气,聊聊家常,甚至有一次竟让她的后母大为感动。有一年放暑假,张爱玲在父亲的书房里写作文,写好后就跑到舅舅家去了，并没有收起来。后母无意中进到书房，看到了她的作文，着实被作文的内容感动了一番。这篇名为《后母的心》的作文，把一个后母的处境与心态都刻画得十分深入。后母以为这篇文章是张爱玲为她写的，所以凡是有亲友到家中来，后母都要把这件事说个不停，夸她文章写得好，人又懂事。而实际上张爱玲写这篇作文主要是为了锻炼自己的写作技巧，并没有别的意思。在这一点上，她的父亲比较了解，但既然因为妻子的"误解"而使家里有一种比较融洽的气氛，他也就乐得随声附和。

然而总得来说，张爱玲与后母间的融洽只限于表面性的礼仪，她们内心都有着一层说不清的隔膜，就像从前因为姨太太的"贿赂"而说了一句"喜欢你"，多年之后仍不能原谅自己对母亲的"背叛"。不管怎样，她都不可能同后母"一条心"，何况这中间隔着一个美丽的亲生母亲，一个从精神上魅惑她的偶像；而同样出身于大户人家，工于心计的后母决不会被这小姑娘的"伎俩"蒙骗过去。

由于长期抽鸦片，这位后母的心态多少有点神经质，时常表现出刻薄阴鸷的一面。在她统掌张家经济大权后，丈夫前妻一双儿女的境遇可想而知。张爱玲只能拣着穿后母穿剩的衣服。她永远不能忘记一件黯红的薄棉袍带给她的伤痛："碎牛肉的颜色，穿不完地穿着，就像浑身都生了陈疮；冬天已经过去了，还留着冻疮的疤——是那样的憎恶与羞耻。"后母的刻薄，使得中学时代的张爱玲很少交朋友，因为"自惭形秽"。就像她的小说一样，人物没有朋友，也没有亲人，更没有"爱"。

张爱玲中学时代的国文老师汪宏声先生说，爱玲因为家庭中的某种不幸，使她成为一个十分沉默的人，不说话，懒惰，不交朋友，不活动，精神长期萎靡不振。不幸的家庭生活使她敏感早熟，当她带着一颗童稚而易受损伤的心理被抛到人间感受世界的冷暖时，处处将被笼罩在内心的家庭生活的阴影投射到周围的人和事上。没有得到正常发展的人格心理使她感到周围是一个冷漠的世界。这些性格特点对张爱玲写作思想产生很大的影响。热闹，拥挤，然而陌生，隔阂，人与人之间的沟通充塞着幻觉、烟幕。她把这种人性里的仇恨、善变、嫉妒、鄙视、猜忌、虚伪,描述的淋漓尽致,不加任何冠冕堂皇的掩饰。爱与不爱,于她笔下所圈定的人物,都不那么重要了。因为他们的心始终孤寂、寒冷而又荒凉,弄不清自己真正的所在。

但因为在学校住宿,很少回家,因此彼此间敷衍几句就过去了,然而年幼的弟弟则终日处于后母的魔爪之下,他的性格又比较柔弱,受到的待遇也就更差。某次放假,张爱玲回到家中,见到弟弟时吓了一跳:原来那个"秀美可爱"的弟弟不见了,站在她面前的是个又高又瘦的萎缩的少年,穿着一件不甚干净的蓝布罩衫,只对许多庸艳的连环画感兴趣。那时候的张爱玲正在读穆时英的《南北极》与巴金的《灭亡》。在她看来,弟弟的阅读趣味大有纠正的必要。然而"他只晃一晃就不见了"。仆人们纷纷向她揭露弟弟的劣迹:逃学、忤逆、没志气。当姐姐看到弟弟如此堕落,比谁都更加气愤,也附和着众人激烈地诋毁他,然而大家反倒过来劝她了。

弟弟的荒废学业、游手好闲,让张爱玲伤心不已,然而更让她无法容忍的,则是弟弟在这个阴气沉沉的家中所发生的性格变异与心理畸化:一次在饭桌上,为了一点小事,张爱玲的父亲竟动起手来,重重地打了弟弟一个耳光!她惊呆了,"把饭碗挡住了脸,眼泪往下直淌"。然而她的后母竟笑了起来:"咦,你哭什么?又不是说你!你瞧,他没哭,你倒哭了!"张爱玲丢下了饭碗冲到隔壁的浴室里,闩上了门,无声地抽噎着。"我立在镜子面前,看我自己的掣动的脸,看着眼泪滔滔流下来,像电影里的特写。我咬着牙说:'我要报仇。有一天我一定要报仇。'……"正当她恨恨地发下毒誓的时候,只听"啪"的一声,一只皮球撞在了临着阳台的浴室玻璃窗上——她的弟弟已在阳台上踢球了。"他已经忘了那回事了!这一类的事,他是惯了的"。对弟弟彻底失望的张爱玲没有再哭,"只感到一阵寒冷的悲哀"。

看到弟弟所遭受的一切以及发生在他身上的蜕变,做姐姐的张爱玲已没有了眼泪,因为在弟弟的身上,她同时也看到了自己未来生活的影子。这个家值得她留恋的东西已经越来越稀少了,在这里,她找不出什么东西能够激起她的热爱;倒是此刻远在欧洲的母亲,常常能引起她一些奇异而美好的憧憬,一种超越亲情的浪漫的爱恋,她后来以这样的话语来评论自己母亲:"我一直是用一种罗曼蒂克的爱来爱着我母亲的。她是个美丽的女人。"

1937 年,为了张爱玲的学业,母亲再次回国;张爱玲也于同年夏天,从圣玛丽亚女校毕业。然而当她勇敢地向父亲提出要到英国留学时,就像此前父亲迟迟不肯拿出学费一样,这次她遭到了拒绝。"我把事情弄得很糟,用演说的方式向他提出留学的要求,而且吃吃艾艾,是非常坏的演说。他发脾气,说我受了人家的挑唆。"张爱玲在《私语》中写道。这或许代表了张爱玲的隐秘自责——她是为了支持母亲才被父亲弃绝的。

父亲的自私当然令张爱玲很失望,对家人的态度也就更加冷淡了。父亲虽然很少过问她的生活,但实际上却是喜欢她的。张爱玲的活泼伶俐,天资聪慧让父亲很是欢喜,还曾亲自为她的《摩登红楼梦》拟标题。在没有母亲的相伴的日子里,父亲的那间散发着淡淡幽香的书房,雾一般穿过玻璃的阳光,乱摊在屋内的小报,甚至弥漫在屋内的鸦片云雾,也让她感到一种不可名状的美感。一边浏览着小报,一边同父亲谈谈亲戚间的笑话——"我知道他是寂寞的,在寂寞的时候他喜欢我。父亲的房间永远是下午,在那里坐久了便觉得沉下去,沉下去。"

这种单亲的异性爱,使张爱玲对父亲有一种深沉的依恋感,这份依恋或多或少也同样存在于她对胡兰成的情感中。然而尽管对女儿的文学天赋非常欣赏,但是父亲对她的感情却是十分复杂的。他并不觉得女儿是爱自己的,女儿的心从不曾属于他这边,她的性格太像她母亲。父亲是把对前妻的恨迁移到了张爱玲的身上。张爱玲是懂得这些的,她在潜意识里把自己的不幸的一部分归咎于母亲的离家出走,而对父亲始终是有幻想的。"母亲回国来,虽然我并没有觉得我态度有显著的改变,父亲却觉得了。对于他,这是不能忍受的,多少年来跟着他,被养活，被教育，心却在那一边。"

一直以来与前妻的隙怨，此刻又因女儿的"偏向"而凸现出来，父亲话中的"别人"当然是有所指的，而后母也不失时机地过来添油加醋："你母亲离了婚还要干涉你们家的事。既然放不下这里，为什么不回来？可惜迟了一步，回来只好做姨太太！"

实际上，早在她的父母离婚的时候，离婚协议上就明确地写着，有关张爱玲的学业问题，都需征求母亲的意见。显而易见，后母在借题发挥，将对自己前任——张爱玲生母——的反感转移到张爱玲的身上。

由于家庭矛盾的激化，后母的这种嫉恨很快就在一件小事中爆发了。当时正值 1937 年夏天，一直虎视眈眈地窥伺中国的日本突袭了上海，淞沪会战爆发。当时张爱玲正在邻近苏州河的家中，夜夜被隆隆的炮声吵得不能入睡，因而就跑到母亲的住处待了两周。走前她已和父亲交待过，但却未告诉后母。女人天生的猜忌心理令这位后母对张爱玲的"出逃"怒不可遏。两周后，回到家中的张爱玲如同经历了一场暴风雨。

"回来那天，我后母问我：'怎样你走了也不在我跟前说一声？'我说我向父亲说过了。她说：'噢，对父亲说了！你眼睛里哪儿还有我呢？'她刷地打了我一个嘴巴，我本能地要还手，被两个老妈子赶过来拉住了。我后母一路锐叫着奔上楼去：'她打我！她打我！'"

当"后母一路锐叫着"向楼上的父亲奔去，深知父亲脾气的张爱玲预感到大祸就要临头了，周围的环境在她的心目中立刻定格为无声的场景："在这一刹那间，一切都变得非常明晰，下着百叶窗的暗沉沉的餐室，饭已经开上桌了，没有金鱼的金鱼缸，白瓷缸上细细描出橙红的鱼藻。"终于，她的父亲趿着拖鞋，气急败坏地冲下楼来。一把揪住她，拳足交加，大声吼道："你还打人！你打人我就打你！今天非打死你不可！"

为了一个神经质的女人，张爱玲平生第一次遭受了父亲的毒打："我觉得我的头偏到这一边，又偏到那一边，无数次，耳朵也震聋了。我坐在地下，躺在地下了，他还揪住我的头发一阵踢。终于被人拉开。"此时的张爱玲，脑中一直闪现着母亲一句话："万一他打你，不要还手，不然，说出去总是你的错。"所以她并没有想抵抗。暴怒的父亲上楼去了，被打倒在地上的张爱玲爬起来，独自走到浴室的镜子前，她像一只受伤的小动物一样，躲在阴暗的角落里审视着自己身上的伤。她本想跑出去报警，可却被看大门的巡警拦住，并被告知门是锁着的，钥匙在父亲那儿。

"我试着撒泼，叫闹踢门，企图引起铁门外岗警的注意，但是不行，撒泼不是容易的事"。父亲知道了女儿的意图，脾气比刚才更坏了。一等到她回到家里，就把一只大花瓶向女儿的头上砸去。这是怎样惊心的场面啊！然而张爱玲在记述这一段时却只写道："稍微歪了一歪，飞了一房的碎瓷。"她的心已然麻木了。

父亲走后，照顾她的何干哭着对她说："你怎么会弄到这样的呢？"顿时，长久以来憋闷在她心中的冤屈，一古脑儿地都涌了出来，她抱住何干大哭了一场：刺痛自己的，是至亲的人；怜悯自己的，是毫无血缘关系的人："然而她心里是怪我的，因为爱惜我，她替我胆小，怕我得罪了父亲，要苦一辈子，恐惧使她变得冷而硬。"她在黑暗中伤心地抽泣。从小就在无爱的环境中长大的她，世界之于她，完全是个缺乏情感的物欲的俗世。爱是一种奢侈品，在她眼中，现实原来就是如此，所以她无可奈何地哀叹："总之，生命是残酷的。看到我们缩小又缩小的怯怯的愿望，我总觉得有无限惨伤。"

因为替张爱玲担心，何干就偷偷地往她舅舅家打了电话。第二日，张爱玲的姑姑就来替她说情。后母一见到她就冷笑道："是来捉鸦片的么？"还没等她姑姑开口，她父亲就从烟铺上跳起来劈头打过去，这下"情"没说上，人先被打伤送进了医院。临走前，她姑姑发誓说："以后再也不踏进你家的门！"然而这终究是家中的丑事，并没有闹到巡捕房去。

姑姑走后，张爱玲一度陷于十分危险的境地。"我父亲扬言说要用手枪打死我。我暂时被监禁在空房里，我生在里面的这座房屋忽然变成生疏的了，像月光底下的，黑影中现出青白的粉墙，片面的，癫狂的。"

即使在这样的时刻,她的心中也充满了诗意:"Beverley Nichols(通译作
"贝弗利·尼科尔期",英国作家)有一句诗关于狂人的半明半昧:'在你
的心中睡着月亮光,'我读到它就想到我们家楼板上的蓝色的月光,那
静静地杀机。""花园里养着呱呱追人啄人的大白鹅,唯一的树木是高
大的白玉兰,开着极大的花,像污秽的白手帕,又像废纸,抛在那里,被
遗忘了,大白花一年开到头。从来没有那样邋遢丧气的花。"

张爱玲知道,父亲决不至于把她弄死。"不过关几年,等我放出来
的时候已经不是我了。数星期内我已经老了许多年"。她用手紧紧地捏
着阳台上的木栏干,"仿佛木头上可以榨出水来"。她的头上是赫赫的
蓝天,"那时候的天是有声音的,因为满天的飞机"。此刻,她希望有个
炸弹掉在家中,瞬间解决所有的问题,"就同他们死在一起我也愿意"。
善良的何干怕她逃走,一再地叮嘱道:"千万不可以走出这扇门呀!出
去了就回不来了。"而实际上那些脱逃的计划一刻也没有离开过她的
脑子。

还没等实施真正的脱逃计划,她却病倒了,生了沉重的痢疾,一病
就是半年,还差一点死掉。然而父亲既没有为女儿请医生,也没给她抓
药。躺在病床上的张爱玲,望着秋冬的淡青的天,又开始陷入莫名的伤
感中,甚至想到了死亡:"对面的门楼上挑起石灰的鹿角,底下累累两
排小石菩萨——也不知道现在是哪一朝,哪一代……朦胧地生在这所
房子里,也朦胧地死在这里么?死了就在园子里埋了。"

在病痛的折磨之下,她依然通过她那份独有的感官,倾听着周围
的一切:大门每一次的开关声,"巡警咕滋咖滋抽出锈涩的门闩,然后
呛啷啷一声巨响,打开了铁门"。即使在睡梦中也能够听见这声音,还
有踩在煤屑路上的吱吱叫的脚步声。"即使因为我病在床上他们疏了
防,能够无声地溜出去么?"她一刻都没有忘记从这里逃出去。

"一等到我可以扶墙摸壁行走,我就预备逃。"终于,她从何干那里
打听到了两个巡警换班的时间,于是在一个隆冬的夜晚,她伏在窗上
用望远镜观察着外面的动静,一等到夜路上没有人,她就真的挨着墙

一步一步地逃出去了！

张爱玲在忆起这段出逃经历时写道："——当真立在人行道上了！没有风，只是阴历年左近的寂寂的冷，街灯下只看见一片寒灰，但是多么可亲的世界呵！我在街沿急急走着，每一脚踏在地上都是一个响亮的吻。而且我在距家不远的地方和一个黄包车夫讲起价钱来了——我真高兴我还没忘了怎样还价。真是发了疯呀！随时可以重新被抓进去。事过境迁，方才觉得那惊险中的滑稽。"

在经历这件事之后，张爱玲基本上就与父亲断绝了往来。在她看来，父亲在她生命垂危之际如此待她，父女间的亲情已经荡然无存了，但根据她弟弟张子静的回忆，在张爱玲痢疾越来越严重且拖了很长时间之后，照顾她的何干惟恐她出事，自己会负连带责任，于是就趁她后母不注意，把事情偷偷讲给她父亲听，并一再声明：倘若他再不采取挽救措施，出了人命她可不负任何责任。或许是考虑到万一出了人命，自己将背上"恶父"害死女儿的坏名声，传扬出去不好听，抑或是此时的怒气已消，而且对女儿除了这次的震怒之外，两人并不是"不共戴天"的仇敌，所以张爱玲的父亲便开始注意到女儿的病情。他用消炎的抗生素针剂为女儿注射了几次，当然，这一切都是背着后妻做的。之后，她的病情基本上得到了控制。在何干的精心照料下，张爱玲才得以恢复健康。

张爱玲留在父亲家里的东西，都被她后母拿出去给了人了，只当她死了。因为她的出走，父亲迁怒于何干，认为她也是女儿的同谋，就把她大骂了一顿。没几天，这位一直最关心张爱玲的老人收拾东西，离开张家回皖北老家去了。当时张爱玲已经投奔到母亲那边。何干临走之前，还偷偷收了一些纪念物给小主人送过去，主要是一些张爱玲小时候心爱的玩具，多年之后，她一直记得"内中有一把白象牙骨子淡绿鸵鸟毛折扇，因为年代久了，一煽便掉毛，漫天飞着，使人咳呛下泪"。

曾经和弟弟一起在院子里追大白鹅的岁月，从此一去不复返了。在张爱玲趁着夜色摸出父亲家大门的时刻，即是她生命中另外一种东西呼之欲出之际。她自我封闭的内心充满了敏感和警惕。不久,张爱玲发现,自己对母亲的情感也正在发生着变化。

"那年我弟弟也跟来了,带了一双报纸包着的篮球鞋,说他不回去了。我母亲解释给她听她的经济能力只能负担我一个人的教养费,因此,无法收留他。他哭了,我在旁边也哭了。后来他到底回去了,带着那双篮球鞋。"

这件事,使张爱玲感觉到"母亲的家不复是柔和的了"。

母亲是封建家族里走出来的新潮女子,所选的路是走出去接受新潮的西方思想,这让幼时的张爱玲对母亲产生了一种极大的渴慕,母亲于她有种说不清道不明的情感。另一方面,张爱玲的父亲张廷重既有着书香之家的文笔风流,也脱不掉封建遗少的种种恶习,对家庭从未自觉出一种责任感,这让张爱玲既爱又恨。当她死里逃生地回到母亲身边时,等待她的,又不复是"柔和"的亲情了。

张爱玲从他们那里得到两个一生都无法逃离的宿命:抒发于文字间的浓郁的苍凉之色;于母亲处得来的对于感情的自恃,特别是对亲情的淡漠,从而也为自己的感情生命造成了一种饥渴,希冀创造一种丰润的感情生命。亦如她对胡兰成痴狂的爱恋,尚或有些笨拙,只是高傲的血统于她尚不致贻笑大方,但与文无关。渴望爱的临近,却恐惧于爱的迷惑力。清醒地认识着爱的本质,却又悲哀地迷乱于爱自失的过程。这是所有女人的通病。每个女人的潜意识里都在等待着那个陌生而又熟悉的人,千万年,千万人之中无可替代的那个人,却又因熟稔千万年,千万人普遍的规律而畏惧,畏惧于自我被卷入的狂热力量,因而本能地要去逃避爱的份量,惴惴于爱的降临。飞蛾扑火的热情与抽身独处的冷寂,是一双相互咬啮的小兽,存于她的灵肉之间。固然,与胡兰成之爱虽为悲剧,但那一等才情,三等人品的男人,其多情风流、薄性任意的性情,自然有着客观的成因。

第二章 韶华

胡村有子初长成

浙江嵊县下北乡的胡村，是一个山水环绕的美丽村庄。人口不多，只有几十户，但也被分成了倪家山、陆家坳、荷花塘和大桥头四处。胡村有条石头铺成的大路能够通到奉化，还可以经过三界、章镇到达绍兴，沿途的田地虽然有些贫瘠，但是由于这里的住户很分散，所以这个地方显得非常宽阔，让人有一种世外桃源的感觉。正是因为有着这样的地理优势，胡村的人们接受了很多新鲜的事物，一个个不但能说会道、头脑灵活，而且还善于经商，这里的商业活动有着八十多年的历史。

　　胡村的先祖是明朝人。起初，胡村还有倪、陆两姓人家。据说，有一天胡村的先祖贩牛经过那里，正好遇上大旱，他不小心一把火将田里的稻子都烧了，还赔上了自己的牛；就在这时，下了一场大雨，大旱反倒变成了大丰收，田里被烧的稻子全都活了过来。这位先祖自然成为丰收的大功臣，于是他就在这个地方安了家；而后来，倪、陆两姓人家逐渐迁离到了别的地方。胡姓人家越来越多，于是便有了现在的胡村。太平天国前后，胡村的商业活动达到了前所未有的兴旺局面。那个时候，各家各户都在养蚕、采茶、打桐油，销往海外，几乎每一家都很富裕。即使到了现在，胡村仍然保留着当时所建造的红墙瓦屋，在现在看来依然气势磅礴。

　　胡兰成就生长在这样一个地方，而江南的山水风物也孕育了众多的才子佳人，胡兰成也算是其中的"佼佼者"。胡兰成，生于光绪三十二年二月初六,即公元 1906 年 2 月 28 日,字蕊生。他的父亲胡秀铭娶过两房妻子,都属于旧式的包办婚姻。胡秀铭的第一个妻子宓氏,很早以前就因病去世了。之后,他续娶了吴氏,也就是胡兰成的母亲吴菊花。

虽说是旧式婚姻,而且还是二婚,但是胡秀铭和吴菊花之间的感情还算和睦。胡秀铭挣到钱之后,都会把钱交给吴菊花,吃饭的时候,他还会跟她说一些家里家外的事情。在生活中,他对妻子总是很和气,还带有敬重,而吴菊花也能立刻领会到丈夫对自己的情意。也许,这就是夫妻间的心灵相通。可惜,胡兰成却没有继承父母之间的相亲相爱,最终与他最爱的才情女子张爱玲劳燕分飞。

宓氏为胡秀铭生了两个儿子,积润、积忠;吴菊花生了四个儿子,积义、梦生和怀生,胡兰成是吴菊花的第四个儿子,但是在兄弟当中他却排行第六;胡兰成 4 岁的时候,吴菊花又给他生了一个弟弟。据说,胡兰成的父亲之所以给他取名"兰成",是希望他长大以后能够功成名就,名扬四海,像兰花一般的将香气传回家中,光宗耀祖。

胡兰成出生的时候,父亲年岁已经很大了,而母亲也已经 41 岁了。对于他们夫妇俩来说,也算是中年得子,理应溺爱,但是他们并没有特别重视胡兰成。这是因为他们之前已经有了好几个儿子,再多一个也不显得珍贵;另外,胡兰成出生的时候,胡村已经不像从前那么富裕了。

所以,胡兰成并没有得到母亲过多地骄纵。在他小的时候,母亲很少抱他,宠爱他,反而经常打骂他。有的时候,胡兰成也会赖在母亲身边撒娇,每当这时,吴菊花就会说:"这么大了还要抱,小孩要自己去玩,大人还要做事呢!"

胡村人对孩子从不娇生惯养,小孩到了四五岁就要帮着家里干活。胡兰成也不例外。但是,母亲也从不夸他,因为在他母亲的眼里,教育孩子的方法没有"夸奖"这一说。

胡兰成五六岁的时候,经常独自跑到溪边挖螃蟹。有一次,他沿着溪滩一路向前走去,等到他猛然看向四周的时候,才发现自己来到了山边的一个深水潭，大桥头的家门已经不见踪影了。高高的山挡住了阳光，深水潭四周一片昏暗。这时，一阵山风吹过，胡兰成顿时害怕起来，他赶紧往回走。心理的恐惧越来越深，他一边走，一边哭，身上只穿了一条青布裤衩，并且赤着脚，脊背也已经被晒得通红，手里面还拎着装了几只小螃蟹的蒲柳口袋。这让胡兰成第一次感到害怕，那是一种近乎绝望的害怕。

胡兰成7岁的时候，有一天与弟弟两人一起去屋后的竹园里玩耍。玩累了，胡兰成便背着弟弟穿过溪水，来到洗衣石边上。他先站到了石头上，然后让弟弟从岸上跳到他的背上。弟弟虽然矮小瘦弱，但是冲劲很大，结果，弟弟是跳到胡兰成背上了，却由于重心不稳，两人一起摔进了水里。他知道自己做错了事情，赶紧爬起来央求弟弟不要哭，更不要告诉母亲。可是衣裳已经湿了，回去肯定会被母亲打。于是，他想出了一个主意，将自己的衣服和弟弟的衣服全都脱下来晾在溪滩上。但是，弟弟实在不愿等到衣服晾干再回家，于是就一人先往回走了，胡兰成也没有拦他。弟弟回家后，将整件事情都告诉了母亲，母亲有些生气，又有些吃惊。但是，她依然对着胡兰成笑着骂道："你这样犯贱，且这样的无知识！"那个时候的胡兰成不知道犯贱的含义，但是他隐约感到自己的行为有些不对。穷人家的孩子虽然不是什么金枝玉叶，但是也不轻贱生命。他当时心窍未开，有着一种不同于其他孩童的糊涂劲儿，不过或许他自己不觉是糊涂，而是稚朴吧。

每当看见渐要落山的夕阳，山上叫唤的羊，桥上行走的人，以及桥下湍急的流水，幼年的胡兰成就会产生一种莫名的惆怅感。他曾这样说道："当我在郁岭墩采茶掘番薯，看见天际白云连山，山外便是绍兴，再过去就是杭州上海，心里就像有一样东西满满的，却也说不出来。若必说出来，就只能像广西民歌里的：唱歌总是哥第一，风流要算妹当头。出去高山打锣望，声鸣应过十二州。"那时的他，已经期盼着能够走出胡村，但是却不知道自己会到哪里，也不知道自己的路应该怎么走。因此，他的心里总有一种说不出的落寞之感。

那个时候的胡兰成,肯定没有想到自己竟然会成为汉奸而流浪在异国他乡。总之,路都是人自己走出来的,胡兰成也不例外。1926年,胡兰成刚满20岁的时候,父亲胡秀铭因病去世了。1936年,母亲吴菊花也离开了人世。对于吴菊花而言,她一生操劳,最后儿孙满堂,也算人生之大幸。

胡兰成的父亲胡秀铭曾读过几年私塾,文章写的也算条理清晰,是非分明;但是,他并不以笔墨为生,也没把自己当成读书人来看。

胡秀铭经常教儿子写字,他要求胡兰成要笔画平正,结构方正;有的时候,他还会讲一些书上的故事给胡兰成听。但是胡秀铭始终觉得他的字和文章不对路,所以从来也没夸奖过胡兰成。胡秀铭对音乐也很有研究,却从没教过胡兰成这些,在他看来,音律乐器都不是正经事,会玩物丧志;而他本人也很少玩弄乐器,只是在特别清闲的时候与别人消遣一下。他还有着旧式文人过多的礼仪,在这一点上胡兰成随了他的父亲。胡秀铭在对待刚进门的侄媳妇,还有侄女辈的女子时总是非常有礼貌,就像对待客人一样;即使在桥头遇见六七十岁的妇女,他也会按着辈分叫她们嫂嫂或者婆婆,而且他对待任何一个人的态度都是谦恭有礼的。

胡秀铭骨子里还是一个爱管闲事的人,属于穷热心那种。如果乡里邻居之间出现什么纠纷,他都会出面调解,大多数情况下,他的调解都会奏效,因此也就受到别人的感激,逢年过节有时也会收到别人的谢礼。当然,出力不讨好的情况也时有发生。有一次,距离胡村40里地的俞傅村,那里的一户农家因为田产与乡绅发生了矛盾,胡秀铭很热心地去帮着农家打起了官司。先是打到县里,结果官司输了,他不服气,于是自己掏旅费、诉讼费,陪同那户农家去杭州打官司。两年之后,官司最终打赢了。但是,谁也没有想到,农家的妻子却抱怨起来,说官司虽然打赢了,却浪费了大量的时间和钱财。这显然是指胡秀铭在多管闲事。胡秀铭虽然心里很难过,但是也自觉理亏,就什么也没说。而这一幕,被俞傅村的一个财主看见了,立刻对胡秀铭产生了敬意,在他看来,胡秀铭是可以做一辈子朋友的人。于是,两人成为了莫逆之交。这个财主,上辈人是以柴盐生意起家的,现在店里仍然生意兴隆;美中不足的是,他虽然娶了两房妻子,但却没有一个儿女。他看着胡家人丁兴旺,便想让胡秀铭过继给他一个儿子。于是胡兰成便被过继给了俞家,那年,他刚满 12 岁。

父亲知书达理的性格并未完全遗传到儿子胡兰成的身上,虽然胡兰成和父亲在一起的日子还算比较快乐,但是他也曾对父亲有过不敬的表现。在当时看来,这种不敬比较隐讳,而在现代人的眼中,会着实让人无法理解。那时他在杭州的蕙兰中学读书,胡秀铭从乡下赶来看他,两人一起去西湖游玩。也许对胡兰成来说,在那样幽静的环境里不宜提学校的事情,而刚刚游玩过的岳王坟也没有多大意思;于是,父子俩坐在游艇里沉默不语。那时,胡秀铭穿着半旧的土布长衫,迎着湖水的微风,就好像仙人下凡一般。刚开始,胡兰成还为父亲的风采着迷,不一会儿,便无端地生起气来。这的确让人有些费解,也许文人的心思如发丝吧!一点点不美的感觉就会让心绪产生极大的波动。当时的胡兰成大概就是这样。因为不满父亲的沉默不语,所以眼看着流进游艇的湖水渐渐浸湿父亲的鞋,而不告诉父亲。这不但没有让他觉得懊悔,反而让他有一种幸灾乐祸的感觉。他是那种对于别人的错误、不齿的事情,也能心安理得,甚至于沾沾自喜的人。不管面对什么事情,他总能为自己的错误找到自我安慰的理由,而不知悔改。这样看来,胡兰成后来走上卖国求荣的道路,在小的时候就已经有所体现了。

此外,胡兰成还是一个没有亲情观念的人,这在他对父亲的情感上体现得淋漓尽致。当胡兰成长大成人之后,他的心里基本上装不下亲情,他一味地漂泊闯荡,在不顺利的时候回到胡村散心,继而再远离家乡。有一次,他从外面回到家中时,胡秀铭刚刚去世不久,家里到处都是父亲的遗笔,有的写在蚕匾上,有的写在桔槔上,还有绍兴戏的抄本……胡兰成看着这些,心里竟没有一丝伤感,甚至连保存的意愿都没有。此外,就连母亲的遗照在当时也是由侄女青芸收着的。对于自己这种近乎没有人性的做法，他自认为，中国人的伦常是一种天性，并不是一种私情，而是他由始至终的信仰，才使得他对于自身作反省。这便是他的冷漠与无情。他并不具备他所谓的由始至终的信仰，而他所标榜的"自身反省"更是滑稽可笑！试想一下，只要稍微有点信仰的人，会置民族大义而不顾吗？稍微有点自我反省意识的人，会在卖国求荣成为汉奸的时候沾沾自喜吗？绝对不会。胡兰成骨子里所蕴藏的冷漠，是任何一个常人都难以想象的。这种冷漠，致使他成为一个没有亲情、没有民族大义、恬不知耻的人！

而母亲吴菊花在胡兰成的眼中，则是犹如圣母娘娘一样神圣的女性。当然，也有着寻常母亲的平易和严厉。吴菊花与一般旧式妻子一样，非常在意乡间的礼仪。在家的时候可以穿着短袄长裤，但是只要出家门，即使到溪边洗衣服她也会换上长裙，就连在堂前纺棉花时也会穿着；不管是家族的长辈，还是外来的客人，或者是叔伯经过家门，当他们进来稍坐片刻的时候，她也会端出茶水，恭敬有礼。但是，她从不轻易去邻居家，更不会与人说长道短。所以，在整个家族中也算是受欢迎的一个人。

吴菊花教育胡兰成也有自己特殊的方式。最初，胡兰成离家去杭州念书的时候，吴菊花非常担心，她一面帮着儿子整理行装，一面叮嘱道："出门在外，最忌讳理睬世人；要照顾自己的饥饿冷暖，更不要忘记了家中的艰辛。"也许跟吴菊花的教导有关，胡兰成的确记住了家道的艰难，却将民族大义抛在了脑后。

在胡兰成十三四岁的时候，胡村曾发了一次大水。凶猛的洪水冲到他家门前，淹没了半面墙壁，时不时还传来墙壁倒塌的声音。幸亏急流中夹杂了大量的沙石，这才将房屋柱脚埋住，保住了房子。整个村子的人都披着蓑衣，戴着斗笠抢救被洪浪冲走的桌椅、牛羊。而胡兰成跟弟弟两人趴在楼上，听着外面风雨雷鸣的声音，这时他竟然异常兴奋起来，并且大声唱起学堂教给的歌谣。这次事件，极大地惹恼了吴菊花，于是她破口大骂道："你到底是人还是畜牲？"

吴菊花虽然只是一时生气，却骂出了胡兰成骨子里一些卑劣的个性。那个时候，胡兰成已经是懂事的年龄了，他当然知道在那种情况下他不应该袖手旁观，更不应该幸灾乐祸，而是帮着大人做一些力所能及的事情，减少洪灾带来的损失。而他不仅没有这样做，反而不知好歹地唱起歌谣来！俗话说得好："三岁看到老。"他的这种表现，完完全全预示着他会在时局动荡不安的抗日年间，投身汪伪政府大谈所谓的民间起兵！

　　虽然过继给了俞家但除了寒暑假之外，胡兰成大部分时间仍然是待在生父母的家里。最初他并不是很情愿，因为实在想不明白自己怎么凭空多出了一对爹娘，所以，他刚去俞家的时候，觉得俞家的一切都那么不顺眼。也许是对俞家期望过高的关系。俞家虽是富户，在他看来却只有土气和俗气。

　　俞傅村的村民们大都是靠天吃饭，胡兰成的义父虽然是一个不小的生意人，但是也是务农起家，身上自然充满了泥土的腥味。家里虽然雇用了长工，但是他仍然会在做完生意之后，扛着锄头下地劳作。俞家是一个地地道道的好人家，胡兰成的义父为人厚道善良，一点也没有"为富不仁"的坏习气。他虽然节约简朴，但是生性慷慨大方，所以俞家每顿饭必然有酒有肉，到了下午还会做一些小点心。

　　对于胡兰成而言，和俞家成为干亲关系，实属他人生中一件最大的幸事，因为胡家所缺少的正是俞家所拥有的——钱财。后来，胡兰成之所以能够去杭州念书，全都是依靠俞家的慷慨解囊。因此，胡兰成与俞家也就越来越亲近了。每逢寒暑假，他都会住在俞家的。

　　这里不得不提胡兰成的庶母，她对胡兰成来说是一个很重要的人物。这位庶母是杭州人，姓施，名春，人们都称呼她为春姑娘。胡兰成过继到俞家的时候，这位庶母刚刚32岁。庶母是属于《红楼梦》里王熙凤那样争强好胜的人物；而胡兰成自始至终都是软弱无能的那种，因此他渐渐喜欢、佩服起庶母，庶母做什么事他都愿意跟在身边。

　　只要是在俞家，胡兰成就会像一个跟屁虫一样跟着庶母。不论庶母去晒谷场晒谷子，还是在屋檐底下绣花，亦或是进房间开衣箱取东西，他都会跟在身边。有时候庶母下午给在田地里的雇工做点心，胡兰成仍然跟在身边。这些时候，庶母就会讲一些子贵尊母的故事给他听。她经常讲的一个故事是：一个叫李三娘的女人受尽他人的欺负，后来她的儿子高中状元，便衣锦还乡。庶母之所以讲这个故事，其意图非常明显，她希望胡兰成有朝一日享受荣华富贵了，也能记得孝敬她这位"母亲"。但是，以她那种性格，自己是不会亲自说出口的；而幼年的胡兰成本就有些闷头闷脑，虽然心中清楚庶母的用意，却也不知道说几句好听的话讨庶母开心。他当然也知道庶母希望他能说点什么，可是他就是不愿意表示。在某种程度上，这也影响了他与庶母之间更加深入地交心。胡兰成就是那样，他是属于能够坦然接受别人对他的好，他却很少对别人好的人。因此，后来发生了为妻子看病向庶母借钱而不得的事情。胡兰成还在自己的一些文章中抱怨过庶母争强好胜，以至于有些变态的性格，却从未对自己进行过反思。这正是他自私的一种表现，而正是因为自私——胡兰成性格中最致命的弱点，导致他最终成了了一个背离民族大义的汉奸！

胡兰成有着旧式文人的多情性格，这一点在他小的时候就已经初显端倪。当时胡村附近有个芦田村，盛产竹木桑茶，是一个极其富裕的地方。那时，芦田村有一户姓王的大户人家，家中有一位名叫杏花的小姐。杏花去杭州读书的时候，轿子经过胡兰成家门口。暂作休息时，胡兰成看见杏花衣着端庄、美丽，心中顿生爱意。从此以后，胡兰成便在多情的道路上一路狂奔。

当然，幼时的胡兰成和庶母在一起的日子是简单快乐的。不知不觉中，胡兰成寂寞而敏感的少年情怀被庶母的一颦一笑深深牵动，他喜欢上了自己的庶母，这种喜欢并不是儿子对母亲的情感，而是对于异性的爱慕。

有一次，胡兰成从俞家回胡村的路上，胡村祠堂正好有戏班唱戏，这时一个旦角出场了，她的打扮举止和胡兰成的庶母像极了。胡兰成敏感的心立刻被牵动了，他顿时心潮澎湃起来。他没有看完那场戏，就跑回家偷偷大哭了一场。后来，他去杭州上学的时候，也是从俞家出发的。离开俞家的那一晚，他投宿在一个旅馆里，当他一个人孤单地睡在昏暗的房间里的时候，他想起了庶母，心里立刻难受起来。虽说胡兰成对庶母产生的这种感情，是怀春少男特有的心质，但是总归超出人之常情。更为可气的是，他不但不对这种不正常的感情感到懊悔，还反倒有些沾沾自喜。他说："孟子说过'人少时则慕父母，知好色则慕少艾'，这个"慕"字用的非常好，但我没有对庶母说起过。为我坏心思是有过，因为我倔强。"他就是那种不知道其丑陋的人！

胡兰成15岁的时候，他的义父因病逝世了。那时他的庶母刚满35岁，她身着白色的孝服，在灵前哭的像个泪人一样，但是她依然坚强地料理着丧事，同时还与觊觎义父遗产的侄子争斗，真可谓是女中豪杰了！

义父"头七"刚过，胡兰成便准备去杭州念书了。走的那天早上，庶母一边在灵帏里流泪，一边与侄子争斗，并且还抽空让胡兰成来她的房间，她满脸泪痕地取出一包银元给他做学费，还跟他说了一些在学校注意的事项，这才接着又忙去了。

除此之外，就连胡兰成定亲时所需的聘金也是由庶母出的，而且她还买下了戴家的一座楼房，以及竹园桑地作为胡兰成的结婚礼物，这总共用去了五百银元，这在当时已经是相当大的一笔数目了。但是，胡兰成敏感地觉得庶母不再像以前那样对他好了，可惜他并没有自我反省，反而在心里怪起庶母，就好像庶母有义务一辈子顺着他一样。而他本人原本就是不知道感恩的人，所以对庶母的怨恨也就越来越深了。事实上，他从未孝敬过义父庶母，他只知道索取而从未回报，像他这样的人真是让人心寒。

话说回来，胡兰成上学并不早，13岁时仍在胡村的学堂里念初中；不过他的成绩相当不错，随后便考进了绍兴第五师范附属高小。刚进学校那会儿，除了他是乡下来的以外，其他同学都是城里人，所以他总是被人欺负。而胡兰成不敢跟他们争斗，因为他本身就属于娇弱那类。渐渐地与同学熟悉之后，他们也就不再欺负他了。

高小毕业，他考进了第五中学。在五中读书的那段日子，他几乎游遍了绍兴的大街小巷，也尝遍了各种小吃，例如，芝麻酱、油条和各式蒸糕等。

其实胡兰成在五中只读了一个学期，后来因学生闹风潮，第二个学期久久无法开课，于是胡兰成回到了胡村，实际上也就是辍学了。

直到后来，表哥吴雪帆带他去到杭州，考上了蕙兰中学，这才开始了新的求学生涯。胡兰成一直在蕙兰中学读满了四年，眼看就要进行最后的毕业考试时，却因为一件事情被开除了。

事情的经过是这样的：胡兰成是学校校刊的英文总编辑，有一期上刊登的一篇稿子写的是一个同学被罢免了青年会干事一职——因为账目出现了问题。当时校刊顾问方同源找到胡兰成说不能登载这篇文章，否则会影响到教会的名誉。胡兰成没有听他的，于是就跟他讲道理，结果方同源什么也没说，胡兰成就以为他默认了，于是便把这则新闻登了出来。谁知道他被方同源狠狠地骂了一顿，胡兰成觉得很不服气就跟他打了起来，结果把方同源惹怒了，他以辞职的方式来要挟校长开除胡兰成，最后胡兰成真的就被开除了。胡兰成虽然没有太后悔，但是却不敢就这样回到胡村，直到父亲胡秀铭得知了此事，写信叫他回家他才回去的。这之后，他的求学生涯也就结束了。

胡兰成18岁那年，他的婚事被正式提及。那个时候，他正放暑假，刚从蕙兰中学回到胡村。一天晚上，一家人吃过晚饭在屋檐底下乘凉，吴菊花便说起了他的婚事问题，而胡兰成什么话也没说，也算是默认了。于是，吴菊花便把女方的情况告诉给了胡兰成。

女方名叫唐玉凤，是距离胡村五十里远的唐溪村一户普通人家的女儿。她19岁，大胡兰成一岁。她的父亲名叫唐济仙，人们都称呼他为三先生。虽然吴菊花和胡秀铭都很满意女方，但是仍然想要听听胡兰成的看法。

胡兰成是在大哥积润的陪同下一起去看玉凤的,只不过名义上是买茶。他们来到了唐济仙的家里,刚巧唐济仙不在,在请唐济仙回家的那会儿,他们坐在客堂里休息。那时已是晌午,玉凤从山上采茶回来了,只见她背着茶篮,正准备从前门进来,看见有客人在,突然像是觉察到什么,转身从后门走了。那个时候,胡兰成也相当紧张,他觉得很难为情,因此也就没有心思去看玉凤,急得胡积润不停地给他使眼色。对于一个18岁的愣头青,遇到这种情况确实有些尴尬。在他看来,抬头张望不好,不张望也不好,不过他还是在玉凤从后门进入厨房的那一瞬间瞥了一眼,可惜他只看见玉凤穿着青布衫裤,没有看清长相如何。

　　就在这时,唐济仙回来了。午饭时间他们便在客堂间吃起酒饭。吃饭的时候,玉凤根本没有露面,菜是由玉凤刚满12岁的弟弟端出来的。胡兰成心里清楚,人家已经知道他们的来意了,于是觉得自己是送上门来让人家看的,而不是来看玉凤的。他有些不满,却也没有办法。

　　吃过午饭后,唐济仙带着他们来到了月樵店王家。月樵店在县里非常有名,而店主正好就是玉凤的堂房伯父。在王家客堂里闲聊了一会儿,大哥胡积润便带着他来到了屋后的田野上。当时胡兰成以为就是去散散步,没想到那里正对着王家后院,而玉凤此时正坐在院子里与姊妹们绣花。胡积润赶紧指给她看,可是相隔甚远,而且胡兰成又有些慌张,所以根本没有看清谁是玉凤,倒是人家已先发觉走开了。不一会儿,他们回到王家,正准备从屋后穿到客堂时,玉凤在楼上看见了身穿白洋布短衫,茄色纺绸裤的胡兰成。在那时,玉凤已经看上了他,对他产生了爱慕之情。

　　虽然自始至终胡兰成都没有看清玉凤的长相,但是不知怎的,他从心里觉得玉凤不错,另外他也不愿违背父母的意愿,所以也就没有反对。于是胡家立刻向唐家行了聘礼,这门婚事也就订了下来。

　　婚礼是1926年10月举行的,也就是胡兰成初次见到玉凤的两年之后,那时他20岁。遗憾的是,在胡兰成与玉凤举行婚礼的前9个月,父亲胡秀铭却因病去世了。胡村有个规矩,家里遇到丧事,一段时间内是不能再有喜事的,但是对于胡兰成这样并不富裕的家庭来说,定一门亲事确属不易,更何况胡秀铭生前已经为这门亲事筹备好了一切,临终之前还特地交代婚期不能改,因此亲事才按照原定时间举行了。对于母亲吴菊花而言,刚刚失去丈夫,又迎来了儿子的婚礼,各种滋味并不是常人所能体会的。

因为胡村距离唐溪村有五十里的山路,所以正式迎娶的那一天,胡村这边一大早就抬着轿子过去了。当时的景象热闹非凡,大概五六十人,一起翻山越岭,一路上敲锣打鼓向女方家走去。

而女方那边也打点好了一切,等着男方的花轿进门。对于玉凤而言,当锣鼓声逐渐清晰的时候,也就意味着花轿就要到了,从此以后她的生活将有了一个新的起点。

整个婚礼过程——拜天地、拜父母、夫妻交拜,新娘都有身边的老熳陪伴着。当所有礼节结束之后,就由胡兰成抱新娘了。当然,胡兰成是第一次面对这种事情,不免心里有些紧张,但是他别无选择,于是一横心将新娘抱了起来。只是当时新娘的衣裳过于繁琐,他又有些不知所措,于是抱的过程跟跟跄跄,多亏了旁边的姐妹搀扶,才将新娘顺利地抱到了新房。

他一直将新娘抱到了床上才放下,然后并排坐在了床沿边。对于胡兰成来说,这一切既生疏又新鲜,他的心里也是美滋滋的。就在这时,一个福寿双全的老妇人,端着汤圆喂了新郎一口,接着喂了新娘一口,然后手持红皮甘蔗向新郎新娘祝了三祝,这意味着夫妻能都多福多寿多儿。最后,老妇人帮新娘拿下了头上的花冠,这才让胡兰成亲自去揭新娘的红盖头。按照当地的风俗,新婚之时新娘是不能擦脂粉的,玉凤自然也就一脸素容,他看见了觉得不如想象中那么美貌,心里有点不高兴。

那天晚上,因为胡兰成之前一晚就没有睡好,所以有些上火,导致眼睛得了火眼病,于是自己去隔壁母亲的房间休息了。那个时候楼下仍然热闹非凡,堂前楼上人潮涌动,而隔壁新房里的新娘则由众多姊妹们陪伴着。胡兰成感觉比较累,躺了一会就睡着了。

这时胡兰成被楼下的鼓乐之声吵醒,他起身来到新房,只见一个老嫂正在帮着新娘化妆打扮。因为新郎与新娘马上要去堂前拜菩萨了,所以其他的姊妹早已下楼帮忙去了。

玉凤身着红袄红裤,临窗坐在梳妆台前。桌子上放着一碗她已经吃过几口的面条,还有一碗是留给胡兰成的。玉凤是一个心思细腻的女子,她立刻将筷子递给胡兰成说:"你先吃点垫一垫吧!"胡兰成什么也没有说,接过筷子就将面条吃了个精光。这是玉凤第一次跟胡兰成说话。

平旦时分一到,新郎新娘就要去堂前拜菩萨了,接着拜祖先,拜公婆,拜堂中所有的长辈。每当新郎新娘跪拜的时候,鼓乐就会跟着响起。

整个礼拜结束之后,宴席就开始了⋯⋯

每个人生命中最重要的大事,莫过于洞房花烛夜了。而闹洞房,越热闹越好,所以亲朋好友都必须参加。当然闹洞房的只能是男宾,他们想尽千方百计与新娘逗乐,目的就是为了让新娘发笑;而女宾们则统一战线保护新娘。那个时候,玉凤端坐在床沿,没有说话也没有笑,她低着头脸上一点表情也没有。虽然看上去很安然,但实际上心里已经忐忑不安了。幸亏身边的老嫂见多了这种场面,她处处保护这新娘,凭借着自己的伶牙俐齿,既好言相劝了宾客,又引来了众人的欢笑。而玉凤也着实稳重,她一直端坐在床沿一句话也不说,那些男宾也就无可奈何了。直到夜深,众人都没能逗笑玉凤,玉凤这才嫣然一笑,给了宾客一个台阶下,宾客这才纷纷散去。这时,老嫂搬出新娘的喜果,摆上了酒菜,跟新郎新娘说了几句吉祥话儿,这才转身关上房门下楼了。

此刻,新房内只剩下胡兰成和玉凤两人。他们端坐在餐桌前,两人都沉默不语,直到胡兰成举起酒杯木讷地说了声"请",两人这才各自喝了一口酒。放下酒杯,原本以为会再次回到沉默中,玉凤倒是开口说话了:"这次真是叫人怨心,宓家三娘舅说的聘礼嫁妆,确实毫无道理,为了我这个女儿,爹也受了不少委屈。"玉凤在新婚之夜说这些话,可见她真是直率而又真诚,当然里面包含更多的还是对丈夫的坦白。玉凤的这番话,使得胡兰成大吃一惊,他立刻回答家里是不会争这些的,只不过可桢娘舅有些小家子气罢了。玉凤听他这么一说,也就不再说话了。

看见胡兰成吃了几颗荔枝,玉凤赶忙起身将包里的荔枝全部倒在了盘子里,接着又给他斟满了酒。几个微小的动作,足以看出玉凤对胡兰成的体贴和关心,更看的出她已经把胡兰成当作信赖与亲密的家人,尽心尽力地伺候着。但是两人最终也没有说上几句话,东西也没有多吃,随后,便解衣休息了。

婚后胡兰成与玉凤的感情还算可以,这主要是因为玉凤觉得胡兰成是个读书人,她心里很喜欢,另外她比胡兰成大一岁,有着姐姐关心弟弟的感情在里面。当然,玉凤更渴望丈夫能够有朝一日成为人中之龙,所以她对胡兰成才倍加的体贴、宽容和关爱。

而胡兰成原本就是一个没有良心,只知道享受别人对自己好的人。而且他又有着旧式文人特有的矫情,所以即使他对玉凤有所不满,也不会直截了当地说出来,大多时候他都是故意拿话伤害玉凤,而玉凤也只是一言不发地默默承受着。

胡兰成不满玉凤主要是因为她没有进过学堂。那个时候"五四运动"正激烈地进行着,女学生都穿着白衫黑裙,而且思想也很新潮,玉凤当然不能与她们相提并论。玉凤不像戏剧中的女子那样娇媚,善于讨人欢心,更不会唱歌、刺绣。有一次,胡兰成好不容易才让玉凤开口唱了首歌,而她唱的也是非常土气的歌曲,这让胡兰成更加觉得她很俗气。另外,胡兰成喜欢脸尖的女子,他觉得自己本来就长得圆头圆脑,想互补找个脸尖的,而玉凤恰好是圆脸。在胡兰成面前玉凤总显得有些笨拙,即使她惹胡兰成不高兴了,也不会用花言巧语来哄胡兰成,这个时候,胡兰成就会发狠用难听的话刺伤玉凤了。

即使这样,玉凤仍然全心全意地伺候胡兰成,以及婆婆吴菊花。虽然玉凤没有念过书,但是她懂得孝道是人生之根本,所以总是任劳任怨地做着自己该做的事情。

婚后，胡兰成一直在胡村的小学里当老师，那个时候半年的薪水也只有 35 银元，而这是他们全家的经济来源。所以，家里的日子过得非常艰辛。

直到第二年三月的某天，胡兰成正在池塘边钓鱼时，接到了一封别人从镇上给他带回来的信。这封信是录取他去杭州邮政做邮务生的。五年前，他还在蕙兰中学读二年级的时候报了名，没想到事隔这么久才被录取。杭州邮政局开的薪水非常高，月工资就有 35 银元，这足以顶他在胡村教书半年的薪水，所以他满心欢喜地前往了。

胡兰成一个人来到了杭州，每个月他都会寄 25 银元给母亲，自己留下 10 银元。在当时，邮电局的工作是相当好的，只要认真负责，不但可以加薪，而且即使退休了也会有养老金。所以，在邮局工作的同事们，不管少的老的都对上司恭恭敬敬，哪怕做错一点小事也会被吓得半死。而一旦有人犯了错误，被扣了薪资，其他的同事就会幸灾乐祸，面对你的时候也是摆出一幅天要塌下来的样子。他们那种事不关己，冷冰冰的态度让人心寒。那个时候，是由外国人掌控邮局的，因此他们对待顾客相当傲慢，外加同事之间也没有感情可言，因此胡兰成瞧不起他们，觉得在这里做人实在没有乐趣可言。

有一天，一个集邮者拿着一些邮票要求胡兰成给盖章，他二话没说就给盖了，结果这事被局长看见了，他就严厉训斥胡兰成。第二天，一个英国妇女，拿着一些邮票同样要求胡兰成给盖章，胡兰成吸取教训便一口回绝了。谁曾想这个场面又被局长看见了，他走过去跟英国妇女道歉，然后就叫胡兰成给她盖章。这下可惹怒了胡兰成，他长久积压的愤怒一下上来了，倔强地不肯盖章。局长什么也没说，狠狠地瞪了胡兰成一眼，便亲自给那位英国妇女盖了章，接着把那位妇女送走了。当局长回过头时，他对着胡兰成骂了几句，胡兰成实在很不服气，于是回嘴顶了一句，这下局长恼羞成怒，说了些更难听的话，就把他给开除了。

胡兰成被开除之后没有地方可去，便返回了胡村，虽然玉凤和母亲都觉得失去这份工作有些可惜,但是这已经是无法弥补的事,也就没有多说什么。只是胡兰成连教书一职也失去了,所以只好在家闲着。当时幸好还有大哥积润在,家里才不至于连饭都吃不上。百无聊赖的时候,胡兰成就以钓鱼来打发日子。

钓鱼强调静心,最忌讳心浮气躁,而胡兰成却是一个不甘寂寞的人,因此总会在钓鱼的时候谋划自己的将来。有一天,他突然想到自己要去北京念书,但是家人却总是念叨着让他去杭州找事做。那时,玉凤已经有了身孕,胡兰成却对此不管不问,他的心里想到的只有自己,他实在憋不住了决心一定要出去,于是胡兰成21岁那年,第一去到了那么远的地方。

好在胡兰成并不是盲目的出走,燕京大学有他两个同学于瑞人与赵泉澄。九月份胡兰成来到了北京,在于瑞人和赵泉澄的引荐下,他谋到了一份在燕京大学副校长室当文书的工作。每天工作时间只有两个小时,其余时间他可以去课堂里旁听,或者去各处风景参观游览。

那个时候,燕京大学可谓名流荟萃,在校园里他总能看见些文人,有的时候赵泉澄会悄悄指着某个穿长衫的人对他说,这是周作人,这是陈垣,这是郭云观……虽然胡兰成并不是燕京大学的正式学生,但是他身处那个环境,耳濡目染,也是有很大长进的。

燕京大学在北京的西郊,校门外面隔条杨柳沟,有一个大校场。当时,张学良就在那里操练骑兵。胡兰成去看过好几次,有的时候天还没亮他就被马号声惊醒,每到这种时候,他的心里都会涌起一股悲壮凄凉的情绪。

那时北伐已经开始了,军队虽然刚到长沙,但是北京城已经蠢蠢欲动了。只是,胡兰成当时只有22岁,那个时候他对于政治和国家大事几乎不懂,实际上他一辈子也没弄明白政治是怎么一回事,否则就不会成为文化汉奸了!而他对于报纸上时事的评论也是一窍不通,只知道看报纸上的一些照片。对他而言,国军总司令蒋介石长得也算英俊,宋美龄确实很美丽;至于汪精卫的演说,广州女学生掷花如雨,他都是以一种看热闹的姿态对待的。

在燕京大学里，胡兰成只待了短短一年的时间，虽然当时他也有自己的一些想法，但是也只不过是文人的一种冲动罢了。当时，国家的变动属于头等大事，人民的心思也为之牵动着。在这种时刻，胡兰成也受到了一些影响，但是他的性格比较木讷，很少会有勇敢行事的时候。所以在燕京大学的这一年中，他的情绪是相当低落的，于是他便想起来回家。胡兰成总是这样，只要风光的时候就不会想起自己还有个家，而受到挫折的时候就会立刻想到逃避，想到回家。这就是浪子的本性！胡兰成就是一个十足的浪子，他永远在外面奔波，只是所做的一切都是为了自己。

胡兰成回去的时候，选择先从天津乘船到上海，然后转乘火车去到杭州，到达杭州之后，他休息了一晚上，第二天才渡船回到了胡村。

玉凤看见丈夫回家，心里很是欢喜。胡兰成还没有进家门，玉凤就将怀中的婴孩往他怀里塞，玉凤兴奋地连声说道："爹爹回来了！"这时，孩子已经1岁了。胡兰成刚刚离开家，孩子就出生了，当时胡兰成正在去北京的火车上，火车正好经过黄河，看着滚滚的黄河他立刻想到了夏禹治水，于是仿照夏禹儿子的名字，提笔写信给家中的孩子取名为"启"。

按照人之常情来说，胡兰成在见到自己的骨肉时应当极其兴奋才是，可是当他把孩子抱在怀里的时候，他感到非常不自在。对他而言，是玉凤让他抱孩子的，所以他才不得不抱一抱。伦常之情在他心里，似乎也是需要"理由"的，他自觉见孩子见得并不多，因此感情未深也是"可以理解"的。

回到家后，胡兰成又过着无所事事的生活，这种状态一直持续到第二年的夏天。有一天，他去岳父家散心，老丈人便带着他去了蒋介石的家乡奉化，还特意让他看了雪窦寺；接着又去了蒋介石的表亲葛竹王家。在家乡葛竹王家算得上是有头有脸的人家，并且家中还有一人随军北伐，正在南京做官呢！直到这时，胡兰成才终于明白岳父带他游玩的用意所在。于是,胡兰成随即起身来到了南京,找到总司令部。但是,因为关系太远,再加他除了念过书外没有一技之长,所以连续奔波了好几天也没有谋到事做。

胡兰成一直在南京滞留了八天,最后终于离开了。但是,他并没有回家,而是转站来到了杭州,第一次进入了斯家的大门。而这一住,就是一年。

斯家大少爷颂德与胡兰成是蕙兰中学同学,他中学毕业之后就进入了光华大学,当时正因病在家休息。

当时斯家在金洞桥,家庭环境相当不错,而"维新变法"的核心人物康有为也是他家的常客。现在虽然搬到了金刚寺巷,只有两院三进的平房,但是大厅里仍然挂着康有为写的"大江东去,浪淘尽,千古风流人物,故垒西边,人道是三国周郎赤壁。"令整个宅子英气十足。

胡兰成住在斯家的这一年中,斯家对他可算是百般呵护。而且胡兰成还享受到了斯家特有的关爱,那就是斯家兄妹每月都有 20 角银洋的零用钱,胡兰成当然也不例外。当时胡兰成并不是亲手接下这 20 角银洋的,而是由太太在胡兰成不在时亲自放进他床前的抽屉里的。此外,过年的时候胡兰成还得到了两块银元的压岁钱,这也是由太太用红纸包好后放在果盘里由使女送进他的房间的。

如果照这样发展倒也没有什么,反正胡兰成就是那种只顾自己从不为家人考虑的人。可惜,他虽表面上显得斯文木讷,但实际上有着拈花惹草的天性,因此出事只是早晚的问题。

颂德有一个妹妹,名叫雅珊,当时正在女中读书,她虽只有 16 岁,但是个性特别,人又很刚烈,就连衣着打扮、言谈举止都丝毫没有小女孩的怯弱,而这正是胡兰成缺少并一直向往的。所以雅珊的一颦一笑深深地震撼了他的心。

有好几次,雅珊在客堂里遇见胡兰成,便向他借小说看,胡兰成虽然没有,却还特地买来给她看。其实完全没有必要这样做,只不过胡兰成心思不正,在他看来这就是以书传情。他想通过一来二往的借书换书,让单纯、不经世事的雅珊投怀送抱。只可惜,斯家太太是一个相当厉害的人,胡兰成的心思被她一眼就看穿了。但是,她是一个做事留有余地的人,胡兰成毕竟是一个读书人,她不想让他下不来台;更何况他是儿子颂德的同学,如果这事被传了出去,胡兰成可以一走了之,但是斯家就没有立足之地了,所以她也就没有说破。只是将这件事情告诉给了颂德,颂德一听立刻恼怒起来,不过他也不愿伤了胡兰成的自尊心,于是专门从光华大学写了一封信给胡兰成,信中只有短短一句话,他让胡兰成立刻离开斯家!虽然只是简短的一句话,但是却蕴含着巨大的力量,胡兰成自知理亏,也就没有多说什么,灰溜溜地从斯家离开,回到了胡村。而斯家太太当然知道其中原因,胡兰成走的时候她没有挽留,也没有点破,只是礼节性地为他饯行,并给了他五元钱作为路费。总的来说,斯家对待胡兰成可谓是仁至义尽了!可惜胡兰成并没有因此而觉醒,他还这样为自己辩解道:"我做了错事,不必向人谢罪,更不必自己懊悔;虽然心有内疚,也不过像采莲的船一般左右摇晃而已。"

也许冥冥中自有定数,胡兰成与斯家的"缘分"并没有结束,只不过这种缘分来自于胡兰成的没脸没皮。半年之后,他再次来到斯家,而且以后的逃亡他同样赖在斯家。如果换了有那么一点自尊心的人,是绝对不会再次打扰斯家的,可是他从未这样想过,他只按照自己的意愿行事,从来没有考虑过他的出现会给斯家带来怎样的后果!

胡兰成从斯家回到胡村以后,又稀里糊涂地混了半年,他的天性注定他的浪荡,所以他又来到了杭州,想要为自己找寻出路。而这次他又住在了斯家!虽然过去半年的时间,但是他仍然怀念雅珊为他带来的心跳回忆,真是脸皮厚到了极致!只不过,斯家太太并没有计较以前的事情,依然一如既往地照顾着他,双方就好像什么事也没有发生过一样。好在胡兰成这次住的时间并不长,不然说不定会"旧事重现"。

原来胡兰成的表哥吴雪帆在杭州中山英文专修学校任校长,他自然将胡兰成聘请到了他的学校。

一年半之后,胡兰成转到了萧山湘湖师范学校教书,在那里待了半年的时间。在英专和湘湖师范学校教书的这两年里,每个月他都会按时将一部分钱寄回家中。除此之外,他对家中的老母和妻子玉凤并没有牵挂之情,只是在寒暑假的时候回家一次。他生来就注定是一个薄情寡义的人。

有一天,大哥积润来到湘湖师范学校看望胡兰成,胡兰成便将那个月的钱让他带回去。谁知,这一举动反倒成了积润威胁玉凤的一个把柄,积润回家之后就对玉凤说道:"我已经和蕊生说过了,蕊生也认为你不对。我这个阿弟是非常尊敬长辈的,自从我当家以来,他每次寄钱写的都是大哥收。你竟然欺骗我,看我将来得让蕊生把你送回唐溪!"玉凤被积润这番话吓了一跳,虽然她知道胡兰成是不会这样说的,但是心中仍然不安,于是争得吴菊花的同意,这才抱着三个月大的小女儿棣云一路打听,来到了湘湖师范,想要将事情跟胡兰成说清楚。

可是,胡兰成见到玉凤的时候他并没有欢喜,反而觉得玉凤的到来给他添了麻烦。他在生气之余,看着玉凤的一身打扮与女同事完全不能相比,竟然还觉得失去了颜面。所以,当他在校门口接玉凤的时候,感觉像被剥了衣服让众人观看一样,作贼似的急忙溜回了自己的宿舍。

但是玉凤竟一点畏惧感都没有,虽然这是她第一次来湘湖师范。可见玉凤的落落大方与胡兰成截然相反。当她见到自己的丈夫后,立刻觉得心中安稳了许多,以至于忘记了此行的目的,最后只在晚上休息的时候才匆匆问了一句,知道并不像大哥说的那样之后,她也就没有再多问什么。玉凤对于自己丈夫信任至斯,真算是中国传统女性隐忍柔善的典范了。

在湘湖师范休息了一晚之后,玉凤就回家了。而胡兰成竟然没有一点挽留之情,他将玉凤送到萧山汽车站后,便头也不回地离开了!

胡兰成之所以对玉凤那么冷漠,不但因为他本来就淡漠亲情,还有一个重要原因就是:那时他正热烈地暗恋着一个女孩。这个女孩被叫做四小姐,是胡兰成同学于君的妹妹。那时,胡兰成正处于如饥似渴的年龄,外加"五四"新思想的影响,他实在不甘于与玉凤的旧式婚姻,想感受一下新式恋爱的甜美,于是脑袋就不由自主地胡思乱想了。但是,胡兰成过于迂腐、木讷,自然不会引起这种年轻女孩的注意,因此他那点猥琐的心思也就处于自我安慰的状态。

但是,玉凤却是对婚姻忠贞不二的人。胡兰成不在家的日子里,玉凤心里总想着他,不论是在厨房烧火做饭,还是在屋檐底下做针线活。就连在平淡的生活中,与婆婆、侄女说话的时候,嘴边挂着的也只有胡兰成的名字。在玉凤的心中,胡兰成是自己要爱护一生的男人,她从来没有怪过胡兰成对自己的冷漠;她唯一担心的就是,当胡兰成大富大贵之后会抛弃了她,即使在过完苦日子之后也不能享受胡兰成的疼爱。但是,玉凤从未将这种担心说出口,而是一个人默默地承受着,只是病入膏肓的时候才对胡兰成说道:"你待我是好的。只是你曾经说过,和我结婚以来你从未称心过,这句话我一直放在了心里。"玉凤这样提起,并不是记恨胡兰成,而是从心里原谅了胡兰成,只不过她想在入土之前求得内心的平静!其情如此,真是让人喟叹!

胡兰成在湘湖师范任职半年之后的暑假,他回到了胡村。听说表哥吴雪帆的好友崔真吾那时正在广西国民党党部,以及第四集团军总司令部任职,于是就想在过年春天去广西谋职,结果正好赶上"一·二八事变",道路不通,而玉凤又因为太过操劳病倒了,胡兰成这才被迫暂留在了胡村。

玉凤刚刚病倒的时候心里非常恐慌,经常无缘无故地默默流泪。每当胡兰成扶她喝药的时候,她都会哭丧着脸说:"死不得的呀!"可见,玉凤对家庭、对丈夫有着太多的留恋。而胡兰成的温言相劝,这才使得玉凤稍稍平静了些。

胡兰成的岳父唐济仙原本就是一个中医,自从玉凤生病那天起,他就隔三差五去胡村给玉凤诊断。当时,胡兰成的家庭颇为穷困,因此不论吃也好,或是药也好都没能对玉凤照顾周到,唐济仙自然心疼女儿,于是随口说道:"把你嫁给这样的人家,实在委屈你了。"

胡兰成哪能受得了这种话,于是摔门而出,径直去了俞傅村,准备向庶母借一点钱。由于自胡兰成自他的义父死后,几乎就没有再到庶母这跑动,因此,庶母早把他看成一个"不孝儿"了。他到了庶母家后并没有直接开口借钱,而是隐晦地说玉凤生病了,想让庶母主动借钱给他。但是,庶母见他还抱着文人的架子不放,心中有气,便也不提钱的事。胡兰成见庶母也不主动提出,他便干了一件荒唐而滑稽的事:在庶母家住了下来,既不开口向庶母借钱,也不去谋划别的办法。似乎卧病在床的妻子玉凤只是得了感冒这种病一样!

直到玉凤咽气之时,胡兰成仍在赖在俞家。那个时候,庶母已经做好了早饭,让胡兰成先吃。也许夫妻之间存在神秘的感应,当胡兰成拿起筷子的时候,心里突然涌起一阵无名的悲哀,跟着眼泪就掉了下来。他赶紧放下碗筷,坐到床边,想要平复一下自己的心绪。

吃完早饭后,胡兰成决定回家看看玉凤,于是跟庶母道别。庶母轻描淡写地说道:"是的,你的确应该回去看看了,放着家里生病的妻子……"庶母说话的语气虽然很轻,但是一字一句分量很重,只可惜胡兰成并没有反应过来,他还想着庶母能够主动借钱给他,但是依照庶母的脾气,这是绝对不可能的。

看见庶母并没有拿钱的意思,胡兰成只好上路了,刚走出十里远,就看见梦生正急匆匆地来找他,告诉他玉凤离去了。

胡兰成虽然心里有所准备,但是猛然听到这个不幸的消息,按理应当悲痛至极才是,但是他居然一点想要哭泣的念头都没有。只是跟梦生来到了章镇,梦生去看棺木,而他则去冯成奎家借钱。

冯成奎原是借他家门面开药店起家的,后来身体大不如从前,于是就不再操劳店中生意,而是转行放高利贷。人一富贵就会忘本,冯成奎也是如此,所以变得比以前刻薄了很多。后来因为山乡闹土匪,冯成奎这才避居章镇。胡兰成小的时候跟他关系不错,所以现在想起了他。他找到冯成奎,开口就借 60 块置办丧事,原本以为他会立刻答应,结果冯成奎一口回绝了他。想必冯成奎是怕胡兰成还不上来吧!胡兰成默然无语，只好喝茶稍作休息，这时外面来了两个人，他们也是向冯成奎借钱的，因为利息很高，所以冯成奎二话没说，一点也不避讳胡兰成就当即拿出五百元。胡兰成这时的感觉就像是被人扇了一耳光一样，他恼羞成怒，站起来转身就走。冯成奎赶紧起身假意留他吃午饭，稍有一点自尊心的人会知道这只是面子上的话罢了，而胡兰成想想也是，空着肚子怎么走路呢？于是就留下来吃了饭。吃完饭，这才又急匆匆地赶回俞傅村。

进了俞傅村之后，胡兰成胸中的怒气尚未消退，他看见庶母，就立刻冲着庶母气势汹汹地说道："给我60元回去治丧！"庶母这时已经知道玉凤病逝了，但是不愿意收回之前说过的话，于是说道："家里哪有钱呀？"这时，胡兰成倒来了聪明和勇气，他恶狠狠地说："把钥匙给我！"庶母顺手就将身上的钥匙扔给了胡兰成。胡兰成轻车熟路地打开了钱柜，看见现洋700，被包成七份，整整齐齐地摆放着，于是拿出其中一份取出60元，将柜子锁好，把钥匙还给庶母之后转身就走。庶母眼圈一红，苦笑着说道："最终还是我被打败了！"庶母的眼泪，饱含被这个不孝不义的"儿子"误解的委屈，而胡兰成并没有理会庶母的眼泪，几近而立之年的他，行事之幼稚乖张，有如顽劣的幼童！

胡兰成赶到章镇时，四哥梦生已经选好了棺材。胡兰成立刻掏出35元，便和梦生及同来的人把棺材往家抬。

他们一直到了傍晚时分才回到家中。那个时候，堂前已经设起了灵帏，胡兰成看到这些时，竟没有一丝悲哀的情绪。

举哀完毕，胡兰成进到灵帏，他看见玉凤直挺挺地躺在木板上，身上盖了一床新的被子，玉凤的脸庞变得很小很小，就像一个十二三岁的小女孩。他走到玉凤枕边，轻声地说了一声："玉凤，我回来了。"此时，他并没有眼泪。是啊，他原本就是一个极其冷漠的人，哭不出来也是正常的。只是，他曾在文章中可恨地写道："其实我知道应该哭的，所以也就努力地使自己哭了一回。"如此虚情假意，不知道他自己在记述的时候有没感到恶心！

胡兰成伸手摸了摸玉凤的手,那时玉凤的手仍然是柔软的,他看见她的眼睛微微露开一线,便轻轻地将眼皮合上。做完这些之后,他走出灵帏,去正房看母亲吴菊花。吴菊花看着胡兰成,含泪带笑地叫了一声"蕊生",这一声充满了母亲对儿子的怜惜,胡兰成这时才哭了出来。胡兰成此时生出感情,并不是故意为之,而是生来如此。若干年后,张爱玲曾这样解说过胡兰成:"他容易对人生出感激,但是却难得满足。"

是的,胡兰成虽不满足于玉凤,但是玉凤对他的好,对他尽心尽力的服侍,他是有些感激的。即使再自私、再冷漠的人,也总会被一些事情触动的。胡兰成的自私冷漠天生就有了,他眼中的万事万物,绝大部分时候,都是应该围绕着自己转动的。

在玉凤去世的前前后后,胡兰成经历了世间所有的人情冷暖,因为他后来回忆这段时期的时候说道:"在以后的二十年中,我有时看社会新闻,或者电影时并不会为那些故事而黯然泪下;却只会在无端的时候,偶尔潸然泪下。对于那些天崩地裂的灾难,与世割断的恩爱,都不会使我流泪。我幼年的啼哭已经还给了母亲,成年后的哀泣也已还给了玉凤,此心已回到了如天地不仁!"

这番记述对于理解胡兰成很重要,其重要更多的不是因为记述本身的内容,而在于胡兰成回忆玉凤这段往事的时候又曾说:"很感谢有玉凤这样一个知己。一个人若有过这么一个知己,他的一生就算遭遇怎样的悲伤,也不会摇动对人世的大信!"所以他所谓的因玉凤之卒而产生的"天地不仁",实在是一个不错的借口,一个让他以后可以毫无责任感地始乱终弃的信条。

玉凤去世之后两个月,胡兰成表哥吴雪帆的好朋友崔真吾回来了,那时他仍然还在广西国民党党部及第四集团军总司令部的政训处任职。他这次回来就是为了告诉胡兰成,他已经和广西教育厅的厅长说好了,让胡兰成去广西的中学教书。除了胡兰成之外,他还找了马孝安和陈海帆。马孝安是吴雪帆在蕙兰中学读书时的同学,后来就读于厦门大学;陈海帆也曾经在蕙兰中学读书,那时他和胡兰成、吴雪帆他们就是文友。

胡兰成听说可以去广西教书当然是非常高兴，他在胡村早就已经待不下去了，玉凤病逝给他的心灵多少带来了一些创伤，家里沉闷的空起更是让他感到压抑和沉重，现在既然有这么一个好机会能够出去透透气，他怎么能够轻易错过呢？而且还有友人做伴。他可以说是欣然同意，没有任何犹豫，而家中的老母亲吴菊花、幼儿胡启和患有奶痨还不到一岁的幼女棣云，自然都被他一股脑儿地推给了只有15岁的侄女青芸，他现在哪里还有心思去考虑他们呢？

但是，当时他没有前往广西的路费，借当然也是借不到的——因为，如果能借到钱的话，玉凤的病情也不至于那么迅速的恶化——情急之下，他开始毫无顾忌，把俞家赠给他的竹园也折价卖掉了，而且丝毫不顾及庶母施氏的感受。不知他在妻子去世的时候为什么没有想到此法，还是由于一时冲动加报复的心理。

马孝安和陈海帆的家庭都比较富裕，但是家境也在走下坡路，因此虽然表面上显得很慷慨，其实却是死要面子活受罪。在胡兰成面前，马孝安和陈海帆自然认为自己有值得骄傲的资本，他们见胡兰成一个人闷闷不乐，就半玩笑半欺负似的嘲笑他的草帽破旧，并且顺手就拿过来抛掷取乐，胡兰成对此自然是无可奈何的。崔真吾虽然没有取笑胡兰成，却开玩笑似的说出了一句大实话，他说胡兰成因为丧妻而从旧式婚姻里走了出来。当时，胡兰成还没有从失去玉凤的悲伤中缓过神来，而且也还没有其他女人进入他的"法眼"，因此这句话对于他来说事相当刺耳的，但是他却并没有立刻发作。实际上正是崔真吾的这一句不经意的话，倒是点破了胡兰成后半生的人生轨迹：他真的是得到了解放，而且将解放发扬光大了，连续不断地进行着所谓的"新式婚姻"，不是未婚同居就是不办手续只写一纸婚书，或者干脆各取所需及时行乐，再或者就是展开了所谓的"夕阳恋"！

轮船经过厦门时停留了一段时间，后来又到了广西梧州，这时却传来消息说广西省教育厅厅长李任仁提出的让张海鳌当一中校长的事情没有被省政府议会通过，而胡兰成三个人来教书的事情就是由李任仁同意然后转给张海鳌来办的，现在张海鳌却没能如愿当上校长，这也就意味着他们三个人能否有书教还是个未知数！因此他们三个人的心都悬了起来，去不去南宁的问题也就摆在了面前。正在犹豫不决之际，崔真吾提议说既然已经来了就还是去吧，让李任仁再另外想办法解决，不管怎么说还不至于没书可教，三个人这才路转南宁。马孝安还很体贴地为胡兰成着想说："只是兰成的情形不同，此去但凡有个机会，我与海帆就让给兰成。"

到了南宁之后，他们四个人一起去见了教育厅厅长李任仁。李任仁还是很讲义气和负责的，无奈各个中学都已经在前几天开学了，老师的名额也基本已经满了，而且三个人都只能教文史，一起安插确实是很困难的，于是三个人就只好先住在崔真吾的公寓里耐心地等待。

两天之后传来了好消息，说是省第一中学有了一个空缺，让他们三个人中的一个人先去。胡兰成本来就木讷默然，这个时候更是面薄嘴软，自然不好意思抢着说自己去；而陈海帆也是有些难为情，马孝安则有点"当仁不让"的架势，抢先对崔真吾说："我是下午就搬行李进去呢，还是先去见了校长，顺便看了教员宿舍？一中的房间如果好，我住校也可以的。"完全忘记了来南宁那天他在胡兰成面前的信誓旦旦——既然做不到，当初为什么把好言语挂在嘴边呢？这人真是可恶之极！

又过了一个星期，桂林第三中学又出现了一个空缺，崔真吾问他俩谁去，胡兰成仍然是"君子讷于言"，陈海帆见状自然也就"当仁不让"了，忙说自己出来的时候家境已经相当为难了，他需要工作以补贴家用，而且自己也一直有游览桂林山水的宿愿，所以这个名额自然也就归他了。这时只剩下胡兰成一个人空守公寓了，而公寓里白天没有一个人，也就越发显得空荡和凄清了。

胡兰成一个人有些郁闷难耐，加上爱妻新丧，一直以来奔忙操劳，身心尚未完全恢复，就又从浙江到上海、转道香港，再来南宁，路途荡荡使人筋疲力尽，马、陈二人那副嘴脸更使他痛感人心不古，深刻体会了世态炎凉，现在又有些水土不服，终于病倒了。

胡兰成这病其实是内心郁郁、积劳成疾，外感风寒，加之水土不服抵抗力下降所致，所以也没有什么名目，也无从就医开药，因此尽管不时的头脑发热说些胡话，但也只能是硬扛着而无医治之法。躺在床上的胡兰成没有人陪伴，只好看着天花板胡思乱想，想来想去，自然也想不出什么名堂，越发地感到虽然天地宽阔，却没有自己的容身之地和出路，一时之间颇有些心灰意冷。但是脑中突然又涌出了一个念头，如果病好了的话就去江西投奔红军，不过以他此时已经养成的性格特征来看，倘若真加入了红军，心也不见得就可以被染红。

胡兰成这一病就是 20 多天，有一天晚上他做梦梦见了玉凤，玉凤在梦中依然殷殷切切地煎药服侍他。或许是心中有愧，或许是觉得玉凤托梦有奇，胡兰成被梦惊醒，出了一身的冷汗，烧也猛然间退去了，顿时觉得神清气爽，天亮后已经能够起床了，也吃得下去饭了。之后又出去散了一会儿步，回来之后就看到了教育厅长李任仁的介绍名片在桌上放着：原来第一中学又有了空缺，让胡兰成前去补缺呢！这真是"山重水复疑无路，柳暗花明又一村"！胡兰成心中一阵狂喜，早把病愈后投奔红军的念头抛到了九霄云外。

广西第一中学的老师大部分都是广东人，他们的性格外向直露，这一点与江浙人的温和内敛大不相同，学校里一天到晚都是吵吵闹闹、大说大笑的，人们好像根本就不知疲倦，还经常大呼小叫地一起出去逛街吃东西，这倒是挺合胡兰成的脾气。在这样生机勃勃的环境里，胡兰成受到了感染，原本感伤抑郁的心情也就逐渐开朗活泼起来了。但是人一兴奋了，就容易失去谨慎，而胡兰成的性格当中又有着很深的执拗和不服的特征，所以就容易出事。

广西一中有一位教初中国文的年轻女教师，是年级主任，名叫李文源，毕业于北京师范大学，是广东军阀李扬敬的堂妹。她在上海时加入了共产党，连续几次被逮捕，幸亏有李扬敬的保释才得以生还，后来避难来到了广西,到一中来教书。李文源性格外向,活泼大方,平时遇到疑难问题经常向教文史的胡兰成请教。有的时候吃过晚饭后天色尚早,就常和胡兰成等人一起出去散步。

当时在一中有一位男教师名叫贺希明,也是共产党员,一直暗恋着李文源,却一直求之不得。看到胡兰成和李文源挺亲密的,就怀疑李文源心中有了胡兰成,但是又不能确定,于是就借着一次胡兰成和其他几位同事在他房里玩的时候拿话来试探他。胡兰成当然不高兴了,于是说道:"那李文源也不过和千万人一样,是个女人罢了,有什么神秘复杂的。"这自然不是贺希明想要的答案,于是就又拿话来激胡兰成,问胡兰成敢不敢打赌和李文源亲上一个。胡兰成明知是激将法,也知道贺希明是想陷害他,但是,这时他的执拗劲又上来了,于是就故意要做给众人看,当即起身到女生宿舍,径直走进李文源的房间。当时已经快要打钟吃晚饭了,李文源刚洗过澡,正一个人独自坐在那里,看到胡兰成进来了,赶紧站起来打招呼。胡兰成却一语不发,径直走上前抱住她就亲了一下,然后撒手就走。

李文源哪里遇到过这种事情,更不明白胡兰成为什么要这样做,当时就怔住了,一动不动的站在那里愣了半天。如果李文源不知道胡兰成为什么亲她,倒也没有什么事了,但是那贺希明也不是个省油的灯,他偏要煽风点火,于是就对李文源说胡兰成是因为打赌才亲她。李文源勃然大怒,立刻去告诉了校长。不料校长刘九思只是笑了笑,却并未批评胡兰成,大概他也觉得这只是年轻人之间的玩闹罢了,不能较真。

但是毕竟人言可畏。贺希明自然不会放过这个搅坏两人关系的大好机会,于是就把事情的原委说得满学校尽人皆知。那个训育主任潘某本来就对胡兰成不满,这次终于找到了机会岂能放过他?还有一个叫刘淑昭的女人更是对胡兰成的无礼行为深恶痛绝。这样一来,这件事情在学校里闹得沸沸扬扬。李文源更是对胡兰成的非礼感到气愤,因为这使她非常难堪,现在又使她在学校里抬不起头,从此不再理他。而胡兰成却非常执拗地认为是李文源把这事告诉了校长,这是没有志气的表现，心里对她也非常气恼。于是两个人互相气来气去，变得形同路人，见了面更是避而远之，像见了瘟神似的，话自然是不会再说了。

那学期结束的时候，胡兰成被学校解聘了，李文源也被学校解聘了，这也是情理之中的事情，因为舆论的压力实在是太大了。胡兰成被解聘之后收到了百色第五中学的聘书，算是没有失业，只不过是换了个地方换了个环境而已，因此倒也没有感觉到烦恼。

在离开一中的前一天晚上，胡兰成正在房间收拾行李，李文源忽然进来了，说要和他一起去百色。胡兰成感到非常吃惊，问道："你去那里做什么？那里又不聘你。"李文源说道："我只是跟你去。"胡兰成立刻被惊呆了，顿时无言以对。此时再细看她，只见她虽然没有打扮，却自有南方女子的绰约风姿，也很漂亮。心里不由地一动，但也不敢草率，于是推托说这件事情最好还是认真考虑为好。第二天，胡兰成邀请了一个关系比较好的同事古泳今到西江上荡舟，和他商量这件事情。古泳今大概早就知道他会就此事发问，于是当即回答："你续娶应该，但李文源不宜于家室。"

胡兰成茅塞顿开，回去直接对李文源说，你不宜于家室。不料李文源却一心跟定了他。直到后来胡兰成去了百色，已经去了香港的李文源还几次三番地写信说要来找他。胡兰成那年已经 28 岁了，有一种非常现实的想法，就是"不要恋爱，不要英雄美人，惟老婆不论好歹总得有一个"，于是就在同事的介绍下认识了一个名叫全慧文的女子，并且一见面就确定了关系，随即就结了婚。这在李文源看来，好像胡兰成是为了让她死心才这么匆匆新娶的。所以在伤心之余，勉强嫁给了一位师长。

后来胡兰成又从百色的第五中转到了柳州四中教了两年的书，在此期间他的母亲吴菊花因病去世，常以孝子自诩的胡兰成竟然没有回去奔丧！这不知道该算是他的怎样一副嘴脸！在这段时间里，胡兰成除了教书授课之外，对马克思主义产生了浓厚的兴趣，花了相当多的时间去进行研究，连政治学和经济学都有所涉猎。虽然并没有什么成果面世,但是对于政治和经济总算是有了一些认识和了解,这对于他以后参与政治也起到了一些作用。

胡兰成在这个阶段虽然地位有些低微,却是个不甘寂寞的人,他参与政治的心此时此刻已经蠢蠢欲动了。虽然身在学校,但是,他却不是只是埋头教书,而是在研读马克思著作的同时与现实结合起来进行揣摩,对中国的局势非常关心,有关这一点他在百色时所作的诗可以为证:

> 古道斜阳老妇耕,
>
> 山城年少正点兵。
>
> 西江不比潇湘水,
>
> 援瑟偏多杀伐声。

1936 年前后的中华大地,形势动荡不安,当时正处于抗日战争即将爆发的时刻,那个阶段也是中国社会最黑暗、最压抑阶段,日本人虎视眈眈,整个中国笼罩在山雨欲来风满楼的气氛之中,日本人的气势咄咄逼人,中国人民此时也正在酝酿着绝地反击的抗日情绪;同时国内各派军阀势力的斗争波谲云诡、错综复杂,主战派和主和派势力的争斗一直没有间断,而矛盾激化的结果就是 1936 年底"西安事变"的爆发。

而当时的广西头号军阀、号称"小诸葛"的白崇禧更是用志用谋、大显身手,他和共产党斗勇,和蒋介石斗智,显示出高超的政治才能。经过精心的策划,白崇禧导演了"两广事变"的爆发。闰二月,他联合广东军阀陈济棠、同城军阀李宗仁以北上抗日为名发表通电,意在出兵反蒋夺权。为了给这种举措造势,白崇禧手下的第七军军长廖磊既是他的广西老乡又是保定军校的同学,在崔真吾的介绍下,请胡兰成过来帮助办《柳州日报》。胡兰成于是在报上高谈阔论,说什么"发动对日抗战,必须与民间起兵开创新朝的气运结合,不可被利用为地方军人对中央相争相妥协的手段"等等。人家本来是让他胡兰成当吹鼓手呐喊助威的,他倒好,利用人家给他的空间在那大放厥词高唱反调,这样一来可就不是造势了，分明是在拆台了。结果此次事变很快就以陈济棠丢官去职、李宗仁、白崇禧与蒋介石妥协而宣告平息，腾出手来之后，广西当权者便反过来着手处理胡兰成了。

胡兰成的这次事情可是弄大了，崔真吾也无法搭救他了。他被送交由白崇禧任总指挥的第四集团军总司令部军法审判。在绝望之中，胡兰成想到了直接给白崇禧写信的办法，他知道白崇禧非常爱才，给他直接写信申明事情原委，应该很有希望，于是就在监禁中提笔洋洋洒洒一挥而就。这封信还真的打动了白崇禧，于是下令将他释放，而且还拨了500元给他作路费，既算是逐客令，也算是礼送出境。

胡兰成这次被关了33天，这也算是他初次参与政治的尝试，虽然是吃了一些苦头，但也尝到了新鲜的滋味，而且还小露了一手，算是混了个脸熟。

胡兰成在风光得意的时候是从来不会想到家的，而在失意落迫、飘零凄凉的时候才会想到，这次同样是如此。虽然母亲去世的时候他没有回去奔丧，但是这并不能阻挡他在落难孤零的时候想到母亲。因此，在监禁的最后一天，在忧伤与惊惧之中，这个不孝子梦到了自己的母亲。母亲对于儿子总是宽容的，想必托梦给他，也是对他的无私的爱。

出狱之后的胡兰成，带着妻儿离开了广西，一路上经过湖南转汉口，乘船到南京，来到了上海。在上海他停留了几天，因为见到了古泳今，那个当年在广西一中时关系不错的同事，对他说李文源不宜于家室的人。古泳今此时正在《中华日报》工作，当他得知胡兰成研究过几年马克思，对经济问题也有一些见解，于是就让他写稿子试试，胡兰成答应说先回家看看，有时间就写，然后就没有再作停留，一路回到了阔别五年的胡村。他是在1932年玉凤病逝后离开胡村的，现在已经是1937年3月了。

胡村依然是那阳的凋零冷落。胡兰成回到家里的时候，只有已经20岁的侄女青芸一个人在。青芸已经出落成了一个大姑娘，也很懂事，她很热情地招呼着新来的六婶和宁生弟弟。宁生是胡兰成和全慧文的孩子，他们还有一个女儿小芸没有带回来，留在广西全慧文的妹妹那里。

　　胡兰成一边和青芸说话，一边习惯性地往灶间里瞅，自然是想看到母亲，虽然他知道母亲已经去世了。青芸明白他的心思，但是却没点破，也没有说什么。灶间的一瞥之后，胡兰成的神色黯淡了下来，又问青芸启儿在哪，青芸笑着回答："在学堂里，我就去叫他。"

　　胡兰成赶紧起身与青芸一起去桥下的小学里看儿子。胡启那时已经9岁，他和邻居家的小孩并排坐在一张书桌上，看见姐姐过来并没有作声。青芸把他叫过来，让他喊胡兰成爹爹，但是他却没叫，因为怕生。学堂里的先生一边和胡兰成打招呼，一边对胡启说："阿启，你爹爹回来了。"他还是不开口。于是青芸把胡启拖到了胡兰成跟前，对他说："阿启你领路，和你爹爹去下沿山。"胡启这才走在前头领路。

　　下沿山有玉凤的坟在那里，幼女棣云早年已经夭折了，也和母亲葬在了一起。胡兰成来到坟前躬身行礼后，又站在那里看了看，沉思了片刻，却没有一点感慨想要抒发。他就又走过去，用手抚摸着墓门石，叫着玉凤的名字，依然没有任何的感慨。

　　第二天上午，胡兰成又和青芸来到母亲吴菊花的坟头。一路上，青芸都一直在和他讲着给玉凤和母亲做坟的经过。他母亲是与父亲合葬的，合葬后的坟做得非常好，正对坟的方向很开阔；左下的位有个凉亭，站在里面可以看得见胡村的溪桥、人家、农田；右边是一片茶山桑地。坟旁还有一个个竹园，虽然只有疏疏的百余根竿竹，但看着也很是衬着这里的安然。

　　胡兰成来到母亲的墓前，行跪拜礼，青芸在他后面也随着跪拜。跪拜后，胡兰成又感谢青芸这几年在家照顾母亲和儿女的辛苦，青芸很懂事地说："有六叔寄钱回来，我只是做做事情，没什么的。"他就又问青芸母亲临终时有没有什么遗言，青芸说奶奶没有说什么。母亲死的时候儿子不在身边，又有什么遗言好留呢？

　　胡兰成看着母亲的墓，起身把祭坛石缝里长出来的草拔掉，青芸在捡拾了一下坟前樵夫散落的柴禾。做完这些,胡兰成想起自己童年时随家人上坟的情景,惆怅不已。他在后来的《今生今世》里以略带忧伤的笔触记述道:

刘邦说,游子悲故乡。我现在回到胡村,见了青芸,且到了母亲与玉凤坟头,只觉自己仍是昔年的蕊生,有发现自性本来的凄凉与欢喜。做人亦要有这种反省,曾子说"吾日三省吾身",我乡下的俗语"做人要辨辨滋味"。我家实在要算得贫苦,后来几年我教书寄钱回家,亦不过按月二三十元,我母亲却觉有这样的好儿子,就满心欢喜,且村里人也都敬重她。玉凤当年及青芸亦都是这样的心思。西洋没有以苦为味的,惟中国人苦是五味之一,最苦黄连,黄连清心火,苦瓜好吃,亦是取它这点苦味的清正。但如今只有青芸是我的知己了。

胡兰成的这番对"苦"的自解,倒也传神地把他成年以后一直颠沛流离的生活状况表述了出来。他自妻子玉凤死后,便要"如天地不仁"了,这说明他认为自己以前是充满着感情在生活的,他把他自己生活中的拙行看作是质朴,把不善变通看作是率真,自负于事而又自卑于人。恶行未必就是由恶念产生,而是一种荒唐的自解和解世的想法,这个想法,大概从这个时候就慢慢开始了。而自小才情过人的张爱玲,固然也自负;少年受家变影响,后来也自私,但是张爱玲毕竟读懂了自己,她成年后曾对于小时候无意对父亲姨太太说的一句"你比母亲好"而耿耿于怀,也为一次无意地为后母附和而后悔。张爱玲读懂了自己,但终究没读懂胡兰成;胡兰成读懂了张爱玲,却从头到尾也没读懂过自己。

第三章

绽放

沉香几炉是浮生

雨夜中，一个弱不禁风的小女孩在风雨摇曳的世界里，孤独无助、胆怯可怜，天下之大却没有容她之处……每次想起这个梦，张爱玲都会难过地落泪。

从父亲家逃出来后，张爱玲终于如愿以偿地和自己的母亲生活在了一起。母亲毕竟是母亲，有了真正疼爱自己的亲人的依靠，张爱玲顿时产生一种归依感及家的温暖。但在她迈出父亲家门之前，母亲曾私下传话给张爱玲："你仔细想想，跟父亲，自然是有钱的；跟了我，可是一个钱都没有，你要吃得了这个苦，没有反悔的。"

从前，张爱玲过着衣食无忧的生活，无论是学费、医药费、娱乐费，还是零花钱都用不着操心，家里会为她准备齐全。在她16岁之前，张爱玲从来没有单独到商店里买过东西。现在，离开了父亲家，就等于自动放弃了家里的一切财产。此时，张爱玲成为了一个一名不文的穷孩子。

但张爱玲是一个很爱钱的人，当然，她也直言自己是个"拜金主义者"："我喜欢钱，因为我没怎么吃过钱的苦——小苦虽然经验到一些，和人家真吃过苦的比起来实在不算什么——不知道钱的坏处，只知道钱的好处。"

张爱玲之所以将自己生平赚到的第一笔钱——五元稿费——买了一支小号的唇膏。足可以证明，她在对钱的使用上真的没有成为像她母亲那样的人，她认为只要有钱就可以随心所欲地买自己喜欢的东西，不必要苦了自己。但不幸的是，当张爱玲投奔到她母亲家里时，母亲手上的首饰、古董已经所剩无几了。对于这对准备相依为命的母女来说,钱成了她们之间一个不大不小的问题。

　　张爱玲的加入使母亲处于左右为难之中, 母亲不仅要供她读书,同时还怀疑女儿是否值得自己这般孤注一掷的培养。由于母亲在张爱玲年幼时去了欧洲,一去就是八九年,爱玲一直没有很长时间跟母亲住在一起,也没有与她走得很近。母亲在她心中,是一种令人心仪的生活风范的象征,是她所倾慕的榜样,是被神化了的。这样的两个在不同环境中生活了很长时间的人相处一室,其差异便可想而知。所以母亲时常用一种怀疑的目光打量着身边这个不知有多大学问的女儿。而张爱玲也似乎感受到了母亲的这种怪异的眼神——母亲认为女儿真的发生了很大的变化。

　　母亲对张爱玲的影响、激励、失望是真实的。母亲的这次回国,在很大程度上就是为了张爱玲升学。在母亲看来,张爱玲虽聪慧、有才学,但在日常生活中和为人处世上却显得十分幼稚。当然,母亲对张爱玲还是报有很大希望的,于是决定在两年时间内培养张爱玲学习适应环境。母亲细心地教她煮饭、用肥皂洗衣服,教她走路姿势——袅娜娉婷,教她会看别人的眼色,叮嘱她点灯后要立刻拉上窗帘,照镜子时要研究面部的神态, 教她如果没有幽默细胞就不要轻易讲笑话……但是,两年还没过去,受过西洋教育的母亲便彻底失望了。母亲被张爱玲的个人修养方面的愚蠢气得不得了。例如母亲在教她笑的技巧方面,就使母亲哭笑不得。张爱玲并不会像大家闺秀一样,笑不露齿或抿嘴微笑,她一笑起来,有两种状态:一是嘴有多大就要张多大,咧着嘴好似给人家看自己的牙齿一样哈哈大笑, 另一种就是美滋滋的傻笑,样子倒像一个天真的孩子。在日常生活中,母亲发现女儿不会削苹果,经过艰苦的努力才能学会补袜子;她怕上理发店,怕见客,怕给裁缝试衣裳;许多人都尝试过教她织绒线,可是没有一个成功;在一间房里住了两年,她竟然不知道电铃在哪儿;有一段时间,张爱玲生了病要天天乘黄包车到医院去打针,接连去了三个月,她却还不认识那条路。当张爱玲出乎意料地与母亲的那种半怜悯半挑剔的眼光相接时,她一下子发现了自己的无能、庸俗、笨拙、懒惰和可怜。渐渐地,张爱玲认为自己"真是个废物"。当初逃离父亲家的兴奋此时消失得无影无踪了。张爱玲觉得,这些琐屑的难堪,正在一步一步地吞噬着母亲对她的爱。正如她所说,"这时候,母亲的家亦不复是柔和的了"。

在现实社会中,张爱玲显得有些无所适从,在母亲面前,她更是一个失败者。张爱玲或多或少地承受了某些压抑和不安。她的敏感与不安在这种若有若无的对比下不断加深,并且对母亲的看法也发生了某种变化,张爱玲曾说过,在父亲家里早已孤独惯了,所以突然要学做人,并且还是在"窘境"中做一个淑女,简直困难。

受母亲的影响,正值花季的张爱玲深深地喜欢上了上海滩上的各种摩登的服饰、五彩绸缎、琳琅满目的洋货,张爱玲不禁也是很向往。可经济状况并不允许她享受这种奢华的美。因此在这种情况下,母亲又提出了一个公允的方法让女儿选:若现在嫁人,不仅可以不读书,还可以用学费装扮自己;如果要继续读书,不仅没有这些美的装扮,还要为学费之类伤神。

小小年纪却要多次被迫做出选择,选择父母、选择生死,现在还要选择前途。张爱玲笑着告诉母亲,她有一大部分生命的乐趣能够代替没有漂亮衣服的苦恼。因此,她选择继续读书。而从这一刻起,张爱玲的心底深处便产生一个心愿,她要设计自己的广阔天空,待中学毕业后,也要像母亲一样出国留学,去看看外面的世界……为了这个美丽的异国之梦,张爱玲潜下心来要好好学习。

1939年,英国伦敦大学在上海举行了一次远东区招生考试。在这场考试中,张爱玲在日本、香港、菲律宾、马来西亚等国家和地区的众多考生中脱颖而出,获得了伦敦大学远东地区的第一名。但由于战争,她无法远渡重洋去上学。而伦敦大学当时的入学考试成绩与香港大学一样,因此张爱玲便独自一人乘船去了香港,开始了她为期三年的大学生活。

此时的香港，经过百年的岁月洗礼，已经成了东方的一颗明珠。而当这个远离父亲阴暗的老宅以及母亲"淑女"的清规戒律的女孩看到这个全新的世界后，她这颗年轻的心真正地舒畅了。此时的张爱玲对生命充满了探索的热情，她现在自由了，能够尽情地读书了。可以说张爱玲一生中最美丽、最开心的时光就是在香港学习的那三年。在这里，她可以自由地发挥自己的天性，同时，香港先进文化的刺激、启发，以及不调和的色彩与情调的渲染，为她日后的小说创作奠定了基础。这一点在她后来的《倾城之恋》、《沉香屑：第一炉香》等香港"传奇"中均可见。

　　在港大，张爱玲发奋图强，她几乎是"两耳不闻窗外事"。为着实现自己的理想，她整日沉浸在"象牙塔"的小天地里。但是，她并不是一个反应机敏的学生，港大的某些课程也未必都是她所喜欢、擅长的。可她能够揣摩每一位教授的心思，因此每一门功课都是第一，而且她在两年内获得了两项奖学金。有一位以严厉出名的英国教授说，他教了十多年的书，从未给过像张爱玲那么高的分数。由此可见，张爱玲是十分看重成绩和分数的。在这三年里，张爱玲完全是一个勤奋好学的优秀生。当然她为此也付出了极其心痛的代价。这个代价就是放弃写小说的嗜好。

　　事实上，自从张爱玲识字那天起，无论上小学、中学，都有很多自发创作的作品，但是为了学好英文，实现中学时代的理想——有一天能够像林语堂那样，用英文写小说成名——张爱玲苦练英文，不仅停止了一向喜爱的中文创作，甚至在这三年时间里没有用中文写什么东西，即使给姑姑和母亲的家信，也都是用英文写的。她还大量阅读英文原著小说，例如萧伯纳、劳伦斯、毛姆等人的作品，使她比较系统地接受了西方文化的熏陶。而她唯一没有完全抛弃的就是绘画了，但这仅仅是因为绘画不会占用太多的时间，她可以借此放松精神。

　　张爱玲生性孤僻，很难与人相处。她不太喜欢与其它同学一起去游山玩水，当然偶尔会去一下。她认为出去看人、随便谈天，不仅会使自己感到不安,而且还会浪费时间。因此她始终都将自己的喜好放在第一位,很少在意别人的看法。她习惯于洞察社会上形形色色的人的人生世相,但几乎没有与人交流的渴望。这种自负的性格与后来结识外表看似愚讷,内心轻佻飞扬的胡兰成十分合拍。张爱玲自认为看透一切,不屑与人交流;而胡兰成却是自以为洞悉一切,他会用一些穿透力很强的话语表达出来,就像说中了张爱玲的心事一般。

在港大的三年里,张爱玲虽然充分感受到了其它同学身上的那些莫名趣味,但是真正能与她趣味相投、朝夕相处的,能够共同感受生活精微处的美妙的,能一起仅仅为了一杯冰淇淋、一块小布头、一个黑黑的小老头娃娃而欢喜不已的,似乎只有她的同学炎樱了。如果没有炎樱,张爱玲的整个香港生活必然顿失生机,而且她还会失去许多感受生命飞扬的机会。这个阿拉伯后裔女孩倒是很风趣、活泼快活的,全身都迸发着喜悦的细胞。张爱玲在她的散文集《流言》中就有《炎樱语录》几则。从中可以看出两人在上学时的快意与默契。

炎樱本名 Fatima,音译后叫莫黛,"炎樱"是张爱玲给她取的名字。炎樱很淘气,但做事干脆利落,生活起居也与常人不一致,但这偏偏是张爱玲欣赏她的地方,即欣赏她的聪慧与绝妙;至于炎樱,她也十分欣赏身边这位个子高挑的中国女孩,惊奇于张爱玲心里竟藏有如此多的、细微的、难以用语言表达的东西,而又在历史与文学方面出奇的优秀。

在港大,她们俩一起度过了美丽、明快的时光,虽然张爱玲性格孤僻,也不喜欢活动,但她却奈何不了炎樱那种孩子式的天真无邪和阳光般的热情快乐。因为炎樱是混血人种,所以在香港她认识很多朋友,张爱玲便跟着她常常出去走动,从而更多地了解到香港丰富且复杂的生活,同时也促进了她对乱世人生的体验与思考。这些经验在她离港后的创作过程中,有着了潜在的影响。

然而,毕竟是乱世中人,1942 年 12 月,日本向香港发起了进攻,香港被占领了。埋头苦读的张爱玲的寒窗生活也被中断了。对于战争,张爱玲感受得极为深切。她很早就和战争结下了不解之缘。先是在上海,张爱玲在苏州河旁的炮声中逃脱了父亲的牢笼;紧接着,战争阻挡了她前去伦敦大学的道路。现在,就在她即将毕业且可以到牛津大学继续深造的时候,战争再一次阻止了她。

但张爱玲仍然以一种超然的态度对待它:"是像一个人坐在硬板凳上打瞌睡,虽然很不舒服,而且还会抱怨,但最终还是睡着了。"能够不理会的,一概不去理会。出生入死,只是沉浮于最富色彩的经验中。

难说此时的张爱玲是否内心一直超然,她这种对万物都冷冷的态度使得后来的胡兰成倒是很欣赏,并称此为"贵族的矜持"。

非常态的生活无情地撕开了生命脆弱、不堪一击的底子,平凡的人们到底捱不过空虚的绝望,而纷纷想抓住一点踏实的、稳定的东西。面对弱小、苍白的生命,许多人想到了结婚。张爱玲周围有很多人都在这个时期选择了结婚,他们这样做只为了抓着一点两情相悦的感觉,以此来抵抗炮火轰炸下生命的绝望与空虚。

期间,一对男女来到了张爱玲所在的防空办公室。他们想向防空处长借汽车去领结婚证书。那个男的是一名医生,平日里也许不是一个善于表达的人,但是,此时的他久久凝视着自己的新娘子,眼里有种近于悲哀的恋恋之情。新娘是一名看护,生得矮小美丽,红颧骨显得喜气洋洋的。由于弄不到结婚礼服,所以她只穿了一件镶着墨绿花边的淡绿色绸夹袍。他们来了几次,每次都要等上几个钟头,俩人默默地对坐着,对看着,满脸堆笑,看得久了身边的其他人也都笑了。

在这灿烂的笑脸下,张爱玲体会到了生命的坚强与人性的宽厚,生命原来就是这样一步步地向前走的。毋容置疑的是,在香港经历了战争的张爱玲,已经形成了完整、稳定的人生观、世界观,对于时代及时代背景下的个人生活,张爱玲已经有了成熟的理解,这也构成了她日后走上文坛的基础。或许正是因为那一对夫妻的"满脸堆笑"给张爱玲留下了深刻的印象,所以一年之后的《倾城之恋》中那对平凡而又精打细算的夫妻才会在同样的兵荒马乱中发现了生命细微的光亮。轰炸、死亡、恐惧、仓惶中对爱的追寻,使张爱玲的看法发生了巨大的转变。她甚至已经不再重视、斤斤计较于未卜的前程，反而沉醉于眼前的琐屑欢乐以及一点点惊喜。张爱玲曾说过，人生所谓的"生趣"其实都存在于一些不相干的事上。理想、计划、前程是多么的遥远、不可靠，只有眼前的幸福、喜悦才是可以牢牢抓住的。

于是，张爱玲在百般空虚、无聊中，重操旧业画了很多画。她似乎又回到了在圣玛丽亚女校的时代，当时，她就是在课桌下面偷偷地画画的。张爱玲觉得，战争这段时间正是她绘画上的黄金时期。以后即使照着样子再画一遍都画不出来。当然，张爱玲的画和她的文字一样，都是那么犀利、一针见血，两者有异曲同工之妙。

香港的战争很快就结束了，但人们的希望还是渺茫，生死依旧未卜。以后的路是怎么样的，谁也不知道，就如现在南京宦海沉浮的胡兰成一般，谁知今日高居庙堂之上，云过雁飞后，他日命运又该如何？

1942 年夏天，张爱玲和好朋友炎樱一道，离开香港，回到了出生地上海，此刻她还不知道，经过一番风雨洗礼之后，她单薄的青年时代将出现最绚丽的彩虹了。真可谓是：

烽烟战乱前途未卜怎奈巾帼之志

风起云涌倾城才情沪城终闪星光

三年前离开上海的时候，上海的繁华与刺激，一直留给张爱玲很深的印象。虽然当时的上海就成为了日本帝国主义的殖民地，但今天，上海仍然没有挣脱日本的铁蹄。虽然她看到了这一切，可她并不把这些放在心上。因为她已经基本形成了"事不关己，高高挂起"的冷漠性格。就在这个时期，张爱玲的母亲又已出国，于是她便投奔到了姑姑家。

在这以后的 3 年，正值张爱玲一生创作最为璀璨的时期。但她究竟是什么原因选择了职业作家这条路呢？最直接的原因就是经济的窘迫。张爱玲在刚刚逃出父亲家时，就很清楚自己是"一个赤裸裸地站在天底下的人"。从香港回来后，这种感觉更加强烈。事实上，张爱玲在香港大学还有半年就毕业了，但因为战事而不得不辍学回来。原本她还想既然自己的成绩这么好，等港大毕业后便可以免费去牛津大学深造,但现在唯一可补救的就是转入上海的圣约翰大学。张爱玲还是有长远眼光的,她对弟弟说:"总得有一张毕业文凭吧。"

而此时正赶上弟弟也要报考圣约翰大学,钱便成了最大的问题,张爱玲的弟弟张子静回忆当时的情景:张爱玲只是叹了一口气。

张爱玲唯一可依靠的姑姑也没有多少钱了,无法提供学费,但她提议,转到圣约翰大学的学费应当由张爱玲的父亲支付。因为当初她的父母在协议离婚时,其父亲曾承诺要负担张爱玲以后的教育费用,但张爱玲在港大的三年里,他一分钱都没出,所有费用都是她母亲负担的,现在只剩半年的学杂费了,理当由他出。对此,张爱玲却颇感踌躇。自从张爱玲1939年初逃出父亲家后,她已经4年多没有同父亲联系了。即使在港大期间,也从未与同学提及她家里半句,换句话说,她与父亲之间的情份早已断了。在这种情况下,突然跑去向父亲要钱,未必能得到学费,反而还伤了自己的尊严。

张爱玲的弟弟倒是赞成姑姑的意见。弟弟私下里曾向父亲提到过张爱玲回上海后的生活情况及学费问题。父亲听后,些许沉默,说道:"叫她过来。"显然,父亲对她4年前离家出走仍耿耿于怀,就像她对父亲和后母未能释怀一样。几年里,双方都没有寻找一个相互谅解的机会。

几天后,张爱玲回到了4年前的家。不过,此时的父亲家已从原来那栋豪华的大别墅搬到了一座小洋房。后母提前得到了消息,躲了起来。隔了4年,张爱玲与父亲在客厅里第一次见面了,两人都甚觉陌生。张爱玲的神色更是冷淡,几乎没有什么笑意。她看到父亲渐露的衰敝象,正体现了清王朝倾覆后,名门世家所普遍经历的境况。对此,张爱玲耳闻目睹之甚多,在她的小说《怨女》中就有这方面的描绘。父女俩对于4年前的事情只字未提,似乎都没有做好谅解对方的准备。张爱玲只是简略地将她要在圣约翰大学续读的计划及学费情况和父亲说了说。那一天,父亲是难得的宽容,不仅没有计较张爱玲的冷漠、无礼,而且还让她先去报名考试,并说:"学费我会叫你弟弟给你送去的。"

已经长得亭亭玉立、孤傲不群的张爱玲在家里连十分钟都没坐上便离开了。只要把话说清楚了，还有什么意义在那里多待呢。张爱玲没有意识到，这次是她最后一次走进家门，也是她最后一次与父亲见面。但是父亲常常通过杂志、报纸、电影了解她的情况。不久，张爱玲就红遍了上海滩。她在文中多次提到父亲，在她的笔下，父亲是一个抽鸦片、粗暴、迂腐、无用、没落的形象。真不知道她的父亲在看过那些文章后有何感受。

　　有了父亲提供的学费，张爱玲便于同年秋天转学进了圣约翰大学文学系四年级。她和弟弟成了校友。但就在这个时候，发生了一件不可思议的事情，她在转学考试中，竟然因为国文不及格而需要进补习班。这件滑稽的事情使张爱玲感到惊诧，也使那些教过张爱玲国文的老师们感到诧异。事实上从小到大，张爱玲的国文修养都很好，或许是在港大三年里坚持不用中文的原因。但补习班开学不久，张爱玲便从国文初级班直接跳到了高级班。

　　自从母亲在1939年去了新加坡，已经几年不知音讯了。张爱玲向父亲要了学费，就不愿再去向他讨生活费。因为她是一个倔强的女子，不太愿意求人，即使是自己的亲人，所以，她需要自立、需要自己解决生活费。其实张爱玲早就有这样的想法，当初离开家，就是她主动放弃了家里的财产，而当她决定到港大继续念书而不做一个穿着华丽、锦衣玉食的少奶奶时，她就决意放弃依靠男人而生活的想法。但像张爱玲这样的家庭，多数女孩子的前程、命运都会是嫁个有钱人，过着平淡无味的生活。可那时的张爱玲似乎已经清醒地意识到，自己必将走上职业女性的道路，就像她的姑姑、母亲那样。

　　于是，仅上了两个月学的张爱玲辍学了。随后，她的弟弟因为身体的原因也辍学了，俩人都没有拿到毕业证书。

　　因为没有钱，又吃住在姑姑家，这使自尊心极强的张爱玲承受了很大的心理压力。事实上她很早就想自己赚钱、经济独立。而此刻，张爱玲还不太明确自己适合从事什么职业。在港大三年里，张爱玲对教授的授课方法颇有看法和见解，例如她不主张教授多讲，而主张尊重学生的独立性与自觉性。因此在她弟弟建议她找份教书的工作或者做编辑时，张爱玲立即否决了这两个建议。因为此时张爱玲的性格越来越内向，虽然具备一流中文作家的才能，而且还有深厚的英文写作功底——这也正是她后来成为一个双语写作作家的基础——但张爱玲认为，教书不仅要底子好，而且要善于表达，能够将心中的看法与观点尽可能全面、清楚地表达给学生，也就是能说，"这种事情我做不来"。张爱玲说。

当然，张爱玲说得没错，她自小就敏感内向，话少，朋友少，并且不愿意见陌生人。在港大三年里，除了炎樱，她几乎没有什么朋友，而且随着年龄的增长，她的不喜交往渐渐使她养成了孤傲不群的性格。若让她这么一个只习惯于沉浸在自己的生活和精神世界里的人，去跟一大帮不大不小的孩子打交道，那着实难为她了。于是，弟弟又提议让她到报馆找个编辑工作，编辑只管坐在房间里编稿子，也不会经常出门交际。可她说："我还是替报馆写稿好了。这阵子我写了些稿子，也赚了点稿费。"

1942年，乱世才女告别了学生时代，开始了职业作家的道路。

张爱玲选择作家这条路并非偶然，其实她在很早的时候就说过："我是一个古怪的人，从小就被别人看作是天才，因此除了发展我的天才便没有其它生存目标了。"此后的岁月也不断地证明，张爱玲最终是选择了一条天才的道路，一条依靠内心与梦想而生活的道路。

文学写作不仅成为张爱玲自谋生活的方式，而且还成为了她生命存在的方式。这一切，却可以追溯到很久以前。张爱玲在很早的时候似乎就与写作有着不解之缘。

在此，有必要再一次提到几乎与张爱玲断绝往来的父亲。虽然父亲是一个满清遗少，生活放荡不羁，败家本领一样不缺，最终破败潦倒而死，但在另一方面，他却与自己的父亲张佩纶一样，是一个旧式的、有家学底子的人。张佩纶不仅是个官员而且还是一名学者，甚至还是一个热情饱满的业余小说作家,他和李菊耦合作出版过武侠小说《紫绡记》。张爱玲小的时候曾经见过此书,版面特小而字大,老蓝布套,十分精致。在这种家庭氛围里,张爱玲的父亲自然也喜欢文学。他以传统士大夫的方式,把文学看作是自己情感与信仰的来源。

父亲之所以希望张爱玲强于弟弟,其原因就在这里。虽然张爱玲是一个女孩子,但父亲特别喜欢她从小就散发出的灵气。事实上,父亲是最早发现并培养张爱玲这种创作天赋的人。《摩登红楼梦》这篇长篇小说是张爱玲在很小的时候的游戏之作,书中的回目还是她父亲代她拟成的,此书看上去很像样。《摩登红楼梦》中的回目为:

"沧桑变幻宝黛住层楼,鸡犬升仙贾琏膺景命"

"弭讼端覆雨翻云,赛时装嗔莺叱燕"

"收放心浪子别闺闱,假虔诚情郎参教典"

"萍梗天涯有情成眷属,凄凉泉路同命作鸳鸯"

"音问浮沉良朋空洒泪,波光骀荡情侣共嬉春"

"陷阱设康衢娇娃蹈险,骊歌惊别梦游子伤怀"。

很明显,父亲对张爱玲的幼作十分认真,着意培养她的文学兴趣。张爱玲在读黄氏小学后,某个寒假,她仿照上海当时报纸副刊的样子,自己配图写作,编撰出一张以她家生活中的趣事为主要内容的副刊。父亲见了高兴不已。亲朋来了,父亲总是满脸得意地将这张副刊拿出来给他们看,"这是小女做的报纸副刊。"

毫无疑问,父亲的文学素养与他对张爱玲创作才能的认识及鼓励,都使张爱玲形成了极强的创作兴趣以及创作才能。但是,对于这一点,张爱玲在文章中却很少提及。

张爱玲7岁左右就写了生平第一篇小说。那时她住在天津的老宅,没有了母爱,只是在家里的仆人和亲属讲给她的故事中寻找一丝快乐。处于寂寞生活中的张爱玲在这部小说中写的是一篇无题的家庭伦理悲剧,一个小康之家姑嫂相斗、相杀的故事。书中男主人公姓云,娶了个叫月娥的媳妇,而小姑叫凤娥。一次哥哥出门经商,凤娥乘机设下计策欲陷害嫂嫂。但张爱玲写到这里便停下去构思另一篇小说了。

由于此时的张爱玲听到了很多故事，其中大部分是历史故事，所以她这次构思的就是历史小说。一个旧账簿的空页上印着小爱玲稚嫩的文字。开头是这样的："话说隋末唐初的时候。"正巧这时一个叫"辫大侄侄"的亲戚走过来看，说道："嗬！写起'隋唐演义'来了。"当时张爱玲感到非常得意。只可惜就写了个开头。

张爱玲自9岁起便给《新闻报》投稿了。当时她还是一个小不点，与同龄人相比，略显成熟。但这次投稿却石沉大海了。

在她十一岁时，社会上流行一种言情笔调的新台阁体。受这种文体的影响，张爱玲又写了一篇小说《理想中的理想村》。对于一个小女孩来说，她在文中的语言充满了当时流行于文坛的布尔乔亚式的语句："在小山的顶上有一所精致的跳舞厅。晚饭后，乳白色的淡烟渐渐地褪了，露出明朗的南国的蓝天。你可以听见悠扬的音乐，像一幅桃色的网从山顶上撒下来笼罩着全山……"张爱玲在这篇文章中十分注重对文句的修饰，词语绮丽精致，乍看之下并不像一个初入文坛的人。虽然张爱玲后来有些讨厌这种"新文艺烂调"，但对于当时的她而言，这篇文章却展示出了她丰富的想象力与非凡的文字表达能力。

张爱玲的第一篇情节较完整的小说是这样的：女主角素贞同她的情人一起游公园。忽然一只玉手轻轻拍了下她的肩，回头一看原来是她美丽的表姐芳婷。于是她把表姐介绍给了自己的情人，结果却酿成了三角恋的悲剧。最终，素贞投西湖自杀了。小说写在了一本笔记簿上，睡在蚊帐里的同学们相互传阅翻看，不久，上面的字迹就模糊了。小说中的负心汉叫殷梅生，当时张爱玲的班上恰巧有一个同学姓殷，她说："他怎么也姓殷？"于是提笔来改作"王梅生"，后来张爱玲又改了回来，又改了回去，改来改去的把纸擦穿了。她母亲看到这篇小说后，说："那个素贞若要自杀，也决不会坐上一段火车跑到西湖去自杀呀。"

张爱玲不以为然，她认为西湖是美的，即使死，也要死在一个很美的地方，这样才算是一个完美的结尾。小小年纪的张爱玲，竟然有如此强烈的唯美倾向,这也许是对她后来人生波折的一种暗示。

张爱玲第一次写出这么有头有尾的故事之后,便开始尝试创作大篇幅的作品。她首次尝试的便是那本父亲代拟回目的《摩登红楼梦》。受父亲的熏陶,张爱玲从小就熟读《红楼梦》,她甚至可以将《红楼梦》里诸多的人物统统搬到现代社会上来,热热闹闹地编造出另外一个喜嚷喧吵的故事:贾政坐在火车上,贾琏则是铁道局局长;贾珍来信说,尤二姐已经请下律师欲控告贾琏诱奸遗弃,打算狠狠地诈他一笔款子;主席夫人贾元春做了新生活时装表演的主持;被贾府打发出去的芳官、琪官进入歌舞团继续深造,却引起了贾珍父子与宝玉的追求;巧姐儿被绑架了;宝玉则哭着喊着要同黛玉一同出洋,家里通不过,两人便负气出走,最终贾母王夫人屈服了。但谁知,他们临走时,宝黛二人又拌了嘴,闹决裂,一时无法挽回,宝玉只得独自出国。一切虽喜气洋洋的,却没有什么深意或独特的意境,然而书中对喧哗热闹场景的渲染,足以证明古典韵味对张爱玲性情的浸染。

“一场红楼梦,十出西洋镜。”在这部作品中,张爱玲调遣了自己在这个时代所有消化了的中西文化,充分显示了自己的聪明才智以及超凡的文学才能。由此可见,张爱玲不仅精通《红楼梦》中所有众多人物的性格特征,而且还能够将它们平移到当代时空下。文中的想象、夸张、比喻,可以说,即使是当时最有力度的新文学作家也都难以企及。那一年,张爱玲才 14 岁。毋庸置疑,张爱玲后来的小说《金锁记》、《茉莉香片》等,其语言上的纯熟以及对人物心理入木三分的刻画,早在这个时候就有所训练了。

1932 年,在张爱玲成为圣玛丽亚女校的一名学生后,她便以一个奇才逸女的特征脱颖而出。

在那里,张爱玲吸入了新的空气,这种气息不同于她在家中感受到的春日迟迟的气息。在上海,圣玛丽亚女校是当时大名鼎鼎的美国教会女子中学之一,而且可以算得上是贵族化学校。但圣玛丽亚女校与其它重英文轻国文的教会学校的教育风气不同,它比较重视对学生的国文教育,校内图书馆里不尽有大量的中国书报杂志,而且还为学生提供了很多发表本国语言文字的机会与活动。中学期间,张爱玲这般特异的创作才能很快被发现了,而且得到了有益的鼓励。

根据圣玛丽亚女校国文教师汪宏声先生回忆,当年他第一次知道"张爱玲"这个名字,是因为一篇《看云》。

1936年秋,汪先生在这所学校任教。自从汪先生授课,圣玛丽亚女校高中生的作文水平有了明显的提高。同学们的创作热情也有所增加,积极写作,各式题材都有,小说、剧本、诗歌等。但张爱玲仍然保持着自己的沉默与板滞,创作的文章依然绚烂瑰丽,神情依旧冷漠抑郁,看上去没有什么生气。汪老师在第一次堂课上让同学写作文,只给出两个题目任大家选一个,当然也可自己命题。但大多数学生都习惯了做一些说立志、说知耻之类的准八股文章,看着汪先生的"学艺叙"与"幕前人语"这两个题目,不仅感到异常,而且对于那个自由命题,更是毫无经验的事。一堂课下来,交上来的作文几乎都是在最后几十分钟内将三几百字联起来了事的,其中根本不知道"思想"是何物,更不知道如何发挥"思想"。但在这些文章中,汪先生被一本作文吸引了,题曰《看云》。这是班上仅有的一篇自己命题的作文。文章写得潇洒流畅,瑰丽玲珑,尽管有几个别字,但整体上不乏飘逸灵秀之感。汪老师注意到题目下的署名——张爱玲。

虽然张爱玲在学校里表现得很沉默、懒惰、不善与人交流、不喜欢交朋友,甚至有时还有些萎靡不振,但这些并没有妨碍她创作才华的发展,她所创作的文章总是那么绚烂瑰丽。因为汪先生的赏识,张爱玲在校刊上多次发表过作品,如短篇小说《不幸的她》、散文《迟暮》等,深受同学的好评。

有一次,汪先生利用一个课外国光会的组织,组织出版了一种32开的小型刊物,刊名为《国光》。当时他很想让张爱玲做编者,但她慵懒惯了,不愿意编辑只愿投稿。于是她先后在《国光》上发表了两篇小说《牛》和《霸王别姬》。但她对这两篇"新文艺腔"很重的小说并不满意。

这几篇处女作已经预示了一个呼之欲出的文学天才。汪宏声先生对张爱玲寄予了厚望，要她再接再厉，将来的前途是未可限量的。但一向冷漠的张爱玲好像将她全部的热情和注意力注入了她的文章中了，从而使她在现实社会中更加冷漠、板滞，有时还让人哭笑不得。

《牛》这篇小说创作于五四以后，书中表达了一种对下层农民的同情，体现了贫穷之下生命的悲哀。主人公禄兴是一个朴实的农民。因为家道艰难，只好卖掉耕牛，又把自己娘子陪嫁的银簪子卖掉了。这样一来，春耕的时候便无牛耕田。他想将自家的两只鸡送给邻舍，以便向人家租借一头牛。刚开始娘子不同意，但最终也没有别的办法。牛借来了，但没想到那头牛的脾气很大，根本不服禄兴的管束。于是他略加鞭策，牛反倒向他冲了过来，牛狠狠地将角刺进了他的胸膛。就这样，禄兴不幸送了命。其娘子临此惨祸，悲痛欲绝，自己爱恋的东西似乎都长了翅膀，在凉爽的晚风中渐渐飞去，先是牛，然后是自己的银簪子，接着就是鸡，最后竟然是自己的丈夫。张爱玲在书中这样描写她的悲伤："黄黄的月亮斜挂在烟囱口，被炊烟熏得迷迷蒙蒙，牵牛花在乱坟堆里张开粉紫的小喇叭，犬尾草簌簌地摇着栗色的穗子。展开在禄兴娘子前面的生活就是一个漫漫的长夜——缺少了吱吱咯咯的鸡声和禄兴的高大的在灯前晃来晃去的影子的晚上，该是多么寂寞的晚上啊！"很明显，虽然张爱玲的创作受到了当时文艺风气的影响，但在《牛》中她已经开始注意到自己语言风格的形成与意境的创造等问题。后来她在《沉香屑：第一炉香》、《沉香屑：第二炉香》、《封锁》中也多次这样尝试。

《霸王别姬》表现的则是另一种苍凉的美丽，从这本书中似乎可以感受到她后期小说中清冷的气息了。这本小说是根据汪先生在课堂上介绍的历史小品知识与《项羽本纪》相结合而创作出来的。书中，项羽是一名"江东叛军领袖"，虞姬则是项羽背后的一个苍白而忠心的女人。在她看来，即使项王真的一统天下，她成为了贵妃，其前途也未必就是乐观的；因为现在，他是她的太阳，而她却是反射他的光的月亮，拥有他，她才感到有意义；某天他当了皇帝，必有三宫六院，他们的天宇定有无数的流星飞入,她们会与她分享这个太阳。所以虞姬私下里是盼望这个仗能一直打下去。在他们困于垓下的某天晚上,夜冷星寒,虞姬突然听到敌方远远传来的"哭长城"楚国小调。她便急匆匆地赶回营中准备报告项王,但看到熟睡的项王又不忍唤醒。"他是永远年轻的人们中的一个;虽然他那纷披在额前的乱发已经有几根灰白色,并且阳光的利刃已经在他坚凝的前额上划了几条深深的皱痕,他的睡熟的脸依旧含着一个婴孩的坦白和固执。"这时项王醒了,听到了四面的楚歌,知道刘邦此时已经尽得楚地。"虞姬的心在绞痛,当她看见项王的倔强的嘴唇转成了白色。他的眼珠发出冷冷的玻璃一样的光辉。那双眼睛向前瞪着的神气是那样的可怕,使她忍不住用她宽大的袖子去掩住它。她能够觉得他的睫毛在她的掌心急促地翼翼翕动,她又觉得一串冰凉的泪珠从她手心里一直滚到她的臂弯里。这是她第一次知道那英雄的叛徒也是会流泪的动物。"

项王喝了些酒,然后命她同自己一起去突围,就是死也要死在马背上。但虞姬摇了摇头,不愿意跟他去。"噢,那你就留在后方,让汉军的士兵发现你,把你献给刘邦罢。"虞姬微笑着,从衣袖中迅速抽出一把小刀,只一刺,就深深地刺进了自己的胸膛。项王冲过去托着虞姬的腰,此时虞姬仍紧紧地抓着那镶金的刀柄。项王含泪的、火一般光明的大眼睛凝望着自己的女人。虞姬微微张开颤抖的唇,他只听见一句他听不懂的话:"我比较喜欢这样的收梢。"

一抹凄美的微笑凝结在生命的末梢,好似给生命划上了完美的句号。此时的张爱玲仅仅 17 岁,对于生命的流逝,张爱玲显然有一种低徊的挽伤。她看到了生命中的美,进而用这种美代替了生命,深深的隐痛则成为了她后来小说中的悲凉底质。

这篇小说一经刊出,圣玛丽亚女校的全体师生都为其精湛、成熟的写作技巧感到惊讶。汪先生在课堂上更是对张爱玲赞赏有加,认为与郭沫若的《楚霸王之死》相比,《霸王别姬》可谓是有过之而无不及。这种判断并非言过其实,因为以郭沫若的才力及他对时间的敏感程度,他确实难以达到张爱玲的这种高度。当然,对于她这些少作,张爱玲后来也自嘲道:"这里面有我最无法忍耐的新文艺滥调的'新台阁体'。"

在圣玛丽亚女校,张爱玲有时也会显露一下她才能中诙谐幽默的一面。例如,有一次她给《国光》投了两首打油诗:

其一:

> 橙黄眼镜翠南袍,
>
> 步步摆来步步摇,
>
> 师母裁来衣料省,
>
> 领头只有一分高。

其二:

> 夫子善催眠,
>
> 嘘嘘莫闹喧,
>
> 手袖当堂坐,
>
> 白眼望青天。

事实上,张爱玲写这两首诗的目的是想戏弄两位男教师。第一首取笑的是学校里一位姓姜的老师,但姜老师为人随便,一笑置之;第二首取笑的那位老师却气愤地向美国校长告发,为此,张爱玲差点就被校长开除,那老师也觉得闹大了,最终以"算啦,算啦"了事。

凭借超凡的文章,张爱玲已经是圣玛丽亚女校的一位知名人物了。这使她具有较强的自信心。对于张爱玲来说,既无美貌,又有阴暗的家庭背景。因此,文学渐渐成为了她生命中最重要的东西。她希望在文学里发现生活的可爱之处,找到这个荒乱的世界上尽可能完美的事物。虽然圣玛丽亚女校是一所贵族化的女校,而且以培养学生成为有修养的淑女为教旨,但这并没有阻碍张爱玲浓厚的文学情结的形成。这一点在她中学时期就非常明确了,但数年后,在她独自踏上文学之路时,这种意义必将日益彰显出来。

张爱玲在创作完《霸王别姬》后的第二年,便完成了《天才梦》,即

1939年底。在这两年里,张爱玲常用的那支笔已经磨得珠圆玉润了。这部作品完全脱去了她一贯厌恶的"新文艺腔",而具备了她自己的风格。文中明亮的色调,巧妙奇警的比喻,自如洒脱的行文,都可以说是它的独到之处,使其卓尔不群。

可以说,《天才梦》是一篇完全成形于"张爱玲体"的文章。当然,还有一点不得不说,那就是它表明了张爱玲已经意识到自己日后必然要以"发展自己的天才"为己任,以她的梦想为生活的目标。这是她唯一一次用中文创作的有点自传性质的散文,也是她在成为职业作家之前,唯一一篇保留下来的在正式出版物上发表的文章。事实上,这篇文章是应《西风》杂志举办的征文比赛而创作的。在这次比赛中,她的文章荣获第13名。这个名次令张爱玲在很多年以后仍耿耿于怀。当时《西风》上刊登了征文获奖者的名单,当时共有685人应征,共计13个得奖者。按启事的说明,应该只有10个人得奖,但因为群众投稿踊跃,组委会便多添了三个荣誉奖,张爱玲所得到的就是荣誉奖第三名。但在同年的8月,《西风》上刊登了获奖文章,只刊登了两篇,其中一篇便是《天才梦》,另一篇则是获第二名的人的文章。张爱玲对这个结果深感不平,不仅因为前几名获奖者的文章远比不上《天才梦》,而且在刊出《天才梦》之前,张爱玲不得不遵从出版社的要求忍痛割爱,对自己的文章大加删改,文章字数又5000一下子压缩到2000。几十年后,张爱玲还在《张看》集中提及过此事,认为这种删减大大"影响了这篇东西的内容的可信性"。虽然张爱玲已经许久没用中文写作了,但这篇文章的随意、灵畅以及用譬的恰切,都非常接近后来的"流言体"散文,而且文章文笔的老练,思想的圆熟,颇有"一鸣惊人"的效果。因此她的耿耿于怀也并不是没有道理。

后来,胡兰成曾称张爱玲为"民国世界的临水照花人"。他将张爱玲比作古希腊那位有"自恋"情结的美少年。她的知己炎樱也说:"从来没有看到过这么喜欢自己作品的人。"也许,这篇散文可作为几年后,爱玲在上海文坛横空出世的一种先兆。天赋、早慧、怪僻、自恋,还有着一种天成的忧郁情调。这些心理情感的潜质,对于一个作家来说,无疑是非常有益的。

从这篇文章起,张爱玲便定下了自己创作的感情基调,一个无法彻底的现实社会,一个永远不会完满的情愫。哪怕是最美的事物,也会存在许多意外中的意外,从而使它增加了一些抹不掉的杂色。张爱玲曾说过:"生活是一件华美的袍,却爬满了跳蚤。"很明显,这句话里贯注了张爱玲对人生的苍凉的注解。

这篇文章仿佛就是一种气候的预兆,就在张爱玲万分失望地追忆自己从神童到天才少女的梦幻经历时,这篇文章正好成为了自己脱颖而出的标记。天才梦以这篇文章为终点,接下来的便是实现这个天才梦。

张爱玲这种对文字和文学的敏感及专注上承自她的祖父和父亲,所以在潜移默化中,文学其实也已成为自己情感与信仰的来源了。而正是这一相同的信仰,胡兰成才会认识她,也才会出现那么一段令人嗟叹的爱情。

在港大的三年,可以说是张爱玲文学创作的"储备时期",她后来的很多作品都可以从这里找到端倪。从张爱玲在圣玛丽亚女校的早期作品,到在文坛上横空出世的作品,其中有着"质"的飞跃。在港大的刻苦学习使张爱玲不仅积累了丰富的知识,而且还在生活经历上有一定的积累。这也为张爱玲后期的创作提供了丰富的素材。

事实上,张爱玲最初是用自己熟练的英文小试牛刀,开始创作生涯的。1943年1月,张爱玲在《二十世纪》上发表了一篇文章,长达8页,其中还附带了她自绘的12幅发型、服装等插图。这篇文章的题目为《Chinese Life and Fashions》(《中国人的生活与服装》)。张爱铃在文中细致、清楚地介绍了中国人的生活习俗以及服饰上的改革,那些插图也十分简洁、生动有趣,极富表现力。这篇长文引起《二十世纪》的主编克劳斯·梅涅特的极大兴趣,他先是被张爱玲流利新颖、还有一丝维多利亚末期的英文风格所感染。在他得知这篇上万字的长篇文章及精美图画竟然出自一个只有二十一二岁的中国小姑娘之手后,便在"编者例言"中指出,张爱玲"与她不少中国同胞差异之处,在于她从不将中国的事物视为理所当然;正由于她对自己的民族有深邃的好奇,使其有能力向外国人诠释中国人",并誉张爱玲为"极有前途的青年天才"。

有了梅涅特的赞誉,年纪轻轻的张爱玲欣喜不已。紧接着,她便一鼓作气,一年之中,竟然在该刊物上先后发表的文章达9篇之多,其中包括6篇影评。这种创作频率是当时其他作家都无法相比的。而张爱玲写作的那些影评,也成为了当时中国电影史发展与研究的极有价值的参考资料。这些连袂而出的英文文章,使张爱玲深厚的英文功底立即凸现出来。在她上中学的时候,就很注重学习英文,在圣玛丽亚女校校刊发表的《牧羊者素描》、《心愿》就是用英文写的。在港大期间,她的英文更是达到了一种地道纯熟的程度,对此,张爱玲的姑姑确实大加夸赏,说张爱玲"无论是什么英文书,她能拿起来就看,即使是一本物理化学"。刻苦的磨砺加上过人的悟性,造就了她一手漂亮的英文,也因此使她一鸣惊人。

1943年6月,张爱玲在《二十世纪》上发表了《Still Alive》,中文译名为《洋人看京戏及其它》。这篇文章《洋人看京戏及其它》一经刊出,便收到广大读者的热烈欢迎。说到这篇文章,它可在张爱玲早期创作中占有十分重要的位置。这篇文章不仅流畅美丽,而且集中表达了张爱玲对世间百态的理解。张爱玲正式步入文坛后的创作思想,大多源于此处。这篇文章开头便写道:"用洋人看京戏的眼光来看看中国的一切,也不失为一桩有意味的事。头上搭了竹竿,晾着小孩的开裆裤;柜台上的玻璃缸中盛着'参须露酒';这一家的扩音机里唱着梅兰芳;那一家的无线电里卖着癫疥疮药;走到'太白遗风'的招牌底下打点料酒——这都是中国,纷纭、刺眼、神秘、滑稽。"由此不难看出,张爱玲最开始就使自己站在了中国生活观察者的位置上,嘲讽中带着热爱。这种态度也频频出现在她后来的小说中。

从一个23岁女人的角度出发,张爱玲看到了男权社会温馨面纱下的虚伪与残酷,更清楚地看到了生命被忽略、被遗忘、被掩饰的悲凉。这是对人生真相的惊心动魄、毛骨悚然的发现。因此,张爱玲总是以一种洞彻入里的"眼光"看待人生与命运。看《空城计》时她就想:"不知道人家看了《空城计》是否也像我似的只想掉眼泪。为老军们绝对信仰着的诸葛亮是中外罕见的一个完人。在这里,他已经将胡子忙白了,抛下卧龙岗的自在生涯出来干大事,为了'先帝爷'一点知遇之恩的回忆,便舍命忘身地替阿斗争天下,他也背地里觉得不值得么?锣鼓喧天中,略有点凄寂的况味。"对于个体生命的价值,中国文化历来是不太关注的,一般人也习惯于将自己的价值、追求紧紧地同社会秩序中的某一环节某一位置相联系,这样一来,在别人眼中,自己便是"成功"的,但这其中却压抑、忽略了生命中许多真正美好的事物,而且没有意识到"锣鼓喧天、张灯结彩"之外,其实还有一种明丽丰满的内心生活的存在。不仅自己如此,别人也同样,因此张爱玲说,"中国的悲剧是热闹、喧嚣、排场大的",可谁又能站到闹剧背面,清楚地看出我们生活中的滑稽与悲哀呢?张爱玲恰是这样一个女子,她能够直接、坦然地面对生命与生活,她不同于和她熙攘而过的行人。张爱玲后来寻找自我的一种基本尺度,便是被遗忘、被忽略的生命自身的美。

同年 12 月,张爱玲再次发表了名为《Demons and Fairies》的文章,中文译名为《中国人的宗教》,这是她在《二十世纪》上发表的最长的文章。张爱玲创作这篇文章的目的就是"向外国人解释中国人",虽然这篇文章的论题颇大,但她仍能谈微言中,整篇文章都保持着轻灵飘逸的风格。梅涅特曾赞扬道:"作者神游三界,妙想联翩,她无意解开宗教或伦理的疑窦,但却以她独有的妙悟的方式,成功地向我们解说了中国人的种种心态。"

可以说,《二十世纪》是张爱玲走上职业道路的第一步台阶,在她为《二十世纪》投稿的同时,她也给《泰晤士报》写过一些英文影评和剧评。在这期间,张爱玲对日常生活的洞察,对生活本身的洒脱,华美清丽的文风,都充分地表达出来了。例如她所创作的 《中国人的宗教》，书中她谈到关于中国人的怀疑主义，"就因为对一切都怀疑，中国文学里弥漫着大的悲哀。只有在物质的细节上，它得到欢悦——因此《金瓶梅》、《红楼梦》仔仔细细开出整桌的菜单，毫无倦意，不为什么，就因为喜欢——细节往往是和美畅快，引人入胜的，而主题永远悲观。"张爱玲提到了大多中国人的普遍人生态度，"受过教育的中国人认为人一年年地活下去，并不走到哪里去；人类一代一代下去，也并不走到哪里去。不管有没有意义，反正是活着。我们怎样处置自己，并没多大关系，但是活得好一点是快乐的，所以为了自己的享受，还是守规矩的好……不论在艺术里还是人生里，最难得的就是知道什么时候应当歇手。中国人最引以自傲的就是这种约束的美。"书中，张爱玲还以中国人缺少私生活的现象，引申出其中的弊端，"就因为缺少私生活，中国人的个性里有一点粗俗。'无事不可对人言'，说不得便为非作歹。中国人老是诧异，外国人喜欢守那么些不必要的秘密。不守秘密的结果，最幽微亲切的感觉也得向那必不可少的旁观者自卫地解释一下。这养成了找寻借口的习惯。自己对自己也爱用借口来搪塞，因此中国人是不大明了他自己的为人的。"

张爱玲就像一位坐在台下慢慢啜茶看戏的人，不动声色地看着台上喧哗吵闹的表演，偶尔笑笑。因此她的笔下，传统中国人的种种心理、习惯与行为方式，都一一凸现出来了。张爱玲向来都把人生及世界分成两部分：她认为，现实的人生大部分都是不可解的，而且充满了破坏与磨难，最终会沉落到重重的黑暗里；但是真实、可了解的人生，统统在一些不相干的事情上，而且还是一些偶然的、刹那间的情境上。对于前者，张爱玲的态度是嘲讽和不相干，但对于后者，她则报以深深的感动以及对沉默的生命的痛心。而梅涅特当时并不能理理这些思想，这也不是他那些闲适趣味文章的内涵。当时的散文或时评，并不能完全表达这些内容。当然张爱玲也必然不满足，因为她自信自己"生来就是写小说的"，是一个真正为艺术诞生的人。

英文写作初获成功，使张爱玲的自信心大增。事实上，更大的成功还在不远处等着她,一颗新星将要大放光芒于上海文坛。

张爱玲之所以最先选择为英文报刊写稿,主要原因还是因为英文报刊的稿酬高于中文报刊。当时的她需要挣钱,挣钱不仅是现实生活所迫,对她来说,也是一种新的生活方式:自己挣钱自己花,自己照顾自己,自由自在,独来独往。张爱玲好象将她的姑姑看作是自己的榜样,她十分欣赏姑姑的独立、随和以及幽默,她们在一起相依为命生活了十余年。张爱玲希望自己可以挣到足够的钱,这样一来就能按照一种她所认为的自由、美的方式来生活。她曾说过:"用别人的钱,哪怕是父母的遗产,倒也不如用自己赚的钱自在,良心上颇为痛快。"在《二十世纪》上,张爱玲挣钱的目的得到了实现。这也不能单纯地讲杂志社付给她的稿酬,另一方面也是它赋予了张爱玲空前的信心,以及使其发展文学才华、以文谋生的能力。

在此种情况下,这位"颇具前途的青年天才"决意继续前行,她似乎看到了令自己振奋、光明的前途。张爱玲并没有忘记,4年前她从圣玛丽亚毕业时,国文老师汪宏声先生对她说,她的前途是"无可限量的"……

自1943年春,张爱玲的一系列散文、小说在薰风沉醉的上海滩,在沦陷区死气沉沉的文学土壤里开出了姹紫嫣红的花朵,她热情地向人们讲述着一个个新鲜、美丽的故事。而这些故事都寄予了一个年仅23岁少女的才思。

就在张爱玲为英文报刊撰写影评之类的文章时,曾用中文写了两篇短篇小说,即《沉香屑:第一炉香》和《沉香屑:第二炉香》。张爱玲欲以这"两炉香"叩开令她仰慕已久的上海文坛的大门。

也许是《二十世纪》给了她更多的勇气和自信,并凭借对文坛内外情形的了解,张爱玲直接拜访了《紫罗兰》杂志社的主编周瘦鹃。为了使这次拜访获得成功,张爱玲向周瘦鹃谈起,她的妈妈和姑姑在十多年前就是周瘦鹃编著的《半月》、《紫罗兰》和《紫兰花片》的热心读者。当时,她的妈妈刚刚从法国留学回来,便读到了周瘦鹃的"哀情小说",

因为受作品的感染,流了不少眼泪,并且还给周瘦鹃写信,劝他不要再写这种悲惨的小说结局了。听到这些周瘦鹃也兴趣大增,虽然他已记不得这件事了。张爱玲还带了一封园艺家黄岳渊的介绍信。因为周瘦鹃酷爱园艺,这是她事先知道的。对于不喜欢见人、不爱交际的张爱玲来说,这次拜访她特意穿了一件鹅黄色的剪裁合体的旗袍。

尽管在母亲和姑姑眼中,张爱玲这个天资聪颖的女孩缺少大家闺秀的风范,但她这次独自为自己的未来命运敲开大门的举动,表现出了她的勇敢、自信与练达。

这位笔名为紫罗兰庵主人的周瘦鹃,作为"鸳鸯蝴蝶派"的代表,是当时与新文学作家分庭抗礼的言情作家之一,在小市民读者中享有极高的声誉。后来他在《礼拜六》杂志中提出"宁可不讨小老婆,不可不读《礼拜六》"的口号,这种趣味性、娱乐性十足的创作风格深受市民阶层喜欢,即使是那些正统的新文学作家也自叹不如。

张爱玲之所以会选中《紫罗兰》,是因为她本人不喜欢"新文艺烂调",认为它是"台阁体",她所热衷的还是"海派"那种言情之风。所以,她来到了体现上海小市民气味的《紫罗兰》杂志社。

此次见面,张爱玲同周瘦鹃谈得十分愉快。张爱玲将她的《沉香屑:第一炉香》、《沉香屑:第二炉香》拿给周瘦鹃看。周瘦鹃认为单看这个篇名就非常妙,对这两部小说表示欣赏。他让张爱玲将小说留给他,最终是否能发表当然还得等他通读全文后再作定夺。

张爱玲走后,周瘦鹃捧读这两部小说,越读越吃惊。他诧异于这个年轻女孩竟然有如此老到凝练的文笔,将人情洞察得如此深刻。他一边读一边忍不住叫好,"觉得它的风格很像英国名作家 Somerset Maugham(毛姆)的作品,而又受一些《红楼梦》的影响"。周瘦鹃心里十分清楚明白,自己看到的是"天才"之作。虽然周瘦鹃是鸳蝴派作家,但也深通英文,翻译过西洋作品,具备过人的文学鉴赏力。他不但看出张爱玲小说中含有《红楼梦》、《金瓶梅》的韵味,甚至将其与自己顶喜爱的英国作家毛姆相比。能遇上这样一位天才作家,他复刊《紫罗兰》之事大有希望。后来,张爱玲听说到这个评断后也非常高兴,毕竟,这是她第一次登上正式的上海文坛啊!

不久,《紫罗兰》复刊之后便在第 2 期上刊登出了《沉香屑:第一炉香》和《沉香屑:第二炉香》,而且两篇文章都占显著位置。这是张爱玲正式在上海文坛露面。

《沉香屑:第一炉香》所描述的是香港战前的故事。在她点燃"第一炉香"的时候,她时常梦见自己回到了香港。她清楚地记得在香港所见的各色人各色事。战争带给她的恐惧是无容置疑的,这使她在回到上海后,每次听到巨大声响都以为是港战时期的飞机此刻飞到了上海一样。最令张爱玲无法忘记的就是独在异乡时感受到的人情冷暖。香港之行使她真正感受到了孤独、人与人的冷漠。因此,在这种心境下,这部作品的感情也是冷的。而且是掩藏在表面的热闹之下的悲凉。在故事的开始,普通的上海女孩葛薇龙,来到了香港的姑妈家里。她不过是南英中学的一个普通学生,希望在姑母家这里得到一些援助——学费,却没想到自己竟然堕入梁太太充满"满清末年的淫逸空气"里,陷入那荒唐、肮脏的现实,及至最后将自身卖给了梁太太与乔琪,整天不是为了替梁太太弄人,就是为了替乔琪弄钱。而她自己的未来,只剩下无边的荒凉与恐怖,不存在丝毫的希望。

"车子转过湾仔,噼哩啪啦的鞭炮声便渐渐低下去了。街头的红绿灯一个接着一个,强光在车玻璃前一溜而过。此时,汽车驶进了一条黑沉沉的舞街。乔琪并没有看他,即使看也看不到,但是他知道她一定是哭了。他自如地摸出香烟夹子和打火机,将烟卷儿衔在嘴里,点上火。在凛冽的寒夜里,火光一闪一闪,他的嘴上好似开了一朵橙红色的花。但是瞬间,花立谢了。只剩寒冷与黑暗……"

但这两篇叙述"霉绿斑斑"的香港故事,并没有引起预期的"轰动",然而文艺圈里的人所注重的却是张爱玲那种奇丽清冷的文学才华,其中便包括《万象》主编柯灵。此时以编剧本和写杂文著名的柯灵先生应聘接编商业性杂志《万象》月刊。在他接管《万象》之前,《万象》

和《紫罗兰》类似，主要发表鸳鸯蝴蝶派风花雪月的刊物，柯灵任主编后，力求把它办成新文学杂志，一些进步作家为此纷纷撰稿，如师陀、郑文定、傅雷等。偶然间，柯灵翻阅起《紫罗兰》，在这本他不大瞧得起的刊物中，惊奇地发现了《沉香屑：第一炉香》，柯灵的眼前顿时一亮：张爱玲是谁？如何能联系上，找她写稿呢？

正当柯灵为如何向张爱玲约稿而发愁之际，张爱玲竟然不期而至。当时，张爱玲穿了一件丝质碎花旗袍，色泽淡雅清新，这种装束也是当时上海小姐普通的装束；她的肋下夹一个报纸包，让柯灵看一篇稿子，这篇稿子就是后来发表在《万象》上的小说《心经》。张爱玲还在书中附有她手绘的插图。柯灵先生形容当时的心情，简直就是"喜出望外"。这次拜访的谈话内容简短且愉快。于是他诚恳地希望她能够经常为《万象》写稿。

《心经》是在 1943 年 8 月《万象》杂志上刊登的。从此一直到 1944年元月，《万象》几乎每一期都要刊登张爱玲的小说：《心经》之后则是《琉璃瓦》，然后是长篇小说《连环套》的连载。作为上海滩颇具影响力的文艺杂志，《万象》将张爱玲迅速推向了大众视野。

张爱玲一生中最重要的作品也在不到短短一年的时间里陆续问世。《倾城之恋》、《封锁》、《红玫瑰与白玫瑰》、《沉香屑：第一炉香》、《沉香屑：第二炉香》、《花凋》、《心经》、《金锁记》等，张爱玲就像一枚定时炸弹，瞬间在上海文坛的天空中炸响了！

她的小说对于读者来说是全新的，无论题材、观念、人物塑造，还是章法结构、遣词造句都别具特点。这使得熟悉抗战文艺的爱国志士和熟悉闲适文学的普通读者都刮目相看、争相传阅。

柯灵在回忆张爱玲的作品时，说："她很快登上了灿烂的文坛高峰，同时又红遍了整个上海。"

对于此时年仅 23 岁的张爱玲来说，她几乎是一夜成名。瞬间跻身于苏青、潘柳黛、关露等文人的行列，成为上海滩大红大紫的女作家。她的横空出世，不单单是她家人始料未及的，即使她自己也没有想到会这么快,这简直就是奇迹。当然,张爱玲想过出名,希望依靠写作谋生,并且通过写作成就梦想。

其实,真正捧红张爱玲的不仅仅是柯灵和《万象》,同时还有其他几家杂志社也发挥了不容忽视的作用,其中最典型的就是《杂志》。就在《心经》刊出的同一时期,《杂志》上便刊出了她的另一篇小说《茉莉香片》。至于这个稿子是张爱玲自己送稿上门的,还是《杂志》主动约的,已不得而知,但随后刊出的《到底是上海人》便是约稿。在随后的两年里,《杂志》不惜花大价钱,为张爱玲出版作品集,以及为张爱玲召开作品座谈会。最终让张爱玲青云直上,成了上海滩的红人。

在沦陷区上海,《杂志》具有一份比较复杂的背景。解放前,社会上的出版物一般分为三类,即商业性刊物、同仁刊物、党派刊物。以大众市民口味为主的均属商业性刊物,同仁刊物则是一些具有相近思想、学术水平的人联合办的出版物,党派刊物顾名思义就是有政治背景的杂志。而《杂志》就属于第三类,它隶属于以日本领事馆为后台的《新中国报》系统,而且还直接地以多种形式为日伪文化活动撑场面。它与一般的消遣杂志的区别就在于其态度严肃,虽然从表面上看它是"日伪"刊物,但实际上却一直声称要走纯文艺的道路。它所发表的大多是各类实地报导、人物述评、专辑、记录等。在沦陷区上海,它周围汇集了一批颇有才华的作者,再加上它自身的特殊背景,使它在当时成为其他刊物,如《紫罗兰》、《万象》等都无法比拟的实力型刊物。

具有中共背景的柯灵非常清楚《杂志》的这种日伪背景,因此,当时他委婉地告诉张爱玲,由于当时动荡不安的时局,还是希望张爱玲尽量少与《杂志》往来,甚至暗示她不要随便发表自己的作品。但张爱玲向来都是远离政治的,所以她并没有将《杂志》的特殊背景放在心上,再加上她此时成名心切,因此拒绝了柯灵的婉劝,仍然坚持与《杂志》合作。在这期间,张爱玲小说的成名作绝大部分都首次发表于《杂志》上,其中包括《倾城之恋》、《金锁记》、《红玫瑰与白玫瑰》等小说,当然还有一系列精彩的散文。

她曾说过:"出名要趁早!"对于年轻的张爱玲来说,成名就意味着一切——一切完美与欢乐。当然这种欢乐也包括金钱上的独立与自由。就在这短短的两年里,张爱玲就像仙女散花般将自己创作的优秀文章撒向各种有影响力的杂志社,撒向广大的读者。人们为此惊讶、称赞、欣赏……

可叹乱世中这些文采斐然的杰出人物,过于专注文学之优美和细腻,而不关心社会,没有承担起应有的社会责任。其幸在于他们个人因此活得安然,其不幸在于,他们稍不注意就会走上一条不归路。胡兰成走上一条不归路,而张爱玲最后走上孤独之路。

当张爱玲在报摊上看到一本印有"传奇"两个字的书时,摊主热情地向她介绍:"这本书只剩两本了,你买走一本后,剩下的一本我是舍不得卖的。小姐,难道你没听说过'张爱玲'吗?"摊主津津乐道地向张爱玲讲诉他所听到的关于张爱玲的秩事,却不知道眼前这位小姐正是他所讲的故事的主人公。张爱玲第一本小说集《传奇》发行后,仅仅四天就一销而空。少年时的天才梦,终于在这风华正茂的岁月里变成了让人羡慕的事实。

《传奇》使张爱玲成为绽放于上海的一朵奇葩。《传奇》第一版的封面是蓝绿色的,这也是她母亲十分喜欢的颜色。这并非张爱玲有意安排,而是一种巧合。她与母亲唯一的共同点就是对文学的爱好。在她的记忆中,小时候与美丽高雅的母亲是疏远的,只有在母亲教她背唐诗的时候才是亲近的。为了吃到两块绿豆糕,年幼的爱玲每天都要在母亲的监督下认两个字。因此,童年时的张爱玲便是冷的。她不仅对自己冷,对别人冷,而且对这个世界都是冷的。这也就奠定了她的小说的基调,张爱玲表面上是冷漠和无动于衷的,但懂得她的人却能够感受到她的热情。出生于这个怪异的家庭,使她从小就培养出一种怪异的自尊,她不会对这个世界掉眼泪。而是将她的眼泪都落到了她的作品中。就像《传奇》,里面充满了她、她的家庭、家族在岁月的年轮中落下的泪。

自从以自己家庭为背景的小说《茉莉香片》发表后,张爱玲暂时从离开家庭阴影的会议中跳了出来,将目光投向了都市中成年男女之间的微妙关系。最具代表性的就是在《天地》月刊第 2 期发表《封锁》、在《杂志》月刊上发表的《倾城之恋》以及《红玫瑰和白玫瑰》。在张爱玲此时创作的作品中,表现了广阔的历史感,男女主人公的私情往往缩成了战争中人的一段故事。同时,作品中尖锐的矛盾冲突和讽刺反衬出张爱玲软弱的同情。

　　敷衍不是张爱玲做文章的特征,她不满足于将笔停留在眼前的热闹上,而是将笔伸入了人的灵魂。她将人类暗含在内心深处的欲望赤裸裸地挖了出来。钱钟书的犀利、鲁迅的冷峻,她都多少借鉴了些。张爱玲以女人的角度,进行着善意的讽刺,她的作品中多了一丝细腻的生活感,她认为那些悲哀、喜悦、残酷、善良都具有日常性。这一点可以从她的那部《心经》得以发现。

　　张爱玲小说中成就最高的一部作品可以说是《金锁记》,通过二十年后张爱玲又将它改写成长篇小说《怨女》,可以看出张爱玲自己是很喜欢这部作品的。虽然针对张爱玲的作品,傅雷曾有过严厉的批评,但是傅雷对这部作品倒是大加称赞,认为它是 40 年代文坛上"最丰美的收获"。

　　1944 年,《杂志》为了使张爱玲快速在文艺界站稳脚,可谓是煞费苦心,除了发表她的作品,还在 1943 年 8 月,安排她参加朝鲜女舞蹈家崔承喜的欢迎会。在发表《金锁记》、《倾城之恋》之后,《杂志》又组织了一次"女作家座谈会",当时还邀请了上海滩众多走红女作家,如苏青、潘柳黛、吴嬰之、关露、汪丽玲等,在这次座谈会上,《杂志》有意安排初出茅庐的张爱玲做主要发言;使张爱玲的知名度迅速提高。她的小说集《传奇》出版后,《杂志》社便在康乐酒家召开了"《传奇》集评茶会",到场的有上海社交圈、文艺圈的众多知名人士,吴江枫、谷正槐、南容、柳雨生、陶亢德、哲非、实斋、钱公侠、谭正璧、谭惟翰、苏青、袁昌等纷纷就张爱玲的作品谈了自己的意见。此后,《杂志》还安排了一场特殊的会面，即邀请当时红极一时的电影明星李香兰与张爱玲见面。彼此留下了深刻的印象。前面提到，张爱玲不喜欢人多的地方。因此，她在出席这些活动的时候常常会邀请炎樱一同前往，因为她毕竟不善言辞。

功夫不负有心人，在《杂志》社的努力下，就在1944年短短几个月里，上海几乎所有人都知道了张爱玲。炎樱在一篇小文章《浪子与善女人》中提到，张爱玲成名后，她们在街上便成为了受人注目的对象。有一次一群小一点的女学生跟着她们身后，喊："张爱玲！张爱玲！"大一点的女孩子也都好奇地频频回头看她们。曾有一个外国绅士跟在她们身后，可怜兮兮地想让张爱玲在他的杂志上签名。炎樱在文章中感叹："从前有许多疯狂的事现在都不便做了，譬如我们喜欢某一个店里的栗子粉蛋糕，一个店的奶油松饼，另一家的咖啡，就不能买了糕和饼带到咖啡店去吃，因为要被认出，我们也不愿人家想着我们是太古怪或是这么小气地逃避捐税，所以至多只能吃着蛋糕，幻想着饼和咖啡；然后吃着饼，回忆到蛋糕，做着咖啡的梦；最后一面啜着咖啡，一面冥想着蛋糕与饼。"由此可见，此时的张爱玲已经是上海滩"名噪一时"的人物了。当然这也正实现了她少年以来的梦想。

尽管成名后有一些不便，但是张爱玲喜欢这种崭新的"卖文生涯"，她曾说过，苦虽现在苦了一点，但是她十分喜欢她的这份职业。真可谓是"学成文武艺，货与帝王家"，过去的文人大多依靠统治阶级吃饭，但现在的情形变了，她庆幸自己的衣食父母不是"帝王家"而是那些拥护他、买她杂志的读者。张爱玲在她的《童言无忌》中说道："不是拍大众的马屁的话——大众实在是最可爱的雇主，不那么反复无常，'天威莫测'；不搭架子，真心待人，为了你的一点好处会记得你五年十年之久。""大众是抽象的。如果必须要一个主人的话，当然情愿要一个抽象的。"但没想到，梦想竟然这么快就实现了。

不可否认的是，张爱玲这种奇迹般的崛起也存在其他的客观原因。最主要的是在"孤岛"沉没后，茅盾、沈从文等一批新文学作家陆续离开,上海文坛顿时处于一种真空状态,这种情景不能不说是为新作家的崛起提供了极好的机会。柯灵对此解释道:"我扳着指头算来算去,偌大的文坛,哪个阶段都安放不下一个张爱玲,上海沦陷,才给了她机会。日本侵略者和汪精卫政权把新文学传统一刀切断了,只要不反对他们,有点文学艺术粉饰太平,求之不得,给他们什么,当在是毫不计较的。天高皇帝远,这就给张爱玲提供了大显身手的舞台。抗战胜利以后,兵荒马乱,剑拔弩张,文学本身已经成为可有可无,更没有曹七巧、白流苏之流的立足之地了。张爱玲的文学生涯,辉煌鼎盛的时期只有两年,是命中注定,千载一时,'过了这村,没有那店'。幸与不幸,难说得很。"他的这番话可以说是知情之言了。

若用张爱玲作品中的一句话对此评价的话,那就是《倾城之恋》中白流苏的一句话:"也许就因为要成全她,一个大都市倾覆了。"对此,张爱玲自己又是怎么看的呢。她的散文集《流言》里所附带的一张作者照片上有一句题词:

"有一天,我们的文明,不论是升华还是浮华,都要成为过去。然而现在还是清如水明如镜的秋天,我应当是快乐的。"

1944 年,既是张爱玲一生创作的巅峰时期,也是新文学史上的"传奇"时代。可以说,这一年是上海的"张爱玲年",也是她一生中最具传奇色彩、短暂而明亮的岁月。

第四章

抉择

文情宦海两重天

胡兰成回到了胡村，在那儿晃荡了两个月，基本上是无所事事。只是闲来无事，写了两篇有关经济的论文。一篇是论中国手工业，一篇是分析中国年度关税数字的。写好之后，他就寄给了古泳今，然后继续在胡村悠哉晃荡。却未曾想，这次无心之举，让胡兰成的一生命运都改变了。

这两篇论文被《中华日报》刊用了！随即又被日本《大陆新报》译载了，随后又被专门刊登经济学论文的《拔萃》月刊转载！可以说反响之强烈，超出了所有人的预料。《中华日报》社因而感到非常荣光，惊喜遇到了大手笔，出于爱才，于是不拘资历电邀胡兰成担任《中华日报》的总主笔！

胡兰成在收到电报之后，立刻又将胡启交给了侄女青芸照看，然后带着全慧文母子前往上海走马上任。因为《中华日报》是汪精卫派系主办的报纸，而此时的胡兰成当对于政治派系、政治斗争全然没有什么概念，所以不想太多的介入；加上他进入《中华日报》社的动机也很单纯，无非是为了展现自己写作的才华，凭着自己的笔杆子扬名立世，所以不想投靠谁、依附谁，但是既然做了总主笔，那么就一定要立场鲜明的有所依附；而他当时对于汪精卫还没有太多的了解，所以他当即就谢绝了林柏生，说不想加入汪派，结果总主笔的位置也就由古泳今来坐了，他只担任了主笔一职。

这个时候的政治形势依然是跌宕起伏，"西安事变"爆发以来，国共两党结成了抗日统一战线,但是蒋介石的国民政府却迟迟不愿意拿出行动来,对于抗日的态度也还是犹豫、彷徨。正是在这种情况下,日本帝国主义的实力才有恃无恐、甚嚣尘上,在中华大地横行无忌。但是在"西安事变"的鼓舞下,全国人民的抗日热情已经高涨,如同即将爆发的火山一样不可遏制。两种力量在碰撞中交融,中日战争一触即发!

胡兰成就是在这种形势下担任了《中华日报》的主笔,而他在这里工作还不到三个月,芦沟桥事变就爆发了,紧接着"八·一三"事变也爆发了,上海保卫战打响了。

"八·一三"事变当天晚上,枪炮声不绝于耳,中日部队之间的战斗异常激烈。胡兰成所在的报馆附近也遭到了袭击。他走出报馆到北四川桥边上去观望时,北四川路的住户店铺已经是火光冲天了,幸好白天的时候那些住户都已经搬走了,才没有造成太大的伤亡。

第二天,上海到处都是难民,人们都感觉到大难临头了,纷纷逃生,上海滩顿时陷入一片混乱之中。上海保卫战的惨烈状况是空前的,中日军队殊死较量,死伤惨重,上海军民虽然拼死守城,但是,无奈实力差距实在太大,终于无法守住。11月11日,历时三个月的上海保卫战以上海沦陷而宣告结束。此时,张爱玲住在临近苏州河的父亲家中,后因与后母不合,最终逃离父亲来到了母亲的身边。

"八·一三"事变之后,胡兰成在报社的安排下,带着一家老小搬到法租界,由于《中华日报》的停薪,他每个月只能领到40元的生活费,他们一家三口住在一个租来的小房子里。收入拮据,肯定请不起保姆的,所以胡兰成只得天天早起自己生炉子、上街买菜、洗衣煮饭,包括照料产后的全慧文和小婴儿,生活很是艰苦。更不幸的是,不久他和全慧文刚生的小儿子患了肺炎缺钱救治,胡兰成为了幼子的病情,只好硬着头皮向《中华日报》的林柏生借钱,竟只借到了15元。最后孩子还是在未满月的时候就夭折了, 胡兰成亲手将孩子放入一口小棺材里,心中有如刀绞,痛彻心扉。

虽然日本人的侵略造成胡兰成现在生活的困顿,且痛失爱子,但是令人费解的是,他却并不恨日本人。他似乎是看得开,反而以一种似乎很洒脱的态度来看待这些。这似乎是看起来很潇洒,实则没心没肺。上海沦陷后,胡兰成前往香港,做《南华日报》的总主笔,同时还在蔚蓝书店做兼职研究,与林柏生、梅思平、樊仲云三人共事,四人轮流每月给汪精卫写一篇报告。胡兰成那时属于林柏生管,但是他对林柏生一直没有好感,一方面固然是自恃清高而讨厌他的官僚作风,另一方面也为上次借钱的事耿耿于怀。林柏生也没给胡兰成什么优待,作为《南华日报》的总主笔,胡兰成竟然一个月只拿了 60 元港币的工资。胡兰成此时失意至极,既无心留下,但又没有路费走人,只能得过且过,一下班就回家,或上街买点小菜,或带着儿子宁生爬山、捉蜻蜓玩耍,基本没有什么社交活动。

1937 年底,南京被日军攻陷,国民政府迁都武汉。当时国内对于抗战有三种观点:第一种是提倡坚持抗战,抗战必胜;第二种是认为战未必能胜,但也要拼死抵抗;第三种是认为抗战必败,求和才能生存。抗战之初蒋介石与汪精卫都持第三种观点,不过两人在议和的具体操作上分歧较大,而蒋介石也由于国内舆论压力,不敢放弃抵抗,后来日本人觉得蒋介石议和态度不太诚恳,于是就转而拉拢一直积极求和的国民党第二号实权人物汪精卫。1938 年 10 月,武汉以及广州相继失守,重庆成为战时陪都,抗战到了更加艰难的地步。汪精卫只见日军占领区日益扩大,国内的重要海岸港口和铁路干线丧失殆尽,国民政府难以御敌,财政也几近枯竭,于是更坚信继续抵抗只会亡国,除了与日本议和妥协别无他法。因此他先是由手下与日本人签订了秘密议和协议,随后率领亲信逃离重庆,飞到越南的河内。三天后,日本首相近卫根据密约发表对华声明,要求国民政府接受出卖国家主权的一系列条款,包括承认伪满洲国,允许日本在内蒙古驻军,以及日本人在华经商、居住的权利等等。躲在河内的汪精卫闻此消息立即起草并发表了一个声明回应,赞同讲和,这就是让举国上下为之哗然的所谓"艳电"。蒋介石自然不能容忍汪精卫这种叛党卖国行径,同时也为了响应全国的呼声，他立刻让国民党中央宣布撤销汪精卫的国民党副总裁职务，并永远开除他的党籍。

就在广州武汉相继沦陷、蒋介石政府迁往重庆的时候，正好蔚蓝书店轮到胡兰成写政论，他凭着研究马克思著作的心得加之对全国以及国际的形势的分析，准确地道出日本的攻势已是强弩之末，而中日之间的军事对垒也将转为持久战，国际外交形势则将出现英国退却、美国插手的情况。客观地说，能够做出如此预测和判断，说明胡兰成对政治大局的分析还是不错的。

然而正是基于这个政治判断，胡兰成开始面临自己未来的政治立场的选择。"艳电"发表当日，胡兰成独自一人到香港山顶思考自己出路，他坐在树下一块大石头上思考了很久，心乱如麻。他内心其实很想干出一点"光宗耀祖"的事业，不再到处漂泊，不再过穷日子。而摆在他面前的选择是：如果跟随蒋介石国民政府，他将会长期很难受到重用，这是因为虽然胡兰成确实有才，但国民政府那边人才济济，不缺他一个；更重要的是国民政府内部大局已稳，不会发生太大的人事变动，而且由于他一开始跟的是汪精卫，再回到蒋介石那里，受排挤是必然的。而从另一个角度看，选择跟随汪精卫的话，发达的机会则更大，他一开始就在隶属汪的派系工作，关系相对亲近，而且汪精卫若是得到日本人的支持，则必然会和蒋介石政府大力对抗，此时正是用人揽才之际，他极可能脱颖而出，受到重用。胡兰成自负盛才，那么被器重显然只是迟早的事。长远来看，国内大局的形势仍不明了，中日战争结果扑朔迷离，蒋介石和汪精卫胜利的可能性各占一半，鹿死谁手还未可知。既是如此，索性就跟随汪精卫从零开始打拼天下，一展鸿才，这样建功立业的可能性才会最大。胡兰成思考良久，权衡再三，终于决定：跟随汪精卫！接着他继续发表社论，宣称要趁第二次世界大战尚未爆发之前，促成中日和平！

做出跟随汪精卫的决定之后，应该说胡兰成就走上了他生命中的不归路，在这之前，张爱玲也做出了一个改变命运的抉择——逃离父亲的家。两处选择,两种道路,宿命似地曾交织在了一起,而最终仍是分道扬镳:一条以惊世倾城才情留名书册,一条以卖国无耻行径落下骂名。

1939年2月,汪精卫的嫡系、妻子陈璧君的侄子陈春圃从河内赶到香港,约胡兰成见面,然后交给他一封汪精卫的亲笔信。胡兰成打开一看,开头第一句是"兹派春圃同志代表兆铭向兰成先生致敬",他顿时激动不已。陈春圃见状当即就让胡兰成回信,并说上次汪精卫给他的信未能收到回复,他很是挂念。胡兰成很奇怪,直说这是他收到的第一封汪先生的信。陈春圃听后大致猜了个七八,先前汪精卫写给胡兰成的信都是让林柏生转交的,显然林柏生因妒才而把信扣下了。陈春圃明白了就里之后又问起胡兰成的月薪,胡照实答说是六十,陈春圃大惊道:"怎么这么少,汪先生定是不知道,知道了心里一定觉得愧对先生的。"

陈春圃走后没几天,胡兰成"直达天听"的机会很快便来了,不久汪妻陈璧君来到香港,想亲见胡兰成,却被林柏生太太告知说他患了很严重的眼疾不能见人。陈璧君何等精明人物,她一下就猜到了怎么回事,于是把林柏生叫来严厉训斥了一顿,责怪他故意埋没人才。林柏生心里有鬼,不敢辩解,诚惶诚恐地说尽快将胡兰成"眼疾"治好,同时又叫自己的妻子赶快接胡兰成来见陈璧君。见过陈璧君之后,胡兰成的薪水开始暴涨,由原来月薪60元港币飚升为360元港币,另有2000元机密费。

胡兰成由60元的身价忽然暴涨到360元,这个机缘来自他的那篇发表在《南华日报》上的社论《战难,和亦不易》。正是这篇社论使得胡兰成受到陈璧君的赏识,她觉得胡兰成可堪一用,同时也想为汪精卫挖掘人才,于是多方打听,得知了胡兰成的一些具体情况后就亲自来香港召见。此后,由于陈璧君的赏识和大力推荐,才有了胡兰成在汪精卫手下的飞黄腾达!

汪精卫逃离重庆后,蒋介石起初还想劝他返回重庆,但均被汪精卫谢绝。蒋介石于是被激怒了，眼见分裂在即，便起了杀心，让特务总部去办成此事。特务精英陈恭澍得戴笠令，立刻带了武术与枪法皆精的六人，前往河内刺汪。没想到误杀了当晚住在汪宅的曾仲鸣。汪精卫侥幸躲过此劫，但受惊非小，悲愤难抑，在写给胡兰成的信曾有语曰："国事尚可为乎？抑已不可为乎？若不可为，铭当自杀，以谋诸同志之安全。"

在这种情势下，汪精卫自然和蒋介石势不两立，一怒之下，在刺杀事件的一个星期之后发表了一篇文章，名为《举一个例》，里面"举"了一个蒋介石两年前在国民政府国防最高会议后对德国驻华大使表现出愿意和日本人和谈的这个"例子"。抖出了战前蒋介石和日本人眉来眼去的一些内幕，揭穿了蒋介石自我标榜为"主战"和"爱国"的虚伪面目。

就事论事，蒋介石确实对主和有过一定的设想，也愿意在大原则下接受日本人的议和主张，他在很长一段时间内也都没放弃过和谈的门路。但蒋介石毕竟还是坚持了国统，没有拿出摇尾乞怜的议和措施，虽说战场上正面抵抗不怎么积极，毕竟还是一直在坚持抗战的。因此蒋介石的身份始终处于主战和主和的两可之间。所以，已经走到抗战这一步的国民党人士见到这篇文章肯定是咽不下这口气的，国民党元老吴稚晖立马回敬一篇《对汪精卫〈举一个例〉的进一解》以反驳。

胡兰成这时也觉得自己"大有可为"的时候到了，他自从那次被陈璧君召见之后，他的仕途一直是顺风顺水的。受到陈璧君赏识的胡兰成知道这里面也包含着汪精卫对他的信任，所以他内心深处对汪精卫这种风云人物的知遇之恩极为感激，一有机会，大有以死报之的冲动。所以，当他看到吴稚晖抨击汪精卫的文章之后，立刻按照《举一个例》一文的口径写了三篇社论和一篇社评进行反击，措辞激烈，并不乏斥骂之词，完全以汪精卫的捍卫者自居！

汪精卫返回上海后，便开始鼓吹和着手建立所谓的"和平政府"，这时宣传和摇旗助威的工作成为重点。他第一个就想到了撰写《战难，和亦不易》的胡兰成，便决定亲自委以重任。两人可算一见如故，汪精卫先从家常话开始，嘘寒问暖，在得知胡的现状后，毅然承诺安置胡兰成一家老小。随即汪精卫切入正题，说道："我想付托兰成先生以宣传大事，中国的领土和主权独立完整之事，唯先生以笔护之。"

胡兰成在与汪精卫的第一次会面中显得毕恭毕敬，因为他对自己受汪精卫这等"大人物"关照而受宠若惊，他后来在记述此事时写道："当下我惟敬听。与中华民国历史上这样有名的人初次见面，竟难说明什么感想，只觉山河大地尽皆端然。"

1939年9月底，汪精卫先是重组"党部"，在上海召开"国民党第六次全国代表大会"，初建伪政权雏形，并对重要的人事进行安排。胡兰成被任命为负责宣传工作的社会委员会的总主笔，只负责摇摇笔杆子，没什么实权，相当于现在的智囊团成员。

汪伪中央党部及各部委成立之后，便开始进行伪国民政府的建立。"国民党六大"开完之后，汪精卫加快了与日本近卫内阁谈判的步伐，但始终由于自身缺乏群众支持和军事实力，说话总是底气不足，没有什么讨价还价的余地。因此日本政府于1月发表了对华第一次近卫声明，态度强硬。经过汪精卫等人的反复磋商和谈判，日本在11月份发表的第二次近卫声明中，语气则比之前大为缓和。在这种情况下，汪精卫和日本人都希望能尽快将之前谈判的原则深入到具体条款，于是双方都各自派出代表举行秘密会谈。

然而在这次为期十多天的会谈中，日本人并没有拿出对汪精卫谈判的"诚意"，来积极促成一个亲日的伪政府；而是狮子大开口般地漫天要价，而且态度蛮横，咄咄逼人，汪精卫派去的代表几乎无法开始。这种情况的出现，说到底还是因为汪伪机构那时势单力薄，没有让日本政府觉得值得做出让步。所以汪伪代表最终还是妥协让步，与日本人签订了《日华新关系调整要纲》及其附件《秘密谅解事项》。没想到几天之后，汪精卫身边两位要员高宗武、陶希圣叛逃香港，并联合给香港《大公报》写了一封信，把汪伪机构和日本方面签订的卖国条约翻拍的复件寄了过去，《大公报》当即刊出，国内再次震动，朝野一片哗然。

汪精卫刚听到高陶叛逃时大为恼火，不过后来也想开了，他认为"高陶事件"从另一个角度来看也算是给了日本人的一个教训，而且这两个人到了重庆之后见到蒋介石必会实话实说，让蒋介石了解到这边的情况，这也不无好处。

"高陶事件"风声淡了之后，汪精卫致电蒋介石继续劝他主持议和，以使中日能实现全面停战，这样可以使日本能够给中国开出更好的条件，但遭到拒绝。无奈之下，汪精卫自己开始了汪伪政府的组织工作，他身边的人是"八仙过海，各显神通"，为职位忙得不亦乐乎，可谓丑态百出。周佛海、李士群、丁默村、罗君强等汪精卫手下的组织干将这时纷纷活跃起来，摘取那些部长高参之职。而胡兰成这时却受到了冷落，这其实也不奇怪，因为这一阶段汪伪集团的工作重心，已经由前期宣传为主的活动转到如今竭力组建汪伪政府机关这个大摊子了，现在需要的是熟悉官场运作的官僚，而不是只会摇旗作势的笔杆文人，这时的胡兰成地位已不向先前那么重要。而且由于他出道不久为官根底尚浅，既不懂得怎么玩弄政治手腕，又以文人雅士自居，不屑于耍手腕，所以只能眼睁睁地看着那些显赫的位子被别人抢走。

受到冷落的胡兰成一肚子不平，也不掩饰，就直接表现出来，于是故意称病几天不到汪公馆。后来汪精卫也察觉到此事，便找了个机会叫来胡兰成，亲自安抚。胡兰成一来，他就开始嘘寒问暖，先是问他身体是否好些，随即上楼取出 1000 元给胡兰成作医药之用，以一种朋友般的关怀，让胡兰成感受到温暖。然后又说道："这几天忙于人事调配，只因为兰成先生是自己人，所以一早拟就了而未说出。"于是说出三个职位让他选择，分别是行政院政务处长，立法院外交委员长，宣传部政务次长。胡兰成这次闹情绪只是因为看到别人都做了大官而自己遭受冷落，现在汪精卫对他这么动之以情、许之以高官，他反而有一种释然，便还选了自己拿手的笔杆子工作，做了宣传部政务次长，同时兼任《中华日报》总主笔。

职位分配得差不多时,这些人就穿上戏袍粉墨登场了。中华民国二十九年三月,公元1940年3月,汪精卫宣布国民政府"还都南京",并在南京国民政府大礼堂举行"还都"仪式及就职典礼。与会众人仍遥奉林森为主席,选举汪精卫为代理主席。礼堂里面悬挂着有"和平、反共、建国"黄条青天白日旗,文官一律穿蓝袍黑裳,武官一律穿军装,胡兰成看着这群不伦不类的"乌合之众",又看看"国旗",顿时心中觉得可笑,甚至想讽刺一番,但猛然间看到了汪精卫,才觉得这样做不妥当,于是赶紧收敛自己的情绪,装作一脸严肃地倾听奏乐。

奏乐完毕,汪精卫发表说,其大致内容是:大亚洲主义是孙中山北上经过日本时提出的主张,新南京国民政府与日媾和乃是秉承孙先生的遗愿而做;新南京国民政府要以"收拾旧山河,拯救天下苍生"为宏愿。

汪精卫讲话完毕,典礼也宣告结束,全体人员在礼堂门口合了一张影,然后又一同去中山陵谒陵。到了中山陵之后又到了明孝陵。在胡兰成眼里,明孝陵比中山陵要好,他认为中山陵的建筑设计太刻意,没有明孝陵的那般山河同一,岁月无痕。

当天下午众人一起去中山门,胡兰成和古泳今坐在同一辆车中。古泳今当时官为宣传部秘书长,是胡兰成属下。古泳今在车中提起了德军在欧洲战场的大胜,很是兴奋,胡兰成却泼凉水说德国要败。古泳今不同意,但也没有反驳,只是作为朋友提醒胡兰成说这种话对他说说不要紧,对别人则不能乱开口。胡兰成却没有借坡下驴,仍不管不顾地说,并接着提起前些天当着德国外交参赞官的面他也直面断言德军渡不过英伦海峡一事。不知出于什么心理,他还幸灾乐祸地拿话激古泳今说:"日本在亚洲的称霸与汪先生的政府都不会长久。"古泳今听了这话大为动气,就教训胡兰成,说他既投身此和平运动,就不应该是这样的消极态度。胡兰成见古泳今真生了气,便不再去辩驳,但心里对他的话还是颇不以为然。

他对于日本素无好感,作为汪精卫比较欣赏的主力笔杆子,后又委以宣传部政务次长重任，胡兰成那次虽然没有参加汪派代表和日本谈判，但他常听汪精卫提及那次谈判的情形，也得知由于汪派代表的底气不足而遭遇的近乎污辱性的遭遇。他心里很是忿忿不平，因此，没事时他也常想发发日本的牢骚。有一次，他在部门碰到了周佛海，就问他说："周先生当时着全力于组府时，曾撰文说，中日间的交涉不比外交的谈判，而是自己人的商量，是自家事。但现在看来，自家人的事情好像不像你当时说得那么好办吗？"周佛海无法否认，只得坦诚相告，叹息道："我当时确实没料到日本人竟是这样子的！"

在胡兰成看来，日本人这样做纯粹是拣软柿子捏，因为他们的实力和才干比起日本之前打交道的维新政府和北京政府都要弱，所以日本人看不起汪派人物，还间或有人故意找茬生事。不仅那些部门委员会的司长科长之类的官会被日本宪兵打耳光，就连汪公馆的卫队，日本兵也敢惹，更让人觉得讽刺的是，那次冲突还是发生在太平洋战争后不久，汪精卫要和日本"同甘共苦"的时候。而汪精卫这边则一旦有机会也会报复，双方表面看上去亲密得如胶似漆，其实也各自尔虞我诈不绝。

汪派人士里面不给日本人面子的，汪妻陈璧君就是其中之一，只要是日本人，她一概不见。在火车站或者飞机场时，常常有很多日本新闻记者围拢来，想往前靠着采访她，她都绝不发一言，而是让自己的副官去拒绝他们，可谓对日本人绝无好感。当时跟日本人不相往来的还有樊仲云，胡兰成因为对日本人嚣张跋扈的作风看不惯，见了日本人也是爱理不理的。偶尔见到一些日本人热情地和他握手，说"我们都是好朋友"，胡兰成便要回敬道"好不好要等做起来才知道。"当时《中华日报》还没有设日本的联络员，有一次虹口驻地的日军报导班为一条反日新闻送来抗议书，胡兰成瞟了一眼便在那抗议书上面批到"着毋庸议"，就原件退还了。那个时候的胡兰成还未能得到日本人的赏识和好处，对日本人既有戒心，也不大看得上眼。但自后来日本人救了他命，给了他好处之后，他就一下子改变了立场，真是人心难测！

不过胡兰成那时当然也仅仅敢以"着毋庸议"表达自己的不满,在绝大部分时间里,他是很"听话"的。比如进出城门,他还会耍个心眼让自己像个小百姓一样不高兴、一样平凡,他不愿惹上麻烦。他那时常驻上海,但官邸在南京,每月要回南京一两次见汪精卫。有一次他从上海返回南京的时候带了两套朋友送的西装料子,出火车站后因为他先坐汽车走了,副官拎箱子在后,不料被日本宪兵叫住打开箱子没收了!虽然依胡兰成当时的身份前去交涉应该可以要回来,但他却没有去,反而以民间俗语"人善人欺天不欺"等聊以自慰。其实这种自慰,反映出了他懦弱、没有骨气的一面。这是一种软弱自欺的表现,而这种软弱自欺最终造成了他变节投靠日本人。

胡兰成说自己不抢官做,但是他仍然喜欢达官贵人的富贵之气。官他当然抢不过了,因为他没有斗过官僚的能力;他只会使用一点小聪明来解气罢了,解气之后也是洋洋得意的,毕竟他"喜爱达官贵人的富贵之气"。有时,话不能说得太明白,否则就失去了意义;而胡兰成这种文人,一向不会将话说的太白,要不也就没有了文人所特有的气质。所以,胡兰成是喜欢做官的感觉的,正因为心中喜爱,所以他才始终赖在汪精卫的门下,直到被汪精卫扫地出门。尽管这种官职对他而言是虚伪的,是没有意义的,但总比没有要好。真是可悲又可怜!这种对名利的追求在很大程度上是受了童年少年时期的影响,从小就知道没有钱的难处,成年则不堪受穷。张爱玲是自小就没有过钱的概念,后因金钱与母亲之间产生芥蒂,而更觉得钱的重要。胡兰成自称与世不争"清好"和张爱玲的"超然"其实是同一个性质的。

但是,胡兰成毕竟不是政客,所以还是有些不习惯官场的;而他更不具备高官所应有的气质。有一次,胡兰成在上海结识了一个生意人,他准备买房娶媳妇,但是看重的房子被租了出去,而房客不愿迁让,于是他就请胡兰成帮忙。胡兰成也没有任何办法,只好写信相劝那位房客,谁知房客根本不理会他,还说哪个做大官的会这么客气,肯定是冒充的!这倒把胡兰成弄得哭笑不得。

胡兰成不但没有做官的气派，更不会行做官之道。在香港的时候，陈璧君第一次召见他，当时给了他 2000 元的机密费。而胡兰成并不知道那是津贴，还以为这钱是要用于公事的，于是就将这笔钱用在了发动外围政治团体上，而且每个月还向陈璧君如实汇报并报销，只可惜陈璧君是不会看见他的报销单的。这足以体现他在做官上的笨拙了！以至于到了上海，胡兰成仍然三番五次地拒绝接受机密费。以他这样的头脑想去玩弄政治，注定是要失败的！如果不是汪妻陈璧君欣赏他的文采，他是绝对不会受到汪精卫的重用，也许早就被抛弃了！遗憾的是，胡兰成并不明白这一点，反倒得意自己的"诚实"，他实在太没有自知之明了！

在政坛上没有自知之明还想耍弄小聪明的，难免会被人当棋子用。汪伪政权后期显赫一时的李士群就是借胡兰成这个梯子而很快爬到高层决策圈的。

当时的李士群是周佛海手下的警政部次长，汪伪政府"还都"的那个夏天，他留在上海照看特工总部七十六号。胡兰成那时也在上海，有天他闲着没事干忽然很想去七十六号"看看"，把那种血腥残酷之地当成闲游之地逛逛。这一逛，逛出了不小的名堂。

李士群是个颇有野心之人，不甘久居人下，他一直谋划着如何跳过周佛海而"直面主公"，只是苦于没有门路，这时看到胡兰成来了，不免大喜过望。因为当时胡兰成的官虽然不太大，但是谁都知道，他是汪精卫的心腹，和汪有很好的私交，有直接进言的机会。于是李士群便使尽手段让胡兰成与他结成联盟。而胡兰成对于七十六号和李士群的印象都不错，加之政坛中铁杆盟友不多，就答应了。

这第一次发难，是胡兰成和陈璧君让汪精卫把特工机构七十六号的最高权力收归汪精卫本人，理由是世界各国都无此情报部门不归首领直辖之例。说服了陈璧君之后，他又马不停蹄地前往南京，向汪精卫进言，请求撤废特工委员会，改设调查统计局，隶属军事委员会。汪精卫当时本来也想试图改革周佛海的特工组织，于是顺水推舟，果真撤了特工委员会，另设调查统计部，比原来预想的"局"更高一级，而且让李士群代替周佛海作了警政部长。

胡兰成自觉随便动动嘴就办成大事，不免得意非常。当时的他已经完全脱离了《中华日报》，辞去了总主笔的职务，开始经营《国民新闻》。而李士群突然高就部长，自然对胡兰成很感激，一直想着要报答。一听说胡兰成要办《国民新闻》，就立刻将机器给他弄来，还帮他选好报社的地址。这次帮李士群，应该说相互利用的成分还不是很多。

胡兰成新接手的《国民新闻》，其要旨就是继续鼓吹"和平运动"，拒称"沦陷区"而称"和平区"，并强调"抗战区"和"和平区"是同一个中华民国。但是根据汪精卫之前和日本人发表的公报中，汪精卫已经在由"局部和平往全面和平延伸。"那么日本人应该从"和平区"局部撤军，但是日本人来得容易，让他们走就不是中国人能说了算的。胡兰成为了完善自己宣传的论据，于是有天就去找李士群，问他怎样才能使日军先从江苏撤退，由南京国民政府自己来维持秩序，还问他如果日本人撤军，李士群你能不能去接防。李士群早想扩大自己的势力，听胡兰成这么一说更是大喜，于是一口答应说动日本人撤军。

后来胡兰成去了南京向汪精卫提出自己的建议，汪精卫也觉得很有道理，便向日本陆军省板垣征四郎提出要求，没想到板垣同意了，并提出了军队也同时换防并协助日军"清乡"的要求。板垣的这个举动名是撤防，实是让汪精卫的军队替自己"清乡"，打击沦陷区的反日活动。日本撤防后，汪精卫成立了"清乡委员会"，他亲自兼任委员长，李士群当主任，代汪精卫在江苏范围内行使军事、行政和经济大权。这次其实是胡兰成和汪精卫中了圈套，日本可为沦陷区腾出兵力去前线，而李士群则可以趁机扩大自己的势力。

撤防变成了"清乡"，而"清乡"又变成了帮日军维持占领地的秩序，还对抗战区封锁物资，胡兰成本来一片好心，想帮汪精卫要回一点"和平区"的治权，却事与愿违，变成了这个结局，让沦陷区的百姓受苦了。胡兰成从这件事中也看出了李士群的贪心，知道这个人不能深交，便决定以后和他适当地保持距离。

胡兰成好心办了坏事，心里有气，当时适逢汪伪的财政部和日本签订新经济协议，《国民新闻》发了一篇陶希圣的学生鞠清远写的文章，骂财政部长周佛海丧权辱国。本来嘛，汪伪整个政权无疑都是在丧权辱国，也没被少骂过，但这次的骂声居然是从自己的阵营里出来的。周佛海当时十分狼狈，他知道这个事胡兰成肯定是知道的，第二天就跑到汪精卫那里引咎辞职，说自己在这种时局下，不得不签此协议，而他胡兰成的报纸确实也骂得句句在理，为了维护政府在国人面前的威信，自己愿意引咎辞职。汪精卫自然是要竭力挽留的，面对胡周只能留一个的局面，汪精卫最终还是下令免去了胡兰成宣传部政务次长的职务。胡兰成当时正在上海，林柏生写信把情况告诉他，并转述汪精卫的话，说他是"自己人"，让他去南京见汪，当另有重托。

胡兰成脾气反而上来了，倔头倔脑就是不去，心想，不如自己尝尝无官一身轻的滋味。

就在他事业走进低谷阶段时，在港大读书的才女张爱玲，正渐渐显露出自己天才般的创作才能，成为校园中令人瞩目的名人。

不过汪精卫毕竟还是看重胡兰成的，在胡被免去宣传部政务次长四个月后，又让他担任行政院法制局长。胡兰成自从第一次成全了李士群的升官，后又因为"好心办坏事"使李士群的势力如日中天，诸多事与愿违，不觉有点心灰意懒，因此就存着多一事不如少一事的想法，执"修养生息"之念。于是在他法制局长任内，凡是各部委、省政府及市政府，如果"呈请新花样"，就都不予批准。那些在南京翻手为云覆手为雨的高官在胡兰成面前往往都会碰一鼻子灰。先是司法行政部长罗君强，后是南京特别市长周学昌，就连梅思平、李士群这种难缠角色提出法案想扩张自己势力，胡兰成都照样批"不准"。

胡兰成之所以敢这样天不怕地不怕地打回那些所谓高官的呈文，最重要的原因，还是因为汪精卫背后支持他这个工作，因为行政院长是汪精卫兼，作为法制局长的胡兰成只是拟批，还要汪精卫加上

"如拟",才能生效,让胡兰成得意的是汪精卫倒是每次都"如拟"他的批文。

汪精卫让文人气质的胡兰成当法制局长,实在也是有自己的打算。法制局其实是一个很不讨好的部门,因为有的呈文他自己心里也不想批的,但同时他还要笼络好这帮人,维护自己的地位,如果自己直接反对他们的呈文,不免把局势弄僵。法制局加在两种势力之下,日子其实不好过,而让胡兰成这样一个所谓倔强之气的政治死脑筋去管这种事,就免去了装傻这一套,别人知道他确实不是有所偏袒或存有私心,也就真拿他没办法。这也就使得他成了汪精卫必要的"挡箭牌"!可叹胡兰成,还在自鸣得意,既不知人,亦无自知之明。

胡兰成的南京官邸在行政院旁边的丹凤街石婆婆巷,他平时每天只到法制局待三四个小时,因此空闲时间还是很多的。遇到天气好,他常带领妻女和一些友人去屋后的鸡鸣山采松花,这松花是回去做饼吃的。胡兰成自家的院子里开着很多紫藤花,他也采了来做饼吃。平日就这样,追求一种人世的清好和俗世的情趣。

胡兰成自称清好,没有拉过什么人参加汪伪政府,只有那时穆时英主动要来参加,他才介绍他办《国民新闻》报,穆时英被刺身亡后,还是他帮穆太太领得抚恤金。

一个夏天的晚上,胡兰成和家中众人在庭前乘凉。这时飞来一只鹧鸪,在门灯上转来转去,这儿飞飞那儿碰碰,结果掉到地上好几次,坠了几次,众人要去捉时,却被一只半路杀出的狗衔跑了,众人上前抢下那可怜的鸟,却发现已经被咬死了。冯成奎的儿子冯寿先却想把鹧鸪拿来烧了吃,胡兰成见到如此之死法,心里也觉得难受,不同意吃,就叫卫士把它拿去丢掉,自己一副不胜惋惜的样子。

胡兰成有了钱便让侄子在老家置点田产,寄去一万四千元,托冯成奎转交给大哥积润。想不到那冯成奎根本不管自己儿子还在跟着胡兰成吃饭,竟然拿着这笔钱去投资生意,直到一年半后才把这笔钱给到老家人手上。但由于通货膨胀,本来当时能买三十亩田的钱,结果只买回祖上的五亩田。

胡村人都知道胡兰成在外做官，但不清楚是什么官，于是有很多乡人前来投奔他，这些人大都不认得字，胡兰成只得到处介绍他们当个事务员或普通杂役，实在干不了了，就给路费叫他们回去。甚至对于幼年有过过节的庶母俞傅村，其义妹、让他气愤得说出"该杀"的冯成奎，其子冯寿先，还有陈海帆等人，他都以礼待之，能帮就帮一些。

胡兰成由于文人性格，寡言沉讷，所以朋友并不多，除了政坛上极少的一些同僚外，作为文人雅士的他还有一个做黑帮老大的朋友：吴四宝。

吴四宝本是上海有名的"白相人"，从小出身底层，在三教九流的社会里摸爬滚打，后得以拜在青帮"通"字辈大佬荣炳银、季云卿的门下，当司机，做保镖，由于自己的心狠手辣，也讲义气，后来渐渐成为流氓混混中出类拔萃的人物，势力很大。

汪精卫刚来上海的时候，为了控制时局，也不得不派人拉拢他，让他组织警卫大队。但后来政局稳定下来之后，看这个不是自己嫡系的人控制着上海的治安，终究不爽，便让李士群去说服吴四宝让出了这警卫第一大队队长之职。吴本来也不喜欢和这些官僚打交道，于是就乐个清静，自己请辞了。

吴四宝的妻子佘爱珍长得很有些姿色，加上性格直爽，不扭捏造作，大有巾帼不让须眉之气，所以胡兰成对她也兴味十足，以至有了后来在日本的一段姻缘。

胡兰成和吴四宝的认识比较戏剧化。有一次胡兰成去"七十六号"见李士群，走的时候李士群照例出来送他，旁边却过来一个身材魁梧的大汉说："让我来送胡次长吧！"然后就送胡兰成出来，上车时还给他打开车门，并坐在司机旁边陪同他回去。

胡兰成本以为吴四宝是一个普通保镖，半路上胡兰成不知为什么，随口问了吴四宝一句："你贵姓？"想不到听到的回答竟然是："敝姓吴，道上的朋友叫我四宝。"胡兰成吃了一惊，因为吴四宝实在不是无名小卒，只是他没想到竟是这样和他见了首面，不觉哑然失笑道："你很有名。"接着又说了恭维的客套话。吴四宝笑着对他说道："不敢，四宝自小失学，不懂得道理，本要听胡次长教诲的。"

车子到家门口停下后，吴四宝赶紧先跳下车给胡兰成打开车门，胡兰成也没想到和他寒暄一下请他进来坐坐。而吴四宝自己有汽车跟来，不方便留下，就直接走了。

胡兰成没料到吴四宝这么一个老粗居然对自己如此尊敬，看上去却很是谦恭的，心里有点得意，也顿时对他另眼相看。

稍后胡兰成也了解吴四宝虽然打家劫舍、巧取豪夺甚至绑票勒索，但却是劫富济贫，乐善好施，常常做慈善事情，还对街头穷人施舍衣食，把自己花钱买的医药义材广泛布施。要是逢年过节，周围邻居住户得他好处的多达数百家。胡兰成欣赏他的乐善好施，但不问他钱财来自何处，后来又听说自己少年时就读的杭州蕙兰中学，在抗战爆发后停学，也是吴四宝捐献资金使学校重新开办的，于是对吴四宝好感更盛。

胡兰成那次被免宣传部次长职位后，有天闲来无事，忽然想到去吴四宝家中玩玩，于是就直接去了。当时吴四宝正在家中与他的一帮门徒说话，一听说胡兰成来访，赶紧撇开众人出来迎接，并把他恭恭敬敬地请到花园里，叫人搬来藤椅给他坐，又让太太佘爱珍亲自送威士忌酒来，俩人非常客气陪胡兰成拉家常。不过因为两个人本来就是文武不搭界，又加上吴四宝也不会说什么文绉绉的话，所以胡兰成坐了一会儿就感觉没什么可谈了，于是只喝了两杯酒，坐了一会儿就告辞了，吴四宝也不多留，还是亲自送他出大门，和上次一样给他开车门。

胡兰成喜欢"白相人"重义气、直性子的特点，所以后来没事的时候常去吴四宝家玩，有时吴四宝不在，他就一个人在吴家花园里散散步，开始不和别人搭话。不过，去的次数一多就熟了，于是再去的时候就到楼上，和佘爱珍及一些女客聊聊天。

这吴四宝之所以能和胡兰成关系日近，原因之一就是他们都不喜欢日本人。尽管吴四宝平时"打家劫舍",但也有点爱国心,于是常给日本人一些苦头吃。日本人渐渐不能容忍了,便多次给汪精卫政府施压让他们约束吴四宝,汪精卫把这一任务交给了李士群,弄得李士群很头疼。

这时候,吴四宝又卷入了一桩抢劫日本人黄金的大案,他的徒弟张国震想自己扛下这件事,但是日本人不信他是主谋,后查到吴四宝是他们幕后老大,于是,对吴老大本来就不太爽的日本人更像被火上浇油一般,再也不能忍受,决定除掉他。

当晚,日本人就出动数百宪兵直接到吴四宝家拿人,吴四宝和佘爱珍提前得到消息,已经逃之夭夭。日本人立刻逼迫汪伪政府下令通缉吴四宝,并在《中华日报》上发布通缉令。

日本人开始在上海大肆搜捕,弄得全城鸡犬不宁,到处都是日本宪兵的身影。吴四宝夫妻东躲西藏,狼狈不堪。无奈之下,佘爱珍给胡兰成打了个电话,请他向李士群求救。胡兰成对他们夫妇都有好感,而且私交也一直不错,便答应了,但他那时并不知道李士群已经想借刀杀人了。当晚胡兰成亲自去接由南京回上海的李士群,趁机对他说:"日本自称已经撤防,现在公然抓人,太不像话,这件事你要出来挺我国体。"

李士群口头上答应了,然后便让胡兰成立即与佘爱珍联系见面,还劝说佘爱珍让吴四宝去自首,他力保吴的安全。佘爱珍有点犹豫不决,他便发誓说若是出卖兄弟,以后不得好死。胡兰成和佘爱珍看他信誓旦旦,确实也是实权在手,也就信了他。想不到李士群的这个毒誓真的应验了,这是后话,暂且不表。

当下佘爱珍便把吴四宝带了出来,交给了李士群。第二天清晨李士群没叫胡兰成,只和唐生明陪同吴四宝到了日本宪兵队。但是李士群却没能兑现当场保释的诺言,向佘爱珍解释说宪兵部只是要把吴四宝调查几天,走个过场,然后就可以保释了。

张国震在吴四宝被扣之后就被放了出来,但他为救吴四宝,自己又跑到日本宪兵队去了。宪兵队烦了就把他交给了李士群,李士群当即下令把他押赴中山北路刑场枪决。胡兰成知道后大吃一惊,去问李士群,他却说这是日本人威逼他做的,胡兰成对此深信不疑,又催他赶紧把吴四宝救出来。

几天后,李士群借当上了汪伪江苏省政府主席之机前往南京,接着又避往苏州,躲开胡兰成、佘爱珍等。胡兰车见他竟然数月不回上海,这才心知大事不妙。他觉得吴四宝被日本宪兵队关押,自己也有责任,心里对佘爱珍过意不去,于是往南京和苏州之间来回跑了好几回催促李士群,李士群总是以公务为由借故推托。

然而胡兰成文人的偏脾气一来就收不住,李士群遭他屡次质问,也没了办法,只得随他去了上海,到日本宪兵队领出吴四宝。李士群同时告诉胡兰成和佘爱珍日方要求将吴四宝交给自己关押三年,他打算将吴四宝转移到苏州看管,并承诺:"交给我你们尽管放心,就当四哥在苏州度假吧!"胡兰成与佘爱珍听了自是高兴,以为问题已经解决了。

当天吴四宝回到家后,先是沐浴理发更衣,然后又去正厅祭了祖先,最后转身向李士群跪下,谢他救命之恩,并流下了眼泪来。

吴四宝走的时候,胡兰成专门去吴家为他们夫妻俩送行。哪知第二天下午,他便接到佘爱珍的电话,说吴四宝已经去世了。胡兰成顿时惊呆了,立刻赶到苏州,看到吴四宝的面色安详的遗体,心中戚戚,后来有人告诉他尸体本来七窍流血,现在已经抹干净了。好端端的一个人,死得不明不白,还七窍流血,众人对他的死因都心知肚明,只是不便说出。

胡兰成便一直在苏州帮佘爱珍,帮她把吴四宝的遗体运到上海处理后事,坐车回上海的时候,佘爱珍在几个妇女的搀扶下身穿重孝,蹒跚着上了车,然后坐到胡兰成身旁,哀鸣一声"胡次长——",就将头埋到他肩头抽泣起来。她现在真是把胡兰成当作自己可以依靠的亲人了。

吴四宝在上海的丧事办得很风光,由于他义气散播四方,为人又乐善好施,所以无论黑道白道还是普通百姓,来为他送殡的人都很多,送殡一路沿途都有路祭。佘爱珍一路哭成泪人儿,怎么劝都劝不住。这时服侍佘爱珍的沈小姐说:"阿姐已经两天没吃过东西了,这般哭法,任是铁打的人儿也吃不消呀!"于是央求胡兰成说:"胡次长您帮忙劝劝阿姐,惟有你的话她听的。"听到这话,胡兰成马上俯下身去向她耳边轻声说:"不要哭了,保重身体,这般大仇,你且等我将帮你报。"

吴四宝之死,有一种说法比较可信,说是在宪兵队出狱那天早晨,他被看守的宪兵逼着吃了个饭团喝了一碗米汤,而日本人在里面放进了一种慢性毒药,直到三十六小时后再突然发作,上吐下泻,七窍流血而死。

在吴四宝未被害之前,胡兰成在同李士群结交时,对他颇有好感的,因为李士群做事干净利落、热情待人,又少有官僚习气,比较平易近人。胡兰成去七十六号找他,他总是穿双拖鞋就出来迎接,不装腔作势。七十六号里人事繁杂,李士群却能处理得井井有条。他既能谈正经事,也是个闲谈的好手,这些都使胡兰成当时看得起他。

吴四宝死后,胡兰成便对李士群心冷。但相反汪精卫却越来越信任他,觉得他是个有能力的人,便委以重任。因此,李士群的势力越来越大,气焰也日渐嚣张。而胡兰成和佘爱珍弄清了吴四宝的死因后,二人的关系更进了一步,他一直记得自己当时对佘爱珍的承诺,于是就静待时机。不久,机会终于来了,他遇到一位故人:熊剑东。

熊剑东是浙江新昌人,同胡兰成三哥胡积义一同在绍兴营中当兵,关系很好。胡兰成十四岁的时候在绍兴第五师范附属高小念书,吃住都在三哥那里,熊剑东当时很热心地教过他英文,但是后来当了逃兵。两年后,胡兰成在杭州蕙兰中学读书,有一天,穿着一件青灰布长衫的熊剑东忽然来看他,说是要去上海,想和他借点路费。胡兰成二话不说,把自己一学期的杂用、压在箱底的两块银洋钱给了他。此后便一直未见,这过了20年,胡兰成才又见到了他。

吴四宝出事前,有一天晚上他在家设宴,胡兰成和李士群都被邀,胡兰成先到邻院李士群家相约同去,他到李士群家中,见他正和一个不相识的人在楼上交谈。李士群见胡兰成来了，就介绍说是熊剑东先生，这才重新相认了。

熊剑东早年毕业于日本陆军士官学校，本是蒋介石的军统的人，上海沦陷后他在江浙一带负责组织游击队对抗日本人。1938年在上海被日本宪兵抓捕，关押了一年多，后来叛变投汪。1941年春，他得到日本人的支持，前往湖北一带组织黄卫军，自任总司令。他这次来上海，是想到太湖招收旧部，但李士群对他怀有戒心，处处阻碍他，于是两人从此结下怨恨。

后来黄卫军被汪伪南京政府编为第二十九师，熊剑东让参谋长邹平凡当师长，他带了一部分人马到上海和南京看胡兰成。胡兰成先是把他向陈公博推荐，当个上海特别市保安司令，却碰了钉子。后又推荐给周佛海，周佛海倒是愿意接纳，于是将熊剑东所带的人马和他的中央税警团合并为总团，让罗君强担任总团长，熊剑东为副总团长，这样一来，熊剑东一下子就成为和罗君强并肩的周佛海手下两员大将之一。熊剑东行伍出身，能征善战，又处事圆滑，很快便与日本宪兵部队长打得火热，渐渐胜过李士群，李士群怀恨在心，发誓要斗倒他。

不过熊剑东的"出人头地"倒不是胡兰成的功劳，他不知当年熊剑东被关在日本人的监牢里，正是因为周佛海一手搭救，后才能在一年多后被保释投汪。周佛海不仅把熊剑东保释出来，又送他赴日深造，随后派他常住武汉，策反重庆的蒋介石地下组织。胡兰成自以为了不起，一副自鸣得意的样子。他就设想到这一层：他是汪精卫面前的红人，以前还想扳倒过周佛海，两人之间一直心存芥蒂，周佛海怎么可能仅凭他的推荐就重用什么人？

熊健东当了税警团副总团长后，因为"清乡"的利益冲突，经常有矛盾，甚至火拼。有一次熊剑东在上海北站被人行刺，后查知幕后主使乃是李士群，于是暴怒异常，发誓要杀了李士群，也派出了暗杀人员，但李士群本身搞的就是特工，所以熊剑东一直找不到机会。不过从此，七十六号就又多加了一重戒备，而熊家连楼梯口也架起了机关枪，双方都奈何不了对方，就这么相持着。

熊剑东找了个机会暗中收买到七十六号的行动大队长林之江，想给李士群背后一刀。不料被李士群发觉，逮捕了林之江要杀掉。他故技重施，下达了决杀令之后，就远遁南京，避人耳目，和当年吴四宝之死如出一辙。

胡兰成虽然对林之江也没什么好感，但是本着敌人的敌人就是朋友这个想法，定要帮熊剑东对付李士群，所以就积极给熊剑东出谋划策，让他拉上日本宪兵到七十六号，只说找林之江问话。熊剑东依法照做这么过去了，李士群手下的人看见日本宪兵插手果然措手不及，林之江于是被救了出来。

李士群知道后大为愤怒，他一下就料到是胡兰成出的主意，立刻实施报复。他趁胡兰成前去南京时，派人包围了在上海的《国民新闻》报馆，把胡兰成的人统统赶走，自己让七十六号的机要秘书黄敬斋做了《国民新闻》的社长。胡兰成知道此事后愤怒地去责问他，李士群则继续装傻充愣。

胡兰成夺不回报社，心中憋了一肚子气，熊剑东见状则很高兴，因为这样一来他就可以把胡兰成拉到和他同一个战线了，于是又来请胡兰成设计。胡兰成说李士群现在势力大，是因为他身兼两大要职，既管特工又管江苏省行政，必要先折他一臂，才能把他拉下马。

熊剑东觉得胡兰成很有道理，又回去和周佛海商议。周佛海自李士群走红开始就不满意他，因为特工局的职位是他被玩阴的弄走了，当了部长之后在政治上还与他争官夺位，甚至有时还在经济上敲他的竹杠，周佛海也不会买他的帐，二人积怨也颇深。李士群喜欢暗箭伤人，他派人在一天晚上将周佛海南京的一套住宅点火烧着，东西烧了个精光。周佛海大为光火，也一直伺机报复。

熊剑东和周佛海商议一计，联合陈公博及汪伪政府的日本顾问影佐祯昭一起向汪精卫进言，建议取消李士群管的警政部，因为这时日本人也开始担心李士群权力过于膨胀。汪精卫一探李士群的口风，他便仗着羽翼已丰，就用辞掉所有职务来要挟汪精卫，加上陈璧君也不赞同撤掉李士群。汪精卫在双重压力之下，权衡再三，才撤掉了警政部以应付周佛海和日本人，但随即新成立了一个调查统计部安抚李士群。如此一来，表面上看是旗鼓相当，双方都没占到便宜。但由于是周佛海这边先发难，所以这一次，其实是李士群赢了一场。

就这样熊剑东和李士群的明争暗斗就这么一直相持不下，双方互有攻守地这么胶着。有一天，熊剑东又来向胡兰成问计，胡兰成想了想说："日本人现在对他应该也有所不满了，可以先切断李士群与日本人的联系。"

李士群自以为智计过人左右逢源，便拉下四通八达的关系，既暗中私通重庆军统局，又与延安的军统一直保持联系，还曾秘密会见中共高级代表潘汉年，给苏北的新四军运过物资。他自以为留下后路无数，没想到这同时脚踏的几条船，都没踏好，反而让人觉得他两面三刀，不可信任。

1943 年春天，李士群的大劫来了。一方面重庆的军统特务头子戴笠向同样也暗通重庆的周佛海下达了铲除李士群的密令；另一边，东京方面也决定让上海的日本宪兵处死李士群。

又这样过了两个月，一切仍然在暗中进行。这天，在南京的胡兰成来到了罗君强家。边疆委员会已经在这年撤销了，罗君强改做了司法行政部长。胡兰成进到客厅，卫士说道："部长在楼上，熊先生与冈村宪兵中佐也在。"说完转身准备去通报。胡兰成立刻阻止了他："没有关系，我自己玩一会儿就走。"

熊剑东听见楼下有动静，走了下来，跟胡兰成说我正要问你一件事，然后压低声音问道："东京方面的覆示已经到了，李事现地善处，看来需要避免否则会引致严重的后果。只是现在不能确定，你是汪先生的亲信，所以要问问你，如果杀了李士群，汪先生会不会不干了？"

胡兰成肯定地回答道："不会！政府非要随便拆散，而人已死，汪先生只会追悼罢了。"

熊剑东又追问:"你确定是这样吗?"

胡兰成回答:"当然。"然后熊剑东又急忙上楼去了。

胡兰成一个人在客厅里看着水仙,逗留了片刻,这才出门回家了。他知道,事变很快就要发生了;但是,他仍然压制住自己什么也不问熊剑东。

大概过了五六天,就传来李士群从上海回苏州死了的消息,并且与吴四宝一样,也是被毒杀的。李士群在上海的时候,宪兵部冈村出面调解,于是将熊剑东和李士群拉在了一起;双方最后决定,熊做李的副手,李给熊三千万元,然后又一起吃了晚饭。

其实冈村已经在饭菜里下了毒,李士群当时就已经发觉食物的味道不对,谎称解手,想将喉咙里的食物抠出来。谁曾想,冈村更加老奸巨猾,也借口想要方便,跟着李士群到了厕所,李士群无奈只好放弃。后来毒性发作,李士群痛苦万分,竟拔枪准备自杀,身边的人及时将抢夺了过来,直到江苏省立医院院长储麟荪赶来的时候,李士群的血管已经硬化得连盐水针针头都扎不进去了。

李士群死后一个月,胡兰成才从南京赶到上海去佘爱珍家,楼上见到她后,便迫不及待地说道:"吴先生的仇我已经报了!"

作为仇家的佘爱珍,李士群之死哪还等到一个月才知道?所以,当胡兰成自豪地告诉她时,她表情冷淡一句话也没说。此时,她能说些什么呢?说什么能让吴四宝复生呢?

另外,佘爱珍是一个极能看开的人。因此,当别人找到李士群孀妻算帐的时候,她又对此进行维护说:"人死就没有仇恨,请你们不要再欺侮他的遗孀!"

解决了给自己造成麻烦的人之后,他的麻烦并没有结束,反而才是刚刚开始。胡兰成当法制部长的时候,由于文人气质喜欢意气用事,基本上将各个部门的人得罪遍了。终于有一天,那些部门联合起来去汪精卫那里告他的状,大有胡兰成他们就什么事也办不好的意思。汪精卫本来就是让胡兰成当这种挡箭牌角色,加之和他私交也不浅,并不想把他撤职,但介于下面的压力太大,权衡一番,最终还是取消了法制局,另任胡兰成到全国经济委员会做一个"特派委员",给了他一个只需开开会,不用管事的闲差。

不过胡兰成只是不懂做一个官僚,对这种明升暗降自己地位的做法还是看的懂得。于是不免常常发些牢骚,说些"我当年如何如何"之类的话。此时他虽很难面见汪精卫,但是对于欣赏他文采的陈璧君,他倒经常能向她倒倒苦水,发些不平之气。陈璧君的确是惜重他的才,先是让他来汪精卫的秘书室当机要秘书,被他婉拒;后因自己的弟弟陈耀祖去当广东省主席而让他去广东去当自己的特派员,胡兰成也没答应。期间他在与陈公博的交谈中也流露出自己的失意,陈公博让他去当南京特别市的土地局长,胡兰成也不愿屈就。其实他内心仍以汪精卫直接亲信自居,只觉得惟有汪精卫才能使唤自己,让他放下架子去听其他人的指挥,是万不可能的。

大约李士群死后的一天傍晚,接替胡兰成做宣传部政务次长的郭秀峰来找他,告诉他日本大使馆最近有个交流会,每周六举办一次,他转告日本大使馆的话希望胡兰成能够过去参加,那天正好就是周六,他请胡兰成当晚和他一同去。胡兰成本来懒得去,郭秀峰再三要求,他想想自己也找不到其他玩的去处,总是在家待着也觉得闷,最后还是去了。

那次交流会设在日本大使馆书记官清水董三家里,胡兰成到的时候,罗君强、粮食部长顾宝衡、驻"满洲国"大使陈济成已经先到一步,日本人只有两个,除了清水之外,另一个是新调来任日本驻南京大使馆负责文化事务的书记官池田笃纪。

"座谈"之前先是一个饭局,起初胡兰成自恃清高,在桌上只是饮酒,没有开口。后来众人谈起中日之间的开战,过去做过蒋介石秘书的罗君强说了这么一句话:"当初民国政府从南京撤退时实在仓促混乱,就是后来退到武汉之后也未能形成有力防御,如果当时友军一口气直追而下,武汉早已得手,重庆也不在话下,如此一来,战争本可及早结束了。"胡兰成听了这么个赤裸裸的摇尾乞怜之言，当时大怒，说道："虽历史一笔为定，但也绝不像你所言这般荒唐，中国不亡自是天命惠之，岂如一时战略之失策！"此言一出，在场之人寂然良久，场面颇有些尴尬。

饭后众人回到客厅继续"交流"，这时郭秀峰说了这么一句希望日方解除对中央通讯社管制的话，谁知新来的池田笃纪回敬了一句："这种事本来就不是什么规定，我们这么做自有我们的考虑，你们国家自己的事，倒要向我们求情，枉你还是国民政府的长官。"这一番话顿时说得郭秀峰面红耳赤，而胡兰成则在一边想道：此人确是知道尊重中国的，不过有些目中无人，我得寻机会让他吃些教训。

恰好这时顾宝衡随口问道"不知日本国内粮食是否能自给？"池田毫不犹豫地说"自给自足完全没有问题。"胡兰成立即反驳道："我最近看到一篇日本的报道，说是一个教授病倒了，他的亲戚送了些米给他，他吃了之后说了句'好久不知日本米的味道了。'看来，日本国内的教授都吃不到日本米了，遑论百姓！何来自给自足？如今战争已到第六年，日方不该仍然说话不诚实。"池田听闻此话，反驳不了，满脸通红，只是微笑，不去争辩。胡兰成觉得这个人还比较老实，散会后他接过了池田给他的名片，后来两人的交往也渐渐开始。

池田也很看重胡兰成的学识，第二天就到胡府拜访。胡兰成见他进来的样子，颇似当年他的四哥梦生，于是对池田亲近不少，这也成为他和池田后来进一步交往的重要基础。此后的时间，池田隔三差五就去胡兰成那坐一坐，没事总爱往胡家跑。久而久之，胡兰成也偶尔回访池田笃纪。

却说胡兰成官闲了不少时间，可是心却一直没闲下，他是个以文赖世的人，笔头总想写些东西。在汪精卫面前失宠后，心里一直积郁难平，因此想以文发泄。于是闭门挥笔三天，写成一篇长达一万一千字的政论，将它心里长时间以来郁积一吐为快，把那些关于时局的见解与观点表达得淋漓尽致，此作完成后他心里还颇有一番扬然自得的成就之感。

胡兰成刚把稿子写完的那天,碰巧池田又来到胡兰成拜访,池田见到桌上有胡的新作,便请求拜读。胡兰成略一思索,点头答应,并强调并没有因为他是日本人而怕让他知晓这篇文章。他本对池田就又一些亲切之感,况且视为知己者死,胡大文人许久不动笔,这次既然有重量级大作问世,自然也想文章成后能被"识货人"赏识称赞。

文中胡兰成自比为太平天国将领李秀成(后被曾国藩所擒,投降了曾),说道就算自己将来一样逃走,也要留一篇文字于世,讲述汪精卫政府与日本的和平运动一事,且论证日本必败,汪精卫政府必亡,日本想免除失败的命运,唯有从中国撤军,并实现自我变革。而中国则必须返回孙中山时代,召开国民会议。

池田看了几页之后,觉得大有道理,不过有些道理一时还看不明白,又见文章比较长,于是就问胡兰成能否让他带回去看么。胡兰成想了想答应了。

这池田将稿子带回家后,不仅看完全文,还在一夜之间将之译成日文,并交给日本驻华大使谷正之也看了,谷正之看了之后又传给东京外务省看,稍后便在侵华日军的佐宫中传开了,最后据说连日本首相也得以阅见胡的这篇大作。

不久池田又来到胡兰成家,面带喜色地把这消息告诉他,并说:"谷大使把胡君的这篇大作给汪先生也看了。"他言下之意,你既然有才能,我们日本人作为你朋友,你帮你宣传宣传。胡兰成听了之后心里确吓得半死,他知道汪先生看了那片文章后,肯定是气不打一处来,加之李士群事件,汪精卫已对他有所不满,这次恐怕真要和他翻脸了。转念一想,最好先去上海避一避,又考虑到自己清雅之士,就算事情紧急,但慌慌张张的终究不成样子。于是没去上海,心里另有一套打算,便是把自己脱身的希望寄托在日本人身上。

几天之后,胡兰成与池田一起散步,闲聊了一会,眼看已快到池田家附近,胡兰成心中有点悲戚,于是在和池田分手时"提醒"他说:"我们在这段时间多见见面,如果我去上海,会先通知你,如果我哪一天不来看你,你就来我家找我。"池田只回答了一句:"好",便没有再多说什么。

12月7日,林柏生邀请胡兰成下午三时到他家商量事情,没说什么事。胡兰成心想大事不妙,一边强忍害怕,一边故做镇静地换衬衫打领带,并嘱咐应英娣:"我现在要去林柏生家里,晚上如果见我还不回来,你就立刻去通知池田先生。"

应英娣是胡兰成的"姨太太",年仅22岁,原是上海百乐门的当红舞女,后被胡兰成看中,遂纳之为妾,但他不好意思带回家让青芸看见,于是在一个大酒店里包了个房间给她住。青芸一直在上海给他管家,有段时间忽然发现胡兰成每月拿回家的钱少了很多,疑心之下一路跟踪他到酒店,发现了这个秘密。不过,宽容大度的青芸不仅没有责怪六叔,反而劝他把应英娣带回上海大西路美丽园家一起生活。全慧文跟胡兰成属于那种过日子的夫妻,只求丈夫给自己衣食家用,不怎么在乎男人在外面有别的女人,于是她也没表示什么意见。胡兰成想到在南京还有一个家,于是将正妻全慧文留在上海,而将应英娣带到南京。由于应英娣不能生育,而他与全慧文已生有三个孩子,于是就把一两个孩子经常放在南京,俨然又是一个完满的小家庭。

胡兰成到了林柏生家中,林柏生不在,只有他的副官在接待他,他心里害怕,起身想走,确看见进来一个彪形大汉,"请"胡兰成和他走一趟,他被带上一辆特工的汽车开走了。

车子在一座洋房前停下,里面鸦雀无声,他被带到一个小房间。胡兰成心中恐惧,便问警卫这是哪里,警卫回答说这是"曹公馆",胡兰成稍微平静了一点,就静静地坐着。但不一会,他就控制不住自己忽然发起抖来,想划根火柴点支烟,手确颤抖地连火柴都擦不着。胡兰成一边鄙视起自己的怯懦,一边努力控制自己情绪,好一会,身上的颤抖才停止。胡兰成当时还不知道,关押他的这个地方并不是什么"曹公馆",而是大名鼎鼎的上海路十二号——苏成德专门关押政治犯的看守所!而逮捕他的命令,则是汪精卫亲自下达的。

关押胡兰成的牢房里，里面只有一个地铺、一副桌凳、一盏电灯，其他什么都没有，窗子都被钉住了，一点光透不尽来，门锁得死死的，墙壁比石头还硬，外面还有一个持枪士兵在房门外盯着他。胡兰成心中不免绝望，以为自己这次必死无疑了。神经恍惚之下，在地上乱摸一气，结果摸到了一根针，悲苦之际，于是用那根针在桌面上刻了一首白话诗：

> 花呀
>
> 以你的新鲜
>
> 补你的短命吧

胡兰成独自一人在狱中用诗文吐露悲凉，他不知道当时上海正万人争阅着张爱玲凄婉的小说。他俩笔下都写出了悲，但一个是感叹自己境遇之悲，一个是感叹时局的情感之悲。

当胡兰成刚被关进去在郁闷时，应英娣并没有把他走之前嘱咐的话太放在心上。等到很晚了胡兰成还没回家，她才着急起来，当下就去找池田。池田本来是个直性子，一直没能留意和理解胡兰成给他的那些暗示，这下看到应英娣这么晚了来找他说是胡兰成特别交待的，这下才知道是怎么一回事，于是连夜找到清水董三一同把这事告诉谷正之大使。谷正之让池田以他的名义先打电话给林柏生，就说日本方面要求保障胡兰成的生命安全，然后赶紧联络总司令部和宪兵司令部力图救下胡兰成。

日本人这边还真是把胡兰成当个人才。第二天，日本大使馆里清水董三、池田笃纪和一些总司令部部长、宪兵队课长聚在一起，召开会议商议援救胡兰成的办法。由于日本国内东条内阁最近刚说要尊重南京国民政府，而此事纯属中国内政，所以他们觉得不可以用外交的方法解决，尤其要避免对汪精卫的不敬。商量之下，他们觉得可以把责任加在林柏生身上，宪兵部和司令部一边给他压力，同时由使馆这边清水董三晓以利害劝告他，软硬兼施。

汪精卫这次对胡兰成下杀手，实在是忍耐到了极限了，以前胡兰成有点文人的迂腐和不知变通，这他倒可以忍受；但现在，他觉得胡兰成已经不是个倔头倔脑的笔杆子，而变成一根满怀心机的打人的棒子了，特别有三件事让他再不能忍受。

直接的就是最近这篇文章的事，胡兰成在文中"大放厥词"，说什么"南京国民政府不能代表中国"，还有预测"日本必败，南京国民政府必亡"等等。汪精卫叛党而建为政权，一直自居正统，胡兰成却偏要揭他这个伤疤；再者而汪伪政府的前途命运是和日本的前途命运结合在一起的，胡兰成一下子把汪精卫最不愿提起的结局非要说出了，这不是成心给他好看吗？自己一直在努力"促成和平"，旁边却有人在唧唧歪歪说风凉话，汪精卫能忍受吗？

在一个就是李士群之死，李士群是汪精卫的得力干将，汪精卫很器重他，对他的死，汪真是很悲痛，不仅派自己的亲信去代他致哀，还亲自给他写墓志铭"才足以济世，而天不永其年"，说他实不该死的。以汪精卫的聪明，自然能知道此事是周佛海主使，胡兰成出谋，而胡兰成为了打击现在的政敌，居然和以前的政敌周佛海联手，其人立场之不定，深为可疑。而周佛海的势力已将尾大不掉，胡兰成还再帮他剪除政敌，已有"夺权"之嫌了。

第三是胡兰成和日本人之间的暧昧关系也让汪精卫疑虑重重，他了解到胡兰成每个周末都去日本使馆参加交流会，也知道他与池田等人关系密切，但是到底他与日本人关系深到什么程度，林柏生估计也不清楚。但是胡兰成交往的那些少壮派军官，却大都是日本国内反对东条英机扩大战争的"反战派"，而且他那篇文章，也是和反战派的立场声气相投的。另外，胡兰成一入狱，很快便有那么多日本军官来营救他，他和日本这种亲密的关系是怎么形成的，会有什么结果，汪精卫对此真是又疑又惧。所以终究下定决心，非杀他不可。

日本这边不敢拿汪精卫说事，只是一味逼迫林柏生，林柏生被逼急了，拿出了汪精卫的亲笔信来抵抗。信里陈数了胡兰成的罪状，甚至说他勾结蒋介石政府，每月接受重庆的五十万元秘密经费。日本人见此也无言以对，事情又拖了下来。

这一天，开完会的池田回到了家，满腔悲愤地让他的太太把手枪拿给他，说要为胡兰成以姓名一搏。他太太心里本想阻止的，但日本女人顺从惯了，没敢反对，只是默默地取出枪给了他。池田拿着手枪，跑到宪兵队找到河边课长，说道："胡君一案，全由我所累，如此失信于中国人。现在用外交的方式救不了，我现在就去上海路十二号去救胡君，那边的警卫要是阻挡，我就开枪，他们只要还击把我打死或打伤，你们就有理由用宪兵队去包围那，救出胡君了。"当下河边也很感动，说道："我大日本武士道难道要你一人牺牲于义吗？我亦和你一起做。"当下约定午夜二时点武装出动营救。

商议完毕后池田去报告谷正之知道。谷正之说到："宪兵能有此决心，不愁此事不成，你去之前可在警告林柏生一次，他自愿肯释放胡君最好。"

池田随后就到了林柏生家，这时已午夜后，他对林柏生陈之以利害，说到时候还不放胡兰成，宪兵队就要武装出动。林柏生见此也慌了，急忙赶到汪公馆求救，汪精卫最后开出一纸手令，上面写着"立即释放胡兰成"，他将手令给池田看了，然后便赶紧安排胡兰成出狱。

池田准备了大使馆的汽车去接胡兰成。郭秀峰转汪精卫的要求让胡兰成写一份"悔过书"，胡兰成没有拒绝，挥笔写成，然后坐池田的车回到了家。在狱中时胡兰成得知汪精卫列举他的罪状时竟有暗通重庆并每月接受五十万机密费之事，便料到汪精卫起了杀心。

这件事情后，胡兰成和汪精卫彻底决裂了，转而视日本人为再生父母，后来他在《今生今世》曾说"异国存知己，身边动刀兵"，说的便是这件事。

从狱中出来之后的胡兰成此时在家休养，时间长了，也觉得无聊，整日里看闲书杂志之类。闲来无事也写写东西什么的，就在这个时候，他遇见了一个后来在他生命长河里占据了极为重要地位的女子——张爱玲。

第五章

邂逅

尘埃里开出的花朵

张爱玲和胡兰成的邂逅有一个人无法绕过，那便是时任《天地》杂志总编的苏青。苏青，本名冯允庄，早年发表作品署名为冯和仪，后又以苏青为笔名。浙江宁波人，算得上是胡兰成的老乡，曾在40年代的上海文坛名噪一时。特别是她在1943年在《风雨谈》杂志上连载的长篇自传体小说《结婚十年》，因其文风泼辣、不拘泥于世俗偏见，被评论家冠名为"大胆女作家"而毁誉纷纷。

作为上海沦陷区的两个著名女作家，张爱玲冷傲孤僻，苏青又声称"没有一个女朋友"，这样的两个人能够避开"文人相轻"的千古陋习，彼此看得起，并互相引为知己，实属意外。苏青曾说："女作家的作品我从来不大看，只看张爱玲的文章。"张爱玲也在《我看苏青》一文中道："如果必需把女作者特别分作一栏来评论的话，那么，把我同冰心、白薇她们来比较，我实在不能引以为荣，只有和苏青相提并论我是甘心情愿的。"由此可见，二人交情非浅。

1943年10月，苏青在汪伪政府要员陈公博和周佛海妻子杨淑慧的支持下创办了一个综合性文艺刊物——《天地》。创刊号出来后，苏青四处约稿，这其中便有张爱玲和胡兰成。

这时的胡兰成不久前还是汪精卫政府的"宣传部政务次长"与"行政法院次长"，但后来因社论得罪了汪伪政府，被捕入狱，幸亏他所结识的日本军界人物出面，汪精卫才勉强放他出来。但政治"前途"显然不大了。这一年胡兰成38岁，已有妻室，而且是第二次婚姻。

拿着苏青寄来的《天地》样本，胡兰成仔细翻看了一下，觉得苏青的发刊词写得很是爽利，而她的《论言语不通》更是妙趣横生，胡兰成读得很是开心，于是就写了篇《"言语不通"之故》回寄给苏青。

不久，《天地》月刊第二期也如期寄到，除了刊登胡兰成的《"言语不通"之故》之外，还有张爱玲的短篇小说《封锁》。

"在大太阳底下，电车轨道像两条光莹莹的、水里钻出来的曲蟮——抽长了，又缩短了；抽长了，又缩短了。就这么样往前移——柔滑的，老长老长的曲蟮，没有完，没有完……开电车的人眼睛盯住了这两条蠕蠕的车轨，然而他不发疯。"

"如果不碰到封锁，电车的进行是永远不会断的。封锁了。摇铃了。'叮玲玲玲玲玲'，每一个'玲'字是冷冷的一小点，一点一点连成一条虚线，切断了时间与空间。"

"这庞大的城市在阳光里盹着了，重重的把头搁在人们的肩上，口涎顺着人们的衣服缓缓流下去，不能想象的巨大的重量压住了每一个人。"

"电车里点上了灯，她一睁眼望见他遥遥坐在他原来的位子上。她震了一震——原来他并没有下车去！她明白他的意思了：封锁期间的一切，等于没有发生。整个的上海打了个盹，做了个不近情理的梦。"

……

躺在藤椅里的胡兰成读到这里，不由得心里一惊，这究竟是一个什么样的作者啊，就那么用笔轻轻一挥，就把生活的繁复、丑陋、琐碎，暴露在阳光下。用语是那样的节俭与精致，又那么准确，简直就是一针见血。想到这儿，胡兰成不知不觉坐直了身体，又细细地将其读了一遍又一遍。然后从藤椅上站起来，在草坪上来回走了几步。

"这个署名为张爱玲的人是谁？"他迫切想知道这个问题的答案。于是，他决定找苏青。苏青肯定知道"张爱玲"的，也一定会告诉他。

苏青此时同张爱玲已经是非常要好的朋友，对张爱玲的性格与为人自然了如指掌，知道她疏淡冷傲、不喜与人交往。于是便回胡兰成曰:"是女子。"以图应付了事。

胡兰成见苏青的回答如此敷衍潦草,自然心有不甘。刚好,在接下来的《天地》杂志的第3期和第4期上,又有张爱玲的文章刊登了,一篇是《公寓生活记趣》,另一篇是《道路以目》。和上一期才发表的《封锁》不同,张爱玲这两篇散文讲述的是她所生活的城市以及她所住的公寓:

"我们的公寓邻近电车厂,可是我始终没弄清楚电车是在几点钟回家。'电车回家'这句子仿佛不很合适——大家公认电车是没有灵魂的机械,而'回家'两个字有着无数的情感洋溢的联系。但是你没看见过电车进厂的特殊情形吧?一辆衔接一辆,像排了队的小孩,嘈杂,叫嚣,愉快地打着哑嗓子的铃:'克林,克赖,克赖,克赖!'吵闹中又带着一点由疲乏而生的驯服,是快上床的孩子,等着母亲来刷洗他们。"

"有时候,电车全进了厂了,单剩下一辆,神秘地,像被遗弃了的孩子似的,停在街心。从上面望下去,只见它在半夜的月光中袒露着白肚皮。"

连一个生硬冰冷的电车以及它的进进出出都能看出无限的情味来,可以想象,这是一个多么可爱而富有情趣的女子啊,她的内心又会是怎样的丰盈和饱满呢?从复杂而险恶的官场争斗走过来的胡兰成,突然被这些轻扬灵动、透着温厚的底蕴的文字所感染了。这使他似乎突然间明白,除了政治,人生其实还有很多事情可以做的,可以欣赏,只要善于发现,生活中那些美好的细节随时随地都可以捕捉,而他已经很久都没有注意到这些细微而富含诗意的生活片段了。

仅仅这些,胡兰成还嫌不够,于是自己搜罗了一些张爱玲已经发表过的文章来看。如《沉香屑:第一炉香》、《沉香屑:第二炉香》、《倾城之恋》、《心经》、《茉莉香片》、《洋人看京戏及其他》、《中国人的生活与服装》等。读完之后,胡兰成对张爱玲有了更深的认识,不免由衷地钦佩起张爱玲的才华来,也更加坚定了要见张爱玲的念头。他要亲眼去看看这究竟是一个什么样的神秘女子,竟把文章写的如此风生水起。

或许他只是想猎艳,也或许是张爱玲的出奇才情激起了他的好感,所以才生了"生不愿封万户侯,但愿一识韩荆州"之感。总之,这时的胡兰成心底波澜四起,铁了心要去拜访张爱玲。

据胡兰成自己的回忆,他正是因为看到张爱玲文章的"好"才生了急切想去看她的念头,并"一回又一回傻里傻气的高兴"。胡兰成的这种自我解释比较纯情,但这并不能掩饰他性格中的轻薄习气。在认识张爱玲之前,他已有妻室,并且和不少女人厮混过;认识张爱玲之后,他风流依旧,仍不断和新认识的女人往来。从这一点儿看,说他去拜见张爱玲的目的如果说只是为了寻找所谓的文学知音,无疑显得有些自欺欺人,这中间带有多少虚假的成分,相信也只有他自己才知道。

1944 年 2 月 3 日,刚刚出狱的胡兰成带着对张爱玲的钦慕之情回到了上海。但他一下火车没有先回自己在大西路美丽园的家,而是径直来到了座落在上海爱多亚路 160 号 601 室的《天地》杂志社,找到了苏青,并和她一起上街吃了顿蛋炒饭,并向她询问张爱玲的住址,说要以一个热心读者的身份前去拜访。苏青却道:"张爱玲不见人的,就连她弟弟偶尔来看她,也说不上三五句话,而且还要事先打电话预约;而除了她弟弟张子静,似乎还没有别的男人到她家做过客。"可胡兰成并不管这些,还是执意要求。苏青顾于多方面的考虑,再加上办杂志也有需要胡兰成帮衬的地方,于是便把张爱玲在上海的详细住址写给了他。临末还嘱咐道,"张爱玲是不见陌生人的。"

第二天是农历正月十一,立春的前一天。这天一大早,胡兰成就找到了张爱玲位于上海的住址——静安寺路赫德路口 192 号公寓 6 楼605 室。这离他住的大西路美丽园没多远,他其实也就走了那么一小会儿,没想到这么快就到了。

胡兰成恭恭敬敬地站在门外,"笃笃"地敲了几下房门。

"你找谁啊?"门洞里传来一声温厚的女中音。

"我是特意从南京赶来的读者,我是慕名来找张爱玲小姐的。"

门里的人稍微迟疑了一下:"张爱玲身体不舒服,不见客人。"

"我叫胡兰成,是苏青小姐介绍我来的。"

"哦,那您有名片吗?"

"名片?不好意思,我身上一般不带名片的。"

说完胡兰成好像想起了什么似的,赶忙从公文包里掏出纸和笔,把自己的姓名和电话写在上面,然后从门洞里递了进去。

"我会转交给张小姐的,您请回吧!"

"请你代向张小姐问声好!"胡兰成保持着他绅士般的微笑说完了最后一句话,这才转身离去。

回去的路上,胡兰成回想刚才的这顿闭门羹,多少显得有些不快,不过他马上又安慰自己:张爱玲不轻易见人,不正说明她和普通人不同嘛。这样的人才更值得去拜见!

再说张爱玲这边,当她姑姑张茂渊把胡兰成写下的纸条交给她时,她只是稍稍瞥了一眼,但是当她看到"胡兰成"三个字时不由得心里一惊:这就是我和苏青一起去周佛海家请他出面讲情,要解救的那个因文入狱的胡兰成吗?

或许这时的张爱玲早已从苏青那里知道了胡兰成其人其文,并从苏青那里听到了胡兰成对她作品的喜爱,或许她把胡兰成想象成了一个恃才不羁的性情中人,一个"落魄江湖载酒行"的文坛浪子,一个可与之相知相交的长者?不管怎么说,看到胡兰成留下的字迹后,张爱玲心里不禁生出一种从未有过的异样之感。

隔了一天后,张爱玲给胡兰成打了电话,决定登门回访。张爱玲决然没有想到,这一回访,竟成了她一生的转折点,她的后半生也因之而改变。她与胡兰成旋风般开启的一段婚恋,就如同她在小说《倾城之恋》中所描述的一样,与整个社会时局牵绊在一起,不过结果却与范柳原、白流苏不同:《倾城之恋》以一座城市的毁灭成全两人,他们却是因一座城市的解放而曲终人散!

面对张爱玲的回访,胡兰成根本没有想到,对他来说,应该"纯属意外"。但他显然是做好了准备的,并且是"时刻准备着"。因为有了这准备，所以才有了这接下来的五小时长谈。《封锁》、《公寓生活记趣》、《倾城之恋》……张爱玲的很多作品，他已经看过，并熟记于心。另外，他还在杂志上见过张爱玲的照片，和《道路以目》登在同一期《天地》上的，看起来文弱安静，甚至还有些单薄。

但是真的见了面，胡兰成还是吃惊不小。"我一见张爱玲的人，只觉与我所想得全不对。她进来客厅里，似乎她的人太大"，"像十七八岁正在成长中，身体与衣裳彼此叛逆。"不但身材高挑，张爱玲的外貌、性格、年龄等，也和他事先猜测的完全不同。从她的作品看，胡兰成以为她应该是个世故老练、洞察秋毫的成熟女人，见面之后却发现她坐在那里，一副"幼稚可怜相，待说她是个女学生，又连女学生的成熟亦没有"，"她的神情，是小女孩放学回家，路上一人独行，肚里在想什么心事，遇见小同学叫她，她亦不理，她脸上的那种正经样子。"

胡兰成万万没有想到，文笔清奇远奥、才华超群脱俗的张爱玲却是一副胆怯的小学生模样，这让经常和社交场上的各种风情女子打交道，并习惯于她们的时髦华贵和调情弄趣的他，马上就想到了她的经济情况，"我甚至怕她生活贫寒，心里想战时文化人原来苦，但她又不能使我当她是个作家"。胡兰成圆滑，世故，阅人阅事无数，一眼就看出了张爱玲聪明、老练的文字背后是与之截然不同的单纯与幼稚。

然后，小学生般未谙世事的张爱玲身上却散发着一种不可替代的气质，使胡兰成对她产生了好感。她不青春艳丽，也不妩媚动人，她静静地坐在那里，带着些须的嘲讽和冷峭……可以说，各种貌似不相容的一些东西在她身上毫无冲突地融汇到了一起。在这种无可替代的气质下，是她那世家贵族般的矜持。胡兰成被深深吸引了。

胡兰成很吃惊，连忙将张爱玲让到了客厅里，但不知是客厅太小，还是张爱玲身材太高，两者显得很不谐调。因此胡兰成回忆道："张爱玲的顶天立地，世界都要起六种震动。是我的客厅今天变得不合适了。她原极讲究衣裳，但她是个新来到世上的人，世人各种身份有各种值钱的衣料，而对于她则世上的东西都还没有品级。"

惊艳之后的胡兰成，终于开始了与张爱玲非同寻常的会谈。他是主讲者，张爱玲是听者。这差不多是张爱玲的一贯特点，不善于言辞，却善于倾听。他们这一谈就是五个小时。从张爱玲的少年老成说到她的绝世才华，又从张爱玲的小说谈到时下的流行作品——几乎尽是批评之词，胡兰成对张爱玲一片溢美，抒发着他的感叹。他还对张爱玲在《封锁》中把两个陌生人的戏写得真切自然、把吴翠远的心理刻画得细腻入微而欣赏不已。尤其是小说结尾，吕宗桢回家后审查女儿成绩单，俨然一个好父亲的样子，而在中国这样的男子是很多的。他们的社会角色和内心角色往往是分裂的。在外界，他们或是人们公认的"好人"或"坏人"，但在人性的基本要求上，都是一样的。张爱玲也很感激胡兰成如此关心她的作品。别人读她的小说是读故事，而他读出了人性的思考。别人对她说《封锁》是写高等调情的空虚无聊，而他读出的是对文明与人性的观照。聊到最后，胡兰成还试探着询问了张爱玲写稿的收入，张爱玲如实照答。聊着聊着，胡兰成不免又对她又多了一层亲近之感。

等到胡兰成送张爱玲回家时，两人已经走得很近了。就在他们并肩走到弄堂口的时候，胡兰成突然说了一句："你的身材这样高，这怎么可以？"

这一句似乎有什么暗示。张爱玲听到很是诧异，一则初次见面，此话实在问得突兀；二则以她受的淑女式教育，以她孤傲冷僻的性格，何曾有哪个男人这样随便唐突地对她说话？张爱玲微微张了下嘴唇，想说点儿什么，却又合上了，头也低了下去。"这怎么可以？"这不是一般性的比较，而且是从"般配"的角度对一对男女的比较。张爱玲于半明半昧间体会到了胡兰成的心思。

胡兰成对他"涉笔成趣"的轻言撩拨颇为得意，从后面他与另外几个女人的关系中可以看出，在没有经验的女子面前他常有这种从容自信。若即若离的撩拨是他惯用的伎俩，这与他落拓不羁的名士做派也甚是般配。以至于后来他与张爱玲有了那样一层关系后，他忍不住回过头来自赞一番："只这一声就把两人说得这样近，张爱玲很诧异，几乎要起反感了，但是真的非常好。"

有时候，感情真是一件不可言说之物。在此之前，即使是朝夕相处的姑姑，甚至是一同在香港街上疯狂寻找冰淇淋的好朋友炎樱，张爱玲也少有向她们敞开心扉的时候，但胡兰成无意间的一句感慨，却悄然打开了她一向紧闭的心灵之门。

不知道这是否就是所谓的一见钟情，但就张爱玲所处的生活环境来看，事情可能并非想象的这么简单。据后人分析，胡张之恋之所以能在他们第一见面之后迅速发展下去，与张爱玲本人的生世处境与性格特征很有关系。从某种程度上讲，她还算是一个理智处世的人，遇事冷静，有自己的独立见解，又因为她的分析和评判标准与常人不一样，所以做出的事情也常出人意料。比如说她看待一个男子，他是否"完美"，重要的是看他是否有足够的聪明与机趣，是否有应付裕如的才情与智慧，而其他的，像职业、品行、信仰等，这些在常人看来异常重要的东西，她倒未必会看重。小时候张爱玲常听母亲和姑姑讲起祖父张佩纶的一些遗事，说他年老貌陋，不配为李中堂家的乘龙快婿，张爱玲则不以为然。相反，对于祖父张佩纶，她是极钦佩的。在她看来，一个落魄而不落志、满腹经纶却不事张扬的男子，怎能不叫人喜欢呢？即使是给她留下许多伤痛回忆的父亲，她也并非完全不欣赏，她在说起父亲的凶暴时没忘记他对《红楼梦》的热爱、他对她幼时创作的嘉勉。一个男人，只要有了聪明，便有了最重要的一切。这便是张爱玲论人断事时非常个人性的眼光。很多人没能理解到她的这一点。对于胡兰成，她多半也是持着这样的眼光去看的。

他们虽然是第一次见面，但胡兰成似乎就已经下了决心，要追求张爱玲。应该说，在这之前，胡兰成接触过的女性，从唐玉凤、李文源、全慧文到应英娣，在他眼里终不过是泛泛女子：唐玉凤是旧式婚姻的牺牲品，温顺与善良，但少有情趣，全慧文如出一辙；李文源和应英娣是他耍玩态度下亲吻过的女子，但热情有余而内蕴不足。这四个女人都不能在内心深处让他感佩而后对之亲近,更不能引起内心深处的快乐和惊喜。以胡兰成旧式文人的才情和审美,他还没有结识过一个有才华的女性,这在他看来是一个很大的遗憾。这时,张爱玲出现了。她不仅年轻,而且才华出众,学识渊源,这对他既是一种吸引,又是一种刺激,所以他迫不及待地想要走进她的世界徜徉一番。

因此,张爱玲到大西路美丽园登门回访的第二天,胡兰成就又到静安寺路赫德路口 192 号公寓 6 楼 605 室重访张爱玲——他倒是个想做就做、有性格的男人。这一次张爱玲在自己的房间里接待了他。她穿了条宝蓝绸袄裤,鼻梁上架了副嫩黄边框的眼镜,"越显得脸儿象月亮。"张爱玲的雍容高雅,让胡兰成暗自惊诧,自觉短了一截。

张爱玲的房间很有她自己的风格,但自有一种华贵之气。"那陈设与家具原简单,亦不是很值钱,但竟是无价的,一种现代的新鲜明亮几乎是带刺激性。阳台外是全上海在天际云影日色里,底下电车当当的来去。"本是有备而来的胡兰成在这种雅致瑰丽的气氛中也未免有点儿窘迫与紧张,有如三国时侯刘备到孙夫人房中去时的胆怯,孙夫人的新房中隐布兵气,"张爱玲房里亦像这样的有兵气。"而昨天在他居处显得怯生生的、十分拘谨的张爱玲,今天却显得落落大方、华贵高雅,使其有不敢逼视之感。这与胡兰成前一天对张爱玲的印象极不协调。

胡兰成这次一坐又是很久,依旧是高谈阔论、滔滔不绝。不过,这次他主要讲的是一些创作理论,及他个人的文学观。之后他又讲自己的生平、苦难童年、义父庶母,还有他病故却无钱安葬的发妻,讲他在广西的教书岁月……张爱玲依旧是一个很好的听者,听到动情处,便露出一些会心的微笑。

胡兰成后来在回忆道:"我在她房里亦一坐坐得很久,只管讲理论,一时又讲我的生平,而张爱玲只管会听。男欢女悦,一种似舞,一种似斗,而中国旧式床栏上雕刻的男女偶舞,那蛮横泼辣,亦有如薛平贵与代战公主在两军阵前相遇,舞亦似斗。民歌里又有男女相难,说书又爱听苏小妹三难新郎,王安石与苏东坡是政敌,民间却把来说成王安石相公就是黄州菊花及峡中茶水这两件博识上折服了苏学士,两人的交情倒是非常活泼,比政敌好得多了。我向来与人也不比,也不斗,如今见了张爱玲却要比斗起来。"

或许是张爱玲只是觉得有这样一个人可以说话,觉得很快乐,于是才与他推心置腹。胡兰成自诩为一个文化人,并在该圈浸染甚久,多少也知道点儿张爱玲祖父张佩纶与李鸿章女儿间的佳话,于是就有意问起此事。张爱玲见他提起这个,便把她祖母的诗抄给胡兰成看,并说她祖母其实并不怎么会做诗,曾朴在《孽海花》中说"李鸿章千金擅诗"一事多是夸大,里面选录的那首诗是她祖父张佩纶动手改过的,《孽海花》中的"才女"之说并不真实。张爱玲这种破坏佳话的态度,使胡兰成很是敬佩。

胡兰成顺带还向张爱玲讲述了很多他在汪伪政府中的事情,张爱玲虽然专心于文学,对政治不感兴趣,但因为是胡兰成在讲,所以还是听得兴味盎然。末了还冒出一句:"前段时间知道你在南京下狱,我和苏青还专门去过一次周佛海家,看他有什么法子可以救你。"

胡兰成闻言先是有点吃惊,觉得张爱玲对政治游戏实在是外行,接着就"只觉得她幼稚可笑"。因为他和周佛海虽说不上是死对头,但关系却也淡远,周佛海怎么会出手相救呢?况且逮捕他是汪精卫的手令,周佛海即使想救,也是出不了手的。官场复杂,又岂是一个弱女子能探得了深浅的?而他与周佛海在汪伪政府中的多年积累下的矛盾又哪里是她们两个弱质女流一番话就能消释的?想到这儿,胡兰成不免为她俩的天真深感可爱!

想着想着,胡兰成突然间想到了当年落魄的张佩纶。他们的身世是那么的相似,那时张佩纶刚从热河戍满归来,一介囚徒,戴罪之身,而自己也刚刚从牢狱中解放;然后,张佩纶遇到了中堂大人李鸿章的女儿李菊耦,而自己则遇到了来自世家贵族的张爱玲;张佩纶长李家小姐近 20 岁,自己长张爱玲 14 岁……这一切,正堪比拟呀。在胡兰成的想象中,落难才子巧遇红颜知己的风流佳话油然而生。他是喜欢而且愿意制造佳话的。

当天胡兰成回到家后,仍觉意犹未尽,一股不可言说的冲动使其不吐不快,于是便让侄女青芸为他准备好纸墨,挥笔写了一首风格颇像"五四时代"的新诗——而这种风格不久前他还在驳斥,附信一起寄给了张爱玲。后来在胡兰成看来,这首诗写得直率而幼稚,连他自己都觉得难为情。

张爱玲素不喜欢新文艺腔,尤其不喜欢那种缠绵柔情的惺惺作态,换了别的人写封这样的信或情书,她一定会掩鼻一哂、弃之不顾,没想到她对这封信却很是喜欢,并马上回了信。胡兰成在信上称张爱玲很"谦逊",这刚好中了她的意。在常人眼里,她冷漠孤傲,难于接近。但在张爱玲自己看来,她却是谦逊的,一种对现世、对人生的恭敬与虔诚。胡兰成见了她两面即出此语,也许是张爱玲最初见他时的胆怯和寡言给他留下了深刻印象。胡兰成是第一个说她"谦逊"的人,这正是他的聪明和独到之处。

在给胡兰成的回信中,张爱玲说:"因为懂得,所以慈悲。"这句话在字面上看,仿佛在说,因为自己懂得人世的喧嚣吵闹、悲欢离合,懂得生命的灿烂辉煌、美丽易逝,所以常对一切抱有一份悲悯温暖的态度。一句"懂得",意味深长。世事的兴灭,人与人之间的交往,许多事情都是璨然一瞬,然而真正能够"懂得"的又有几个?区区八个字,张爱玲对胡兰成的知遇之感已经流露无疑。

张爱玲的心思胡兰成自是懂得,于是从此开始,每隔一天必去登门看她。可是连去了三四趟之后,张爱玲送了张字条给他,要他以后不要再去看她。

可以想象这时的张爱玲肯定也在为她和胡兰成之间的感情而苦恼。他们的交往也太快了,照目前的这种状况,今后会如何发展,很难想象。虽说胡兰成善解人意,并且举止不凡,很有旧式文人的风度,但他毕竟已是快 40 岁的人了,家中又有妻室,又因为长期在汪伪政府里做事,他的名声也不怎么好,使得这桩感情有诸多不合时宜的地方。而她的亲戚多少已耳闻此事。她的舅舅,那位不久后被张爱玲在小说中讥讽为自从民国纪元起"就没长过岁数",是"酒缸里泡着的孩尸"的遗少,也明确表示不妥,说小姐怎么能与汉奸在一起呢?在这种情况下,张爱玲既不能如以往那样漠然置之,又不能像苏青那样不管不顾。因为不知道如何才好,便让胡兰成从此不要再去找她,实在是正常之举。

人生经验丰富的胡兰成,对张爱玲的心理动向,当然把握得一清二楚。他明白,这个时候绝对不能松懈,张爱玲的话无疑也是反话。胡兰成既然已经猜透她的心思,便自然不会放弃自己的初衷。张爱玲仅把一张字条当作自己最后一道心理防线,这在他看来,也太单纯了,分明就是个孩子,多少有点儿笨拙。于是他只当不知,并在接到字条的当天又去看她。见了她,也不提及此事,更不表白,就当什么事都没有发生过。张爱玲见他这样,也就没再提字条的事,她脆弱的心理防线就这样被摧毁了。感情这种东西实在很奇怪,你越是想抑制它,它越是强烈。胡兰成见她如此,索性每天都去看她。张爱玲本来就是一个不太顾忌别人看法的女子,胡兰成去得多了,她也就对他产生认同感了。

男女之间的感情实在是难以琢磨,关键时刻哪怕一点点儿情绪上的波动与不稳定,就会导致感情的好坏无常,因此对于细微变化的把握就尤为重要。胡兰成深谙此道,他知道烦恼而且孤寂的张爱玲正在进行艰难的抉择:她怕自己所爱非人,想爱又不敢爱,不敢爱而又想爱,因此摇摆不定。胡兰成很聪明,他懂得男女恋爱之初的这种"抽刀断水水更流"的微妙,因此不改初衷,一如既往而又殷勤执著,最终冲破了张爱玲的内心防线。

且说不久后的一天,两人又一次相聚,胡兰成突然谈起了她登在《天地》上的那张照片。张爱玲听者有意,第二天便取出照片相赠,并在相片背后写了赠语:

"见了他,她变得很低很低,低到尘埃里,但她心里是欢喜的,从尘埃里开出花来。"

这在刚刚走向恋爱的张爱玲来说，无疑是生命中最美好也最深沉的爱的表达，尽管她对现世有端然的虔诚，对人生总怀有一种至诚至敬的"谦逊"，然而在现实的具体生活中，她又是矜持的。以她的矜持，还有她的特立独行、孤傲远人，她何曾在哪一个人面前有过如此的谦卑？惟独在胡兰成面前，她放下了一切。除了爱，别无它解。一个女子一旦爱上了一个人，往往会失去原来的自己。张爱玲大致就是陷入了这样的情境。

　　爱情是一件奇妙的衣裳，看的人感觉眼花缭乱、似是而非，而各种滋味，却只有穿衣裳的人自己知道。所以，爱情只能去感受，却不便妄加评说，因为它的微妙和难以洞明。

　　胡兰成当然懂得张爱玲写下的这些句子的隐晦的意思，以致于他后来说："她这送照相，好像吴季扎赠剑，依我自己的例来推测，那徐君亦不过是爱悦，却未必有要的意思。张爱玲是知道我喜爱，你既喜爱，我就给了你，我把照相给你，我亦是欢喜的。而我亦只端然的接受，没有神魂颠倒。各种感情与思想可以只是一个好，这好字的境界是还在感情与思念之先，但有意义，而不是甚么的意义，且连喜怒哀乐都还没有名字。"这种说法显然有为他以后背叛张爱玲进行辩解的嫌疑，可能就是因为他一开始就存在了这样的想法，所以才有了后来他与张爱玲的婚变。可以说，年已 38 岁、家有妻室的胡兰成，他希望得到的是她的人，未必是她的心。而一个又一个的女子，在交出自己的人之前，首先交出的总是自己的心。现在，张爱玲把她的心交出来了。

　　从这时起，他们真正地开始以恋人自居了。从偶然相识到坠入情网，速度之快，效率之高，是张爱玲怎么也没有料想到的。不过，对于胡兰成，她似乎并无什么怨意，哪怕仅仅是他的情人，只要能和他在一起，凭窗相对，执手言欢，这就足够了。

　　张爱玲甚至将胡兰成当作最亲的亲人看待，连一些闺房秘密都讲与他分享。她想起童年时，便将她做女孩时的玩物拿出来给胡兰成看，其中有两串玻璃大珠子，是她母亲从埃及给她带回来的，一串蓝色、一串紫色,拿到灯下看的时候,五光十色,映照着张爱玲的瞳孔。胡兰成蓦然发现,外表成熟老到的张爱玲,内心深处,却掩藏着这样天性未泯的女孩子气,他感到新奇之极。张爱玲又将她小时候写的小说《摩登红楼梦》拿给胡兰成看,胡兰成一看不由又是大惊,他没想到张爱玲能够把经典、大雅的《红楼梦》写得如清末小报的通俗小说一样让人大跌眼镜,不同的是,从大雅到大俗,张爱玲却是一样的"美文如初,清洁如镜",全然像是世界因为有了她的存在而具有了一番新的意义。

张爱玲有一个习惯,一看到报纸杂志上有批评她的文章,她就剪存。还有人因为崇拜她,冒昧写信来表达敬仰,她也收集起来。但是她对别人的这些意见不听,不答,也不作参考。胡兰成对她的这一点儿很感费解。对他自己而言,如果有人赞扬他不得当,他会觉得不舒服;批评得不得当,他又会觉得无聊。但张爱玲却不以为然,她说:"我是凡人家说我好,说得不对我亦高兴。"劝告她批评她的,如果不得当,她亦很少生气,往往也只是诧异而已,因为别人说好说坏只是他人的意见,与她自己无碍,而这反倒给她地看清了某些人的本质。那些话,她常拿来与胡兰成讲,或与姑姑、炎樱讲,笑之中又觉得无奈,又觉得开心好玩。

相交相知久了,自然有一种不愿分离的念头牵到心头,张爱玲尤其如此。胡兰成作为一个经历过大起大落、大开大阖的人生而且咬牙切齿地说"此心已回到了如天地不仁"的即将不惑之年的男人,对感情则要淡然漠视很多,他所想要的,只是现世的安好,只是小感动、小愉悦下的现世的通达畅快,而不是责任、道义、道德和良心;他所要的,只是现世的快乐,而不是来世的救赎。而对一个只有23岁,而且是刚刚走出校门、初次恋爱的张爱玲来说,却是投入了全部的感情。

他们谈情说爱的方式也很特别,很少花前月下,一切都像是最初相识的延续。张爱玲是个内心热烈而丰富的女人,随处可以发现生活中的美好与浪漫,而胡兰成也不喜出游。于是,他们哪里也不去,整日流连在屋里,谈艺论文,把盏品茶,竟日不息,欢悦不已。连胡兰成都说:

"我们两人在一起时,只是说话说不完。在爱玲面前,我想说些什么都像生手拉胡琴,辛苦吃力,仍道不着正字眼,丝竹之音亦变为金石之声,自己着实懊恼烦乱,每每说了又改,改了又悔。但爱玲喜欢这种刺激,像听山西梆子的把脑髓都要砸出来,而且听我说话,随处都有我的人,不管是说的什么,爱玲亦觉得好像'攀条摘香花,言是欢气息'。"

在欢悦中,张爱玲全然没有了起初相识的拘谨,精譬妙喻,联翩而出。如果说在认识胡兰成之前她很少说,主要是因为没有说的对象,也没有说的兴趣,那她现在终于有了说话的对象了,说话的兴趣也异常高涨。从人生到文学,从幼时的圣诞卡到港战时期对于生命无常的感受,凡人琐事,奇闻逸事,张爱玲一讲起来,滔滔没完,皆有无限的情趣。而胡兰成也非常惊喜地从张爱玲那里汲取着他从书本、从经验中得不到的人间才学和艺术灵感。

当时在官场上胡兰成虽然跟汪精卫缘分已尽,但他并不甘心就此退隐山林,名义上他仍然挂着南京政府全国经济委员一职,并与日本军界保持着密切联系。为了办公方便,他平时主要住在南京。但他每月必回上海一次,住上八九天。而每次回上海,他都不先回他在美丽园的家,而是直接赶到位于赫德路的张爱玲公寓。一进她的房间,他就先喊到:"我回来了。"俨然把这里也当成了他自己的家。然后直到黄昏已尽、华灯初上,他才从张爱玲住的公寓出来,大摇大摆地向自己的家走去。

恋爱中的女子,眼睛里看到的一切都是美的,并且总是带着一种缓缓的飞扬的喜悦。《〈传奇〉再版自序》里张爱玲拿这种男欢女爱和战争相比较,她说:"我以为人在恋爱的时候,是比在战争或革命的时候更朴素,也更放恣的。战争与革命,由于事件本身的性质,往往要求才智比要求感情的支持更迫切。……和恋爱的放恣相比,战争是被驱使的,而革命……多少有点强迫自己。……恋爱……是放恣的渗透于人生的全面,而对于自己是和谐。"她还说:"现在是清如水,明如镜的秋天,我应当是快乐的。"这些都可以说是她恋爱心迹的流露。胡兰成带给她的，正是一种放恣，一种飞扬的喜悦。而她心中所幻想的，则是一幅人世完美的图景。

张爱玲和胡兰成在一起时的谈话主题随意而谩散，涉及的范围也很广，随兴所至，无所不谈。两个人经常聊得很起劲儿，乃至于忘了时间，而在分手的时候又往往有话题被扯出，所以每次都是分手迟迟，第二天又早早赶来。当胡兰成在南京时，张爱玲勤奋的耕笔织文之余，还给他写信。情真意切，道尽相思。一等胡兰成回到上海，张爱玲就一个字也不写了，两人常常把会面的时间当作盛大节日来迎接。

张爱玲博学多识，不仅熟读中国经典名著，对现代西洋文学也尤为精通，"好像'十八只抽屉'，志贞尼姑搬出吃食请情郎。"她常常把萧伯纳、劳伦斯、赫克斯莱的作品拿来讲给胡兰成听。胡兰成长期忙于政事，对洋文可谓一窍不通，对西方文学的了解自然也非常有限，自然很是惊服。让胡兰成深感不解的是，工于洋文的张爱玲对西洋古典文学来一点儿兴致都没有，对莎士比亚、雨果、歌德等这样名贯中西的文豪她居然都不爱，西洋凡隆重的东西，像壁画、交响乐、革命或世界大战等，她也不喜欢，提不起精神，而惟独喜欢有平民精神的东西。

另外，五四以后，中国文坛深受西方影响，一些外国作家备受推崇，像托尔斯泰、歌德、雨果等，已成为新一代中国作家心目中的偶像。而像曹雪芹、吴承恩、蒲松龄等本土文学大家，则鲜有提及。胡兰成本人因为西洋文学薄弱，从来都是张爱玲说啥便是啥，不敢妄加评判，怕暴露出自己的"不懂"。当他听张爱玲说不太喜欢西方文学中太庄重的东西时，似乎有些不甘心自己老是扮演听众的角色，于是便冒了胆子说，《战争与和平》、《浮士德》并不及《红楼梦》和《西游记》。说完，自觉像是冒了天下之大不韪似的，一脸忐忑地看着张爱玲等她给出答案。不想张爱玲只是淡淡地说："当然是《红楼梦》、《西游记》好。"听张爱玲这么说，胡兰成一颗紧张的心这才放松下来，并为自己的聪明暗中幸庆！

胡兰成的西洋文学虽有欠缺，但对中国古典文学却很为自恃。可是没想到和张爱玲几次深谈，自己都是甘拜下风。张爱玲读古文学常常是心领神会，直与古人相通，传神之处，过目不忘。一次胡兰成想形容张爱玲坐立行走的样子，可是想了半天，还是觉得口齿艰涩，词语匮乏。于是张爱玲就代他说："《金瓶梅》里写孟玉楼，行走时香风细细，坐下时淹然百媚。"胡兰成觉得"淹然"两个字用得好，但又不知道具体好在什么地方，就让张爱玲说来听听。张爱玲说："有人虽遇见怎样的好东西亦滴水不入，有人却像丝绵蘸着了胭脂，即刻渗开得一场糊涂。"胡兰成就又问："我们两人在一起的时候呢？"张爱玲答道："你像一个小鹿在溪里吃水。"

有一次，张爱玲与胡兰成说起赵飞燕，汉成帝说飞燕是"谦畏礼义人也"，她回味这谦畏两字，只觉是无限的喜悦，无限的美，"女心真像是丝棉蘸着膼脂，都渗开化开了，柔艳到如此，但又只是礼义的清嘉。"爱玲又说赵飞燕与宫女踏歌"赤凤来"，一阵风起，她的人想要飞去，忽然觉得非常悲哀。胡兰成后来说他重翻《飞燕外传》，原文却并没有写得这样好，是张爱玲"她自己有这样一种欲仙欲死，她的人还比倚新妆的飞燕更美"。

两人爱在一起读诗，每次读到精彩处，常常相视而喜。两人读《古诗十九首》，看到"燕赵有佳人，美者颜如玉。被服罗裳衣，当户理清曲"一句，张爱玲诧异道："真是贞洁，这哪里是妓女呀！"看到《诗经》里有一首写道："倬彼云汉，昭回于天"，张也惊叹道："啊！真真的是大早年岁。"又看到白居易《长恨歌》中有"宛转蛾眉马前死"，叹息道，"这怎么可能！这样委屈，但是心甘情愿，为了他，如同为一代江山，而亦真是这样的。"后来二人又同看《夜歌》，"欢从何处来，端然有忧色。"张又叹息道："这端然真好，而她亦真是爱他！"听到张爱玲的见解，胡兰成不得不叹服，这才发觉平常他以为读书读懂了的东西，其实未懂，而张爱玲读书，却是不阻不隔，直达古人隐秘的心底。这是一般人很少能做到的。胡兰成虽然性情倨傲、恃才不羁，但张爱玲的话却让他叹服不已，在这个才华横溢、卓尔不群的女子面前，从外表至内心,他都心存敬畏。

胡兰成是靠政论吃饭的人,凡事都要求在理论上要行得通。最令胡兰成感到惊讶的是张爱玲不受政治术语的禁制和定型情感的拘囿。按照常理,一个青春女子与一个中年男人的交往,话语权和裁夺权应该掌握在年长者手里,前者依赖于后者、受影响于后者的可能性要大一些,张爱玲虽然聪明过人,但并未经历过多少世事,社会经验也趋于单纯,与阅世已久的胡兰成相比,她自然应该是多受他影响、受他指引。然而,事实上并非如此,张爱玲有很强的独立性,即使在她与胡兰成恋爱后,她的性格以及她从对待人生的态度和审美趣味,都没有什么改变。胡兰成爱发议论,有时发完一通议论后又觉得不妥,便告诉张爱玲:"照你的样子就好,请不要受我的影响。"张却笑言:"你放心,我不依的还是不依,虽然不依,还是爱听。"

张爱玲不仅不受胡兰成影响,有时甚至还反过来,影响胡兰成。有一次胡兰成写了一篇论文,拿去给张爱玲看。张爱玲看完,觉得文章体系太过严密了,不如解散的好。胡兰成按她的说法,把文章重新改了一下,发现果然活泼有生气,想表达的意思也并未减少。张爱玲生性是一个自由的人,不喜欢体系的束缚,因此常有些"离经叛道"之论。但在胡兰成耳朵里,似乎并没有什么不妥,反倒很迷恋她。

再比如说两人一起看日本的版画、浮世绘、朝鲜的瓷器及古印度的壁画集等,胡兰成也总是惟张爱玲脸色是瞻,只要她说哪一幅画好,哪怕只有只言片语,胡也马上觉那一幅果然是好。偶尔张爱玲也拿自己的画给胡兰成看。开始胡兰成不知道这是她画的,看得很是茫然,当得知是张爱玲的手笔时,马上就有了主见,一致叫好。这让张爱玲很高兴,还跑去告诉她的姑姑。总是,凡是张爱玲的东西,以及张爱玲所喜欢所推崇的东西,他都觉得好。

对音乐的看法亦是。张爱玲在文章里说,民间小调里的鼓楼打更,都有一统江山的安定,胡兰成听了,马上对这些东西另眼相看。胡兰成本不喜欢听贝多芬,但知道他既然被奉为乐圣,肯定就有听的道理,于是便强迫自己硬着头皮买了贝多芬的唱片，天天放来听，听完了却又不懂，甚为以苦。但他听到张爱玲说她从 9 岁到 15 岁一直在学钢琴，不免为自己选择了贝多芬而暗自得意——至少给了她一种他也会欣赏钢琴的印象。不料张爱玲又说她不喜欢弹钢琴，一句话说得胡兰成又"爽然若失"。

张爱玲对他的影响不仅在于她对事物的看法和观点，甚至也影响到了他的思维方式及审美观念，以至于后来二人劳燕分飞后，他仍对张爱玲感激不已：

"我在爱玲这里，是重新看见了我自己与天地万物，现代中国与西洋可以只是一个海晏河清。《西游记》里唐僧取经，到得雷音了，渡河上船时梢公把他一推，险些儿掉下水去，定性看时，上游头淌下一个尸身来，他吃惊道，如何佛地亦有死人，行者答师父，那是你的业身，恭喜解脱了。我在爱玲这里亦有看见自己的尸身的惊。我若没有她，后来亦写不成《山河岁月》。"

"我们两人在房里，好像'照花前后镜，花面交相映'，我与她是同住同修，同缘同相，同见同知。爱玲极艳，她却又壮阔，寻常都有石破天惊。她完全是理性的，理性到得如同数学，她就只是这样的，不着理论逻辑，她的横绝四海，便像数学的理直，而她的艳亦像数学的无限。我却不准确的地方是夸张，准确的地方又贫薄不足，所以每要从她校正。前人说夫妇如调琴瑟，我是从爱玲才得调弦正柱。"

应该说，胡兰成对张爱玲的拜服确是出自真心，他确实打心眼里喜欢张爱玲，尽管这与他最初的想法已有距离。以至于连他自己都说："……天下人要像我这样欢喜她，我亦没有见过。谁会与张爱玲晤面说话，我都当是件大事，想听听他们说她的人如何生得美，但他们竟连惯会的评头品足亦无。她的文章人人爱，好像看灯市，这亦不能不算一种广大到相忘的知音，但我觉得他们总不起劲。我与他们一样面对人世的美好，可是只有我惊动，要闻鸡起舞。"

"我与张爱玲亦只是男欢女悦，子夜歌里称'欢'，实在比称爱人好。两人坐在房里说话，她会只顾孜孜地看我，不胜之喜，说道：'你怎这样的聪明，上海话是敲敲头顶，脚底板亦会响。'后来我亡命雁荡山时读到古人有一句话：'君子如响'，不觉的笑了。"

胡兰成在《今生今世》里的这段自述可以说是为他们后来走向婚姻生活设下了一个小小的埋伏。正是这种彼此的欣赏，使得他们"相看两不厌"，并迅速的从热恋过渡到私定终生。虽然从胡兰成与张爱玲婚后三个月还不到，便又与汉阳医院的一位护士周训德关系暧昧，并瞒着张爱玲于年底与这位护士秘密结了婚来看，胡兰成对张爱玲的感情究竟有多少是真实的，实在让人起疑。但单从他们热恋的这段时间来看，他们的感情又实在难以让人产生猜忌。

遇见胡兰成，这对23岁的张爱玲来说，确实也算得上帝赐予的一份礼物。她从小性格孤僻、生活封闭，所接触的男人，要么是像她父亲和舅舅那样整日泡在酒杯、烟炕上萎靡不振的男人，要么是像她弟弟那样毫无志气的富家子弟。没有人关心疼爱她——从小父母离异，父亲对她不好，母亲也很陌生。姑姑虽常在一起，但到底只是女人，女人和女人在一起跟女人和男人在一起，毕竟不同。而且，她和姑姑之间似乎也保持若即若离的距离，至少在经济上是如此。自从从事职业写作后，张爱玲就与姑姑在经济上分得很开了，各人负责各人的开销，公共费用则共同承担。这是她在遇见胡兰成之前的生活。可想而知，这种生活缺乏那种温暖而博大的爱，无论是在她经济窘迫的情形下，还是在她可以独立谋生的境况下，都是一样凄苦冷清。这样无爱的生活，张爱玲也有过记述：

"这一年来我是个自食其力的小市民。关于职业女性，苏青说过这样的话：'我自己看看，房间里每一样东西，连一粒钉，也是我自己买的。可是，这又有什么快乐可言呢？'这是至理名言，多回味几遍，方才觉得其中的苍凉。"

还好她现在遇到胡兰成了，这是一个欣赏她、懂得她、疼惜她、呵护她，并把她奉若神明的男人，她也把他当成了自己的知音。其实，她并不喜欢那种孤独的写作生活,她喜欢有人在旁边欣赏她,欣赏她的一颦一笑,欣赏她的莫名的忧伤,还有她那飞扬的文字。而现在,那个欣赏他的人,正站在眼前。他很聪明,很善解人意,使她暂忘了人世间的纷扰,流连于岁月的美好与平静。

他们整日待在屋子里,窃窃私语,平时很少外出。其中有一次是她的好友——《万象》杂志的主编柯灵,被日本宪兵队逮捕,张爱玲知道消息后便叫胡兰成去找日本宪兵帮忙,想办法把柯灵释放了。柯灵被关押期间,张爱玲还专门跟胡兰成到他家去看望他的家人,并留言相慰。柯灵出狱后,用文言给张爱玲复了一个短笺,以表感激。不过胡兰成居间出力的事情他并不知道,等到几十年后他读到胡兰成的自传《今生今世》,才知道个中详情,心中对张爱玲的感激不免又加了几分。有时胡兰成也会邀请张爱玲去到他的日本朋友或汪伪政府的同事那里作客,不过张爱玲不喜欢这样的应酬,答应的次数不多。但如果去了,人们都会把张爱玲当作姐姐,因为在别人看来,她为人处世沉稳圆熟老到,没有慌乱与不安。每当这个时候,胡兰成就会夸奖她,说她有大家风范。

另外,去的较多的地方,当是张爱玲的好友炎樱和苏青那里。胡兰成很喜欢炎樱,但炎樱常说英语,他根本都听不懂,即使炎樱偶尔说一次上海话,在胡兰成听来也是云里雾里,使其自感笨拙。而苏青顶着"大胆女作家"的身份,观念新潮开放,不太拘泥于男女距离,张爱玲很是不喜,有妒忌之心,后来也就去得少了。至于场面上的人物,张爱玲也只是去见过邵洵美和日本人池田。见池田时张爱玲是与炎樱一起去的,结果池田对她们的印象非常好,甚至把炎樱当成他妹妹,把张爱玲当成他姐姐,还热心地把自己珍藏的日本版画、浮世绘以及塞尚的画册等借给她看。除此以外,张爱玲很少见人,日本的宇垣将军、上海的伪警备司令熊剑东几次想宴请她,都被推辞掉了。

当时张爱玲的书销路不错,所以稿费也拿得也比一般人高,因此经济上比较独立,不靠胡兰成养她。这似乎也是张爱玲的原则,自从她开始职业写作生涯以后，她从未在经济上依赖过任何男人。不过，她虽不缺钱花，但也不拒绝用胡兰成的钱。一次，胡兰成给了她一点儿钱，张爱玲不仅不推辞，相反显得非常高兴。大约在她看来，这是胡兰成对他的好。于是，她就与好友炎樱商量买点儿什么好，结果做了一件皮袄，式样还是她自己别出心裁设计的。不料，做出来却有些宽大，她也很少穿，不过即使放在那里，每次看到她也满心欢喜。张爱玲的这种心理，在《童言无忌》里曾有表露："能够爱一个人爱到问他拿零用钱的程度，那是严格的试验。"

由此可见，张爱玲并非把胡兰成当成一般的恋人看待。这时的张爱玲可能也想到了婚姻，想着眼前这个男人能为她付出一生一世。不过她毕竟也算得上一个新潮的人，关于婚姻，她并不那么拘泥。她的母亲婚姻不幸，结果在无限的痛苦中离了婚，而她的姑姑也一直抱着独身主义的想法。身边的例子，或许使得她对婚姻并没有抱有美好的期待，而对名分这种东西，她也并不是十分看重。在她眼里，最为关键的一个词便是"爱"，而爱似乎并不需要婚姻来作保证。女人只有在没有爱的时候，才会把一切都寄托于婚姻；因为不得，所以又生出了无数琐碎的伤心。在这方面，张爱玲显得很超脱。所以，她在接受胡兰成之后，亦很少向他提起婚姻之事。胡有妻室的事她并非不知道，只是她觉得这无关紧要。倒是胡兰成问过她对结婚的想法，但她在给胡兰成的信中却说："我想过，你将来就只是我这里来来去去亦可以。"胡兰成看她是这种态度，自然非常满意，而他对在妻子英娣和张爱玲之间不停地往返奔波似乎也不胜惬意。于是，他才说："有志气的男人对于结婚不结婚都可以慷慨。"在他看来，自己当然是一个"有志气的男人"了。

最终一直隐忍不发的胡兰成妻子英娣不能容忍了，1944年夏天，她向胡兰成提出了离婚。面对妻子提出的离婚要求，胡兰成甚至还装出一脸无辜似的惊诧。正式离婚那天，胡兰成显得很是委屈，幽怨不已，居然还在张爱玲面前流下了眼泪。而张爱玲只是静静地看着他，既不规劝，也不怜悯，显得漠然而超脱。

和英娣离婚的具体过程,胡兰成在回忆中没有详细记载,只是说他和张爱玲在一起时不曾想到要结婚,"但英娣竟与我离异"。仿佛错的并不是他自己,而是怪他妻子对如此"美好"格局居然不能容忍。他本来设想的大约是,内有主妇操持家务,外有金屋藏娇,时而还可挟妓出游,所谓真名士自风流。在胡兰成的这种设想中,张爱玲将来之命运已初显端倪。

胡兰成不愧是文人气很重的浮花浪蕊,易于临事感动,却又无真情沉醉,所以他很快就从对前妻的的留恋之情中解脱出来。现在既然离婚了,那他与张爱玲之间从未想及的婚姻自然也提上了日程。

1944年8月,张爱玲与胡兰成结婚了,是年胡兰成38岁,张爱玲24岁。婚书曰:胡兰成张爱玲签订终身,结为夫妇,愿使岁月静好,现世安稳。

前两句为张爱玲所撰,后两句为胡兰成所撰,旁写炎樱为媒证。此时距日本战败仅仅还有一年。婚书签写完毕,胡兰成和张爱玲以及炎樱一起去了百老汇大厦共进西餐,算作结婚庆宴,以此来纪念刚刚结下的这段红尘姻缘。

两人没有举行正式的仪式。对此胡兰成的解释是"为顾到日后时局变动不致连累她"。这固然是原因之一,而作家王一心在《张爱玲与胡兰成》的一段话,或许写出了胡兰成不愿公开举行婚礼的一个很重要的原因。他在文中说到:"也有可能即是全慧文尚在,他不便张扬婆二房。时民国建业已三十多年,虽仍有人纳妾,毕竟既不再是件寻常的事,也不再是件光彩的事,更不是国民新潮人物所应为之事。若公开起来,张爱玲面上未必好看,恐怕这才是胡兰成不愿举行婚礼、而张爱玲竟也愿意悄悄地进行的真正缘故吧。"如果说王一心的猜测成立,那胡兰成的"顾及时局变动"之说不过是托词罢了。

新婚后的张爱玲一直沉浸在幸福的喜悦里,整天跟胡兰成在房里相伴嬉戏。1945年夏天,一个宁静的傍晚,两人在阳台上向远处眺望,西边的天上余辉未尽,有一朵乌云闲挂在那里,清森遥远,眼皮下的上海街道,霓虹等也慢慢的开始闪烁。见此景,胡兰成想到当前社会时局不稳,而自己又深陷贼船,在劫难逃,不仅大声感慨。张爱玲听了忽然想起汉乐府的诗句来:"来日大难,口燥唇干,今日相乐,皆当喜欢。"于是便说道:"这口燥唇干好像是你对他们说了又说,他们总还不懂,叫我真是心疼你。你这个人嗄,我恨不得把你包包起,像个香袋儿,密密的针线缝缝好,放在衣箱里藏藏好。"

这只是张爱玲随口说出的几个叠字,现在读来依然意境深远,用的巧妙,说的也机智,一往深情溢于言表。随后她进屋去给胡兰成倒水,她端着水走到门边,胡兰成急忙伸手去接,她却腰身一闪,一脸欢喜地看着胡兰成,满眼都是盈盈的笑,好像电影中的一个定格,又像戏台上的一个亮相,娇媚之至。胡兰成看了不禁赞叹道:"啊,你这一下姿势真是艳!"张爱玲却道:"你是人家有好处容易得你感激,但难得你满足。"虽是娇嗔之语,却也一语道破了胡兰成对于人世、对于他做人标准的精髓。

胡兰成接过水,张爱玲便呆在他身旁,仍旧一脸微笑,一直等着他把茶水喝完了,才又收杯回屋,而腰肢和脚步流露出来的依然是满心的欢喜。张爱玲还喜欢躲在房门外悄悄窥视胡兰成在房间里的动作,她曾经这样写道:"他一人坐在沙发上,房间里有金沙金粉埋的宁静,外面风雨琳琅,漫山遍野都是今天。"

晚饭之后,两人常在灯下游戏。有一次他们面对面坐着,挨得很近,互相凝看。张爱玲调皮,喜欢用手指摸着胡兰成的眉毛,说道:"你的眉毛。"然后又摸摸他的眼睛,说道:"你的眼睛。"接着有摸摸他的嘴唇,说道:"你的嘴。你嘴角这里的涡我喜欢。"甚至常常很犯傻地盯着胡兰成问:"你的人是真的吗?你和我这样在一起是真的吗?"这时,张爱玲荡着一脸的喜悦,好像一朵开得满满的花,又像一轮圆得满满的月亮,看得胡兰成满心欢喜,于是说:"你的脸好大,像平原缅邈,山河浩荡。"张爱玲笑起来:"像平原是大而平坦,这样的脸好不怕人。"于是说起《水浒传》里宋江见到玄女时,曾有八个字形容玄女的容貌:"天然妙目,正大仙容。"听得胡兰成呆了,第二天才与她说:"你就是正大仙容。"张爱玲听了,眼睛里满满的荡漾着笑意。

天气如果好的话,两人偶尔也会去附近的马路上溜达。一次张爱玲穿了一件桃红色的单旗袍出门,特别好看,胡兰成看了连连叫好。听到胡兰成的赞赏,张爱玲禁不住得意起来:"桃红的颜色闻得见香气。"还有一次张爱玲在静安寺庙会时买过一双绣花鞋,鞋头和鞋帮各绣有两个凤凰,胡兰成看了很喜欢,觉得穿在张爱玲脚上,分外悦目,线条亦很柔和。张爱玲知道胡兰成喜欢后,每次在他从南京回上海时,就在房间里穿上这双鞋。

有了胡兰成在旁边,张爱玲感觉这个世界上的一切都是那么美,看起来那么亲切。有一天早晨,两人从张爱玲住宅步行去胡兰成在大西路美丽园的家,一路上商场店铺,车辆行人,树形花影,历历在目,一向深居闺房的张爱玲对这些司空见惯的事物虽有厌烦,但并不排斥:"现代的东西纵有千般不是,它到底是我们的,与我们亲。"这不妨可以看成是当时张爱玲和胡兰成在一起时的一个侧面心情写照。

有一次,他们坐在沙发上谈起了中国的姓氏。张爱玲说道:"姓崔好,我母亲姓黄亦好,《红楼梦》里有黄金莺,非常好的名字,而且写的她与藕官在河边柳阴下编花篮儿,就更见这个名字好了。"胡兰成问:"姓张呢?"张爱玲答道:"张字没有颜色气味,亦还不算坏。牛僧孺有给刘禹锡的诗,是这样一个好人,却姓了牛,名字又叫僧孺,真要命。"接着张爱玲又说胡姓好。胡兰成就说胡姓来自陇西,称安定胡,他的上代也许是羌,羌与羯氏鲜卑等是五胡。张爱玲道:"羌好。羯很恶,面孔黑黑的。氐有股气味。鲜卑黄胡须。羌字像只小山羊走路,头上两只角。"

张爱玲与胡兰成之间的感情正是在他们婚姻前后短短的几个月中,天天在一起耳鬓厮磨、你侬我侬中达到了顶峰。在表面上看来,他们的婚姻是有感情的, 应该经得起岁月和世事的检验, 其实并非如此。王一心对此深有感触:"婚姻并不能增加爱情,反而使恋爱有了诱饵的可能。恋爱的时候往往不需要婚姻,需要婚姻的时候又常常不是为了恋爱了。有的人结婚是在恋爱的上升期，有的人结婚是在恋爱的下坡路。张爱玲与胡兰成结婚时，两人看似如胶似漆，其实爱情也已日中而昃。"

个中感受，其实胡兰成心里比谁都清楚，也只有单纯的张爱玲还蒙在鼓里，依然懵然无知的以为胡兰成永远都会跟自己好。这从他们后来的婚变就可以看出，而从胡兰成自己的一些说辞中也能窥出些须端倪。他在《今生今世》中写道："我与爱玲只是这样，亦已人世有似山不厌高，海不厌深，高山大海几乎不可以是儿女私情。我们两人都少曾想到要结婚。"又说："我们虽结了婚，亦仍像是没有结过婚。我不肯使她的生活有一点因我之故而改变。"由此可见，胡兰成只是愿与张爱玲毫无负担的相知相爱，却不愿受婚姻的规范与束缚。而即使是在婚后，张爱玲也是情绪饱满，喜之不尽的，而胡兰成顶多只是在看到张爱玲眼里满是笑意时才"当然也满心欢喜"。一个"当然"，道出了他的勉强，似乎婚后的喜悦只有张爱玲一个人具有，而胡兰成却没大的感觉。他甚至在张爱玲要求他喊"爱玲"时，因为是迫不得已叫出口而显得狼狈不堪。其情的真实与深厚程度，由此可以想见。

在胡兰成与张爱玲第一次见面的 8 个月后，也就是 1944 年 10 月份，在汪伪南京政府日渐式微的情境下，胡兰成似乎突然间来了志向，不再整天跟张爱玲而女情长了，有了办刊物的打算。一阵储备之后，一份叫《苦竹》的月刊终于在南京开张了，社址在南京市石婆婆巷 20 号。杂志的封面是炎樱画的：满幅浓密的竹枝竹叶，一根粗壮的竹干斜过画面，是为留白，上面写着一段日本的俳句："夏日之夜，有如苦竹，竹细节密，顷刻之间，随即天明。"杂志的内容包罗万象，有诗歌、散文、小说、时事、政治和外交等。

对于《苦竹》的封面，曾是周作人"四大弟子"之一的沈启无，在《南来随笔》一文称赞有加："最近看到《苦竹》月刊，封面画真画得好，以大红做底子，以大绿做配合，红是正红，绿是正绿，我说正，主要是典雅，不奇不怪，自然的完全。用红容易流于火燥，用绿容易流于尖新，这里都没有那些毛病。肥而壮大的竹叶子,布满图画,因为背景是红的,所以更显得洋溢活跃。只有那个大竹竿是白的,斜切在画面,有几片绿叶披在上面,在整个的浓郁里是一点新翠。我喜欢这样的画,有木板画的趣味,这不是贫血的中国画家所能画得出的。苦竹两个字也写得好,似隶篆而又非隶篆,放在这里,就如同生成的竹枝竹叶子似的,换了别的字,绝没有这样的一致调和。总之,这封面是可爱的,有东方纯正的美,和夏夜苦竹的诗意不一定投合然而却是健康的、成熟的、明丽而宁静的,这是属于秋天的气象的吧,夏天已经过去了。"

《苦竹》创刊之际,周作人曾发过一份"破门声明",称从此与沈启无断绝师生关系。《苦竹》第 1 期上还专门有一篇文章讲述此事,题目就叫《周沈交恶》,署名为江梅,其实是胡兰成的化名。文章里谈到,"前年周作人来南京,官场宴会有两次我和他在一起,当时心里很替他发愁,觉得这是一种难受的讽刺。但后来知道,近年来他和老官僚们很谈得来。这些都是人的尘埃,他会喜欢,似乎是不可能的,然而想起来,也只有尘埃才能证明空气的存在,使清冷、冲淡的老人稍稍热闹,于是我替他悲哀。"最后又说:"周作人和沈启无决裂,没有法子,也只好让他们决裂吧,我个人,是同情沈启无的。"混惯了官场的胡兰成对周作人的涉政表示悲哀,实在有些滑稽。

此外,《苦竹》第 1 期上还刊登了张爱玲的《谈音乐》。这篇文章非常典型地体现了张爱玲的散文风格,用一句话说就是:求浅可见其美,求深可见其识。而且有大量富有思想的风格隽永的警句和有如神来之笔的比喻,爆发着思想的流星雨,令人不由得叫妙叫绝。

例如,《谈音乐》开头一句话便是:"我不大喜欢音乐。"随后又以她行文中很少出现的不由分说的态度补一句:"一切的音乐都是悲哀的。"一棍子就把音乐打死了。但是当她话说从头,细细道来,最初的意气消散之后,我们不难发现她对音乐并非一味厌恶,其实也是有所喜爱的,表现在她对于音符极为敏感,当她"弹奏钢琴时,会想象那八个音符有不同的个性,穿戴了鲜艳的衣帽携手舞蹈"。写文章,也爱用"音韵铿锵的字眼"。

尤其是对交响乐，她的见解更是独到：

"大规模的交响乐自然又不同，那是浩浩荡荡五四运动一般地冲了来，把每一个人的声音都变了它的声音，前后左右呼啸喊嚓的都是自己的声音，人一开口就震惊于自己的声音的深宏远大；又像在初睡醒的时候听见人向你说话，不大知道是自己说的还是人家说的，感到模糊的恐怖。"

"……交响乐常有这个毛病：格律的成份过多。为什么隔一阵子就要来这么一套？乐队突然紧张起来，埋头咬牙，进入决战最后阶段，一鼓作气，再鼓三鼓，立志要把全场听众扫数肃清铲除消灭。而观众只是默默抵抗着，都是上等人，有高级的音乐修养，在无数的音乐会里坐过的；根据以往的经验，他们知道这音乐是会完的。"

"我是中国人，喜欢喧哗吵闹，中国的锣鼓是不问情由，劈头劈脑打下来的，再吵些我也能够忍受，但是交响乐的攻势是慢慢来的，需要不少的时间把大喇叭小喇叭钢琴凡哑林一一安排位置，四下里埋伏起来，此起彼应，这样有计划的阴谋我害怕。"

设若作者不是自小接触过音乐，对音乐就不会有如此深的感触；假如自小没有那么深地吃过音乐的苦头，恐怕也难以写出这样的美文来。而人往往对十分喜爱的东西不易写好，对自己不大喜欢的事物刻画起来倒常常能入木三分，这似乎又反证了张爱玲对音乐的态度。

《谈音乐》一文被发表后，立刻被收进张爱玲随后出版的的散文集《流言》，成为这本书的压轴之作。张爱玲对音乐的认识，及文中对中国民俗艺术和外国高雅艺术的比较，使胡兰成受到了极大启发。胡兰成称自己被张爱玲"开了知性"，也多是指此而言。所以他才会说："我自中学读书以来，即不屑京戏绍兴戏流行歌等，亦是张爱玲指点，我才晓得它的好，而且我原来是欢喜它的。"张爱玲对于胡兰成的影响，可见一斑。

随后的12月号《苦竹》第二期上，发表了张爱玲的短篇小说《桂花蒸阿小悲秋》和随笔《自己的文章》。《桂花蒸阿小悲秋》其实张爱玲早在9月份就已经完成了，但张爱玲却愣是将它搁置了两个月，为的就是等着《苦竹》第二期的出刊，由此也可看出她对胡兰成的倾力支持。

《苦竹》一共出了4期，后来因为胡兰成去武汉接管《大楚报》而停刊。第三期本该元月份出刊，却拖到了四月，而第四期则至今无人得见。推迟出刊的原因自然在胡兰成本身，因为他惦记着南京那一摊子"政途"，再加上此时的他对张爱玲的兴趣与热情远不如九个月之前那样执着了，所以就给搁了下来。从第三期开始没有了张爱玲的文章，留给了后人很多的想象空间。人们不免猜测二人的感情，是不是就是从此时走向下坡路的呢：胡兰成去了南京，张爱玲于是就不给稿以支持；张爱玲不在身边，胡兰成于是就另觅新欢。在此之前，张爱玲在《杂志》月刊上发表的短篇小说就借一个病人奚太太的口抱怨："本来男人离开了六个月就靠不住。"张爱玲言之凿凿，日期精确，令人感慨。

关于创办《苦竹》的想法，胡兰成后来回忆说："我办《苦竹》，心里有着一种庆幸，因为在日常饮食起居及衣饰器皿，池田给我典型，而爱玲又给了我新意。池田的侠义生于现代，这就使入神旺，而且好处直接到得我身上，爱玲更是我的妻，天下的好都成了私情。本来如此，无论怎样的好东西，它若与我不切身，就也不能有这样的相知的喜气。"

关于最后一句"无论怎样的好东西，它若与我不切身，就也不能有这样的相知的喜气"可以说一语道出了胡兰成性格中的本质：只有跟自己切身了，才会有喜气。言外之意就是说如果不切身，就肯定没有喜气了。以后他与张爱玲的劳燕分飞，不知道是不是就是因了这。

第六章　花凋

我将只是萎谢了

张爱玲与胡兰成的短暂乱世之恋,既给张爱玲带来了飞扬恣肆的生命欢悦之感,又给她带来沉重的打击。张爱玲的婚姻像胡兰成的政治一样的糊涂,她是一个描写爱情的高手,描摹人情世故,无不细致入微。然而张爱玲一支笔,写尽了人世间的离合悲欢,却写不出一段属于自己的圆满爱情。胡兰成横溢出世的才华成为他放恣充溢地进行情感走私的敲门砖,使他无法聚拢来固定地寄放于一物一事一人一处,无法驻脚,没有驿站。

1944年11月10日,伪南京政府主席汪精卫病死于日本名古屋帝国大学附属医院,这使伪南京政府顿时陷入没有头脑的混乱地步,整个伪政权已是山雨欲来风满楼,摇摇欲坠。

当时,日军迫于南京的形势,已经从"圣战"高峰上跌落下来,逐渐走下坡路。连日本人自己都在重新检点自己,清水、池田的言行,也不像过去那么狂热,而是开始掂量后事了。在此形势下,日本需要重新找一个人来稳定沦陷区的局面,于是他们看中了胡兰成,经常邀胡到清水、池田寓所进餐,想让胡兰成能够出面组织一个新的政府。正是在这种情况下,胡兰成来到了武汉,在当地日军首脑都甲大佐的支持下,接管了《大楚报》,这是日寇企图扶植傀儡创立"大楚国"的一个组成部分。

这时的胡兰成深有被重用之感,野心勃勃、意气风发,一心想着干番大事业。另外,胡兰成认为孙中山办了黄埔军校,后来开始了国民军北伐;毛泽东也在瑞金办了红军大学,他觉得以后自己开辟江山了,也应该效仿他们，于是向日方商议筹划创办一所政治军事学校。结果这一提议也得到了日方的响应和支持。

且说"事业"之初，为了争取沦陷区人民的支持，胡兰成佯装着发表了一系列反日的言论，并发动所谓"人民和平运动"，要求"撤军、和平、统一"、"不要蒋，不要汪，不要日本，要中国人自己说了算"等等，紧锣密鼓，喧嚷一时。胡兰成还亲自在万人大会上发表演说。当时，南京、上海也传出"反对列强在华作战"、"反对战争"、"要求撤兵"等等主张。另外，胡兰成还跟日本的福本队长通融了一下，释放了被关在牢里的几个新闻记者。

胡兰成这一系列的举措，可谓一举两得，不仅得到了日本人的共鸣，也赢得了民众的支持，使得在当时长江航运停运的情况下，《大楚报》依然受人瞩目，报纸的销量增为一万四千份。

初到武汉的胡兰成住在汉阳县长张人骏为他安排的县立医院楼下的两个大房间里。而这时的武汉，空袭越来越厉害，并第一次使用了烧夷弹。整个武汉的天空都是灰蒙蒙的，到处都是"黄沙盖脸，尸骨不全"。大家都暴躁难忍，人们见面之后谈论的都是炸弹，"像梦中呓语，越是要说，越咬不清字眼。"后来空袭从汉口慢慢波及到了汉阳，汉阳医院虽然药品短缺，但还是忙着救死扶伤。有一次，胡兰成路过医院的一间屋子，想出后门到江边溜达一下，但是他不知道那就是太平间。在他眼前出现了这样的景象：两个人睡在湿漉漉的地上，一个是中年男子，头蒙着棉被；一个是十二三岁的男孩，棉被褪到胸膛，看样子不是渔夫即是乡下人，两人都"沉沉的好睡"。胡兰成心里一直在为那男孩担心，害怕他会着凉。于是散步回来的时候又经过了那间屋子，他俯身下去给那男孩把棉被盖盖好，这时他心里感觉怪怪的。询问了医院工作人员，得知这两人已经被炸弹炸死了，听此言胡兰成吓得直哆嗦，以后再也没敢靠近那屋子。

12月28日，一场规模盛大的空袭又来了，将近200架美国飞机对汉口市区进行了大约4个小时的轮番轰炸，汉口市区的五分之一建筑被夷为平地。飞机轰炸的时候,胡兰成正从汉阳赶往汉口江汉路,突然听到空袭警报,他急忙躲在了居民的屋檐下。这次大轰炸把汉口人吓得逃避一空,以至于之后的很长一段时间里到处都看不到人。过了好久,逃亡的人才慢慢回来了,但是一听到空袭警报人们便往城外跑。而这时,胡兰成总是夹杂在人队里逃过铁路线到郊外。

有一次,胡兰成刚到铁路沿线,炸弹就落了下来,炸死了很多人。景象凄惨,看得胡兰成心惊肉颤。胡兰成正惊魂未定时,又有一架飞机朝着他俯冲下来,胡兰成吓得一下子瘫痪在铁轨上,以为自己要炸死了。绝望中他喊出了两个字:"爱玲⋯⋯"这个时候,他还是全心爱着张爱玲的吧!生与死边缘的切身感受使胡兰成对生活和生命有了新的体会和认识:"空袭使我直见性命,晓得了什么是苦,什么是喜,什么是本色,什么是繁华,又什么是骨力。爱玲原已这样开导我,但空袭则更是不留情面的鞭挞。"战争使他变得越来越烦躁了。

此时,上海也开始实施防空灯火管制了,张爱玲在与胡兰成的通信中说:"她与姑姑在房里拿黑布用包香烟的锡纸衬里做灯罩,她高高的爬上桌子去遮好,一面说:'我轻轻挂起我的镜,静静点上我的灯。'这样冒渎沈启无的诗真不该,但是对于世界上最神圣的东西亦不妨开个小玩笑。"收到张爱玲的信,使烦躁的胡兰成似乎有了点平静。

且说汉阳县立医院还住着六七个女护士和一个护士长,在胡兰成眼里她们都是"单是本色,没有北平、上海那种淑女或前进女性的,初初打得一个照面即使人刮目相看。"因为他们初到是客,所以开了个茶话会请护士们来,护士们也很给面子,差不多都到齐了。他们玩一种行酒令的游戏,这时一个穿着一件蓝布旗袍的小护士周训德映入了胡兰成的眼帘。

一天,胡兰成跟护士们在医院后门口江边看对岸正在被空袭的武昌。这时候,武汉已经被炸得一片狼藉了,有时候飞机眼看就要飞到这边了可转了个圈又飞到对岸去了。这时,周训德从人群中看到了胡兰成,叫了一声:"胡社长"。周训德满脸堆笑,调皮、可爱,这个不经意的表情深深打动了胡兰成的心，于是便问她叫什么名字，她说叫周训德。随即胡兰成装出一幅学者的模样说："我叫胡兰成。"还没说完刚好有一颗炸弹落在了江的另一边，爆炸声沿着滚滚的水浪传到了他们身边，就像晴天响起了一声霹雳。于是胡兰成赶忙笑着说："我第一次问你的名字，就会这样，以后不敢了。"于是，这个看起来一点都不浪漫的夜晚成了他们感情的开始。

整个医院里面周训德是最小的一个护士，刚好十七岁，端庄美丽，身材也恰到好处，"又丰满又苗条"。周训德浑身上下都充满了年轻人特有的活力和特质，平时穿衣服都很单薄，即使大冬天也穿一件薄薄的旗袍。周训德那份真和纯，是江浙一带女子没有的，她是泼辣刁蛮中的周正和端庄，纯真中又有些天生的世故老练。周训德做事追求完美，而且非常要强，什么都不愿意落在别人的后头。比如，穿一件布衣，她也洗得比别人的更干净，端饭的时候也捧得很端正。欣赏女人的时候，胡兰成觉得周训德的美"不是诱惑的，而是她的人神清气爽，文定吉祥"。而张爱玲是："使人初看她诸般不顺眼，她决不迎合你，你要迎合她更休想。你用一切定型的美恶去看她总看她不透，像佛经里说的不可以三十二相见如来，她的人即是这样的神光离合。"

此时，胡兰成已经喜欢上了有着成熟妇人的身体和婴孩般简单头脑的周训德，张爱玲的最初吸引在他这已经不再新鲜了，狂放的激情也渐渐淡去了。当胡兰成孤身一人，举目无亲时，那个只会和他谈说文学、音乐、美术乃至俚俗渊源、服饰装扮的张爱玲怎会及得上一个幼稚一点、庸俗一点的女人？显然后者更能满足胡兰成的心理和生理需要。他既需要平实的生活，也需要不断的新鲜情感。于是胡兰成跟周训德相好了。

周训德生长在普通百姓家，与生长在贵族家庭的张爱玲不同。张爱玲对胡兰成的感情表达总是很含蓄，很诗意，两人的恋情更多的是超越世俗的。而周训德是生活化的，现实化的，这也使得周训德与胡兰成的恋情是世俗的。动荡年代里，胡兰成身边出现了周训德，所以使他感到很欣慰。温柔的女子往往都有安稳人心的作用,沉浸在新的爱情里的胡兰成对时局的恐惧渐渐减少了一些,他对小周疼爱有加,既有情人般的爱恋,也有父亲般的爱护和疼惜。跟周训德在一起心情很放松,也时常流露出自己天性的一面,感到没有任何压力。他仰慕张爱玲的"才绝四海",又喜欢周训德的天真本色,真是"一树一菩提,一花一世界。"各种美都能领略,他岂能不沾沾自喜!于是在武汉的四个月里,胡兰成把张爱玲抛到了九霄云外,整天与周训德厮混在一起。胡兰成也曾经"憬然思省",他这样做到底对张爱玲应不应该?"但是思省了一大通,仍是既不认错",找了个理由自圆其说:男女相悦之事,"乃天意当然也",他是身不由己罢了。他曾经说过"人世如高山流水,我真庆幸能与小周为知音。"更是一句谎言,因为不管是旧相识还是新相知,胡兰成都会慷慨地把"知音"的头衔馈赠给对方,就像一些不负责任的评论家们随便地把"大师"头衔派发给当代作家一样。

而对 17 岁的周训德来说,她还没谈过恋爱,在战火纷飞的环境里恰巧又遇上了一个像父亲一样疼爱并关怀自己的人,当然会义无反顾,投入其中。加之胡兰成本来就是个没有大架子的人,在女孩子面前更是显得谦虚和随便,这给她留下了不错的印象。

胡兰成没有向周训德隐瞒张爱玲,但又向她表明自己要娶她——只有做妾了。但周训德的生母是妾,她的反应是,不能娘是妾,女儿也是妾。于是,胡兰成和周训德举行了婚礼,似乎已经忘了张爱玲的存在。而张爱玲对此一无所知。她给胡兰成写信,还向他诉说她生活中的一切琐碎的小事。她竟还是那样投入地爱他。

1945 年,汪伪政府在最高国防会议第六十六次会议上,任命叶蓬为湖北省省长兼驻武汉绥靖主任,但是他却不怎么听从胡兰成,于是胡兰成决定去南京,然后辗转到上海。

胡兰成到了南京,约见了陈公博和池田,处理了一大堆的事情才匆匆回到了上海。

胡兰成在上海住了一个多月,这些日子他天天跟张爱玲在一起,用他的话说："与爱玲在一起，过的日子只觉是浩浩阴阳移。上海尘俗之事有千千万，阳台下静安寺路的电车叮当来去，亦天下世界依然像东风桃李水自流。"胡兰成跟张爱玲聊天的时候，谈到了周训德，张爱玲很是震惊，因为她把自己对胡兰成的爱看作是那样坚贞不可动摇的，但又怎么会冒出来一个周训德？。面对胡兰成的改变，张爱玲也想跟他回忆一下他们以前的柔情蜜意，也想把自己在胡兰成走后写给他的日记和信件都拿给他看，但是由于张爱玲的自尊和矜持，始终没有那么做。她一直装做很平静的样子，就好像什么也没有发生过。以前两人在欣赏诗句时的甜美和宁静，也被现在的忧伤、无味、迷茫所代替。胡兰成也没有再解释什么。他希望张爱玲能容下周训德，并且说她"糊涂得不知道嫉妒"，其实张爱玲不可能不介意，也更不可能不嫉妒，她在心理上无法容忍一夫多妻。也许是为了维护她的高傲和自尊，也许不想毁了相聚的短暂时光，她没有继续追究下去。不到万不得已的时候，她是绝对不会放弃自己依然爱着的胡兰成的。张爱玲"因为懂得，所以慈悲。"因为看得太清太透，所以原谅他的一切，也以自己的一份真情成全了胡兰成的自私与欲念。胡兰成对一纸婚约并没有看得过重，但是张爱玲是很看重的，她看重胡兰成许诺给她的"愿使岁月静好，现世安稳。"张爱玲只是自己独自悲切，独自心伤。在胡兰成面前，她不想让他看到自己脆弱的一面。因为即使看到了，他也不会去怜惜和懂得了。

和张爱玲在一起的时候，胡兰成很爱在别人跟前夸耀她，并以此为乐，好像夸耀张爱玲的时候自己也能跟着沾光一样。他不但爱夸张爱玲，而且还夸得恰到好处，遇到不同的人，他总能区别对待，找到张爱玲不同方面的闪光点，让他们羡慕不已。对于那些崇尚文化，崇尚西学的"一等乡下人"和"城市文化人"，他就说张爱玲的英文非常好，西洋文学的书读来跟剖瓜切菜一样，说的大家都很惊服；对于那些把出身、门第看的极重的"一等官宦人家的太太小姐"，就说张爱玲高贵的家世——李鸿章的后代，用这样显赫的家世背景吓唬这些太太小姐，她们听了也马上沉默了。甚至于张爱玲的一张很俗的照片，胡兰成也可以夸夸其谈。其实，张爱玲本人一点也不喜欢这张照片，但是他把这张照片拿给一个当军长的朋友看，他知道这类照片最对这类人的脾胃，让人家好生羡慕，也许这时候的胡兰成拿张爱玲来给自己装门面的成分要大过对张的爱。爱一个人应改把她当作自己的宝贝好好珍藏、爱惜、小心呵护，而胡兰成却把她当作了自己炫耀于人的资本，这跟一身华丽的衣服、一件珍贵的珠宝又有什么区别？这种爱能长久吗？

胡兰成一边夸耀着张爱玲，一边想着他远在武汉的周训德。胡兰成仰慕张爱玲的"横绝四海"，但他更喜欢周训德的本色天真。在胡兰成心中，张爱玲就好像是一坛酒，喝一口可以使他迷离冲动、欲仙欲死，使人偶一神往，但是却不可以多饮，多饮必然会损坏身体，因此他会掌握火候，使自己得以适当调节不至于钝化；周训德就好像是一杯茶，慢慢品来，意犹未尽，甘之如饴而又绵远悠长，令人长久怀念。他思念张爱玲的时候很少，让他魂系梦牵、念念不忘的是周训德。要与张爱玲分别了，他却没有感觉，因为分别在他看来已经是家常便饭，他并不觉得有什么伤感和难以割舍。不过他也知道张爱玲的眷念，以前他在南京时，她就对他说过："你说没有离愁，我想我也是的，可是上回你去南京，我竟要感伤了。"感伤？缠绵？不仅与性格有关，更与爱恋有关。爱一刻也不可割舍，自然缠绵悱恻、悲恸难止。爱只停留在喜欢的层面上，那么分别对于胡兰成来说也不算什么痛苦。张爱玲的性格虽然利落干脆，但是依然免不了深深的伤感，只因为她太依恋胡兰成了。

1945 年 5 月，胡兰成赶回了汉阳。他自言心情是归心似箭，兴奋难耐。从飞机下来后，他顿时觉得"真是归来了"，离开张爱玲之后，他并没有什么烦心愁绪与依恋。相反，他觉得自己好像摆脱了很多束缚，整个人放松了许多。他一下飞机就急忙赶回汉阳医院，终于跟他朝思夜想的周训德团聚了，此时他有一种回家的感觉——他又忘了张爱玲了。后来，胡兰成这样描述为他牵肠挂肚的周训德："我当下竟亦不去想象别后她的泪珠，甚至没有怜惜，因为人眼前即是一切，这一刻的光阴草草,可以有感情这渣滓。"胡兰成有一双善于发现的充满爱的眼睛,这目光滤去了种种渣滓,剩下的,除了完美、纯粹,还能有其他的什么呢?

之后,周训德和胡兰成如胶似漆,他以为周训德没有心思,提起了在上海和张爱玲一起的日子,当时周训德一脸不高兴,他说:"真是像三春花事的糊涂"。

以后的日子,胡兰成带给周训德的,也只是绵远的忧伤罢了。

1945年初,二战的形势已经很明朗了,苏联红军攻破了柏林,法西斯德国随即宣布无条件投降,盟军在欧洲战场取得了全面胜利,法西斯日本也陷入了四面楚歌的境地,败局已定。但毕竟"百足之虫,死而不僵",完全打垮日本并不是朝夕之间能够完成的事。

一天下午,医院里很安静,胡兰成正在房间写社论。突然,一个炸弹落在了对岸的武昌,"像居庸关赶骆驼的人用的绳鞭一挥,打着江水,打着空气,连这边医院院子里的石砌地,连开着窗门的我房里,都平地一声响亮。"这让胡兰成不禁大为震骇。胡兰成受到了惊吓之后,总是无缘无故地胆怯,晚上一有什么风吹草动就浑身哆嗦,这一切变得凄凄恻恻了,难道预示和恐惧着即将到来的结局。

胡兰成深感时局动荡,说不定哪天汪伪政权就会垮台,此时西天的一抹晚霞更增添了这种凄凉的哀愁,遥想未来不免有些感伤迷惘。

1945年8月15日,日本天皇裕仁以广播"终战诏书"形式正式宣布日本无条件投降,中国光复了,"满洲国"、南京"国民政府"、"华北政务委员会"等傀儡政权统统解散。胡兰成知道后身上直冒冷汗,他虽然早就预料到会有这样的结果,但还是没想到事情会发生得这么快。之后,日军报道班马上将电讯送来了,胡兰成连同蒋介石胸怀宽大的广播讲话一同登在了《大楚报》上。蒋介石一时来不及接管沦陷区,又怕日本兵投降共产党,于是想了一个权宜之计:改编汪伪军队,让其暂时接管沦陷区,等着重庆政府军队的到来。自从汪伪政府的头目汪精卫死了之后,所有汉奸们开始惶惶不可终日,想着向重庆政府献媚,这正好给了一个成全他们的机会。

胡兰成却没有急着去搭他们的这班车,因为他深知政治斗争的复杂性和严肃性,更不敢轻易去相信蒋介石,害怕鸟尽弓藏,兔死狗烹。

但是,他不甘心束手待毙,在日本主子的幕后指使下铤而走险,积极活动策划,与二十九军军长邹平凡宣布武汉独立,拥兵数万,拒绝重庆方面的接受,还打算成立武汉军政府。此时,国名党方面要他归顺,送来委任状,中共将领李先念也曾遣人奉劝他弃暗投明。胡兰成是个狂妄自大的人,担心投过去无出路,两边均未答应。他以为自己还会有所为,但是大势已去,没几天他手下的人马便已分崩离析,差不多都归顺了重庆。武汉独立了十三天后即告失败,就好像是一场闹剧,胡兰成见势不妙,便想逃离了武汉。

这时,胡兰成给袁雍写了一封信。他把信交给了周训德,千叮咛万嘱咐等他走了之后再把信寄出去。

离别的那天早晨,周训德给他做了榨面干,这日让他想起了他的母亲,小时候每逢出门,母亲总是给他做这种饭。时隔多年,在汉阳竟然也能吃到,顿时心里有一种被母亲照顾的温馨之感。张爱玲从来没给过他这种感觉,而在周训德这里他得到了满足,也许这就是他能跟周训德走到一起的原因。

胡兰成离开了医院,离开了周训德,从此开始了自己又一次逃亡的旅程。这次逃亡让胡兰成很狼狈,在逃亡的路上,他时时刻刻警惕周围是否会出现一些危险。为了生家性命,他开始左顾右盼。

清澈透明的水中倒映出芊芊人影,阳光普照的大地,曾经漫步的街道,还有挑着箩筐带着扁担的小贩夫妇……这所有的一切,都让胡兰成感到一阵阵人世沧桑,只是觉得周训德依然还在自己的身边,但是此时他却没有一点人间离别的悲凄。他期望着有一天他们会再次重逢。可惜,天不从人愿,这次一别将是永远。

到汉口之后,胡兰成立刻找到了当地的日本人商量他的去向问题,他现在唯一可以依靠的就是日本人了。当时的局势很严重,尤其对他这样的人。当时,汉口还在日本人的掌控之中,但是时任联合国中国战场陆军总司令的国防部长何应钦已发出命令,即必须将武汉的一切交通工具全部集中,听后调遣,不得擅用。幸好,胡兰成刚到汉口的时候,就有一条运送日本伤兵的轮船要去南京,胡兰成便乔装打扮成日本伤兵搭船前行。日本总领事馆军司令部与日本宪兵队竟然也各派人员随船保护他。由此可见,日本人是多么重视胡兰成。

去往南京的那天,天还没有亮,日本总领事馆军司令部的汽车就把胡兰成送到了码头。在黎明前的黑暗中,汽车行驶在空荡荡的大街上,汉口大钟叮叮当当的报时声,一声声打在这个将要亡命天涯的逃命者的心上,他终生难忘。天快亮的时候,胡兰成上了船。他转身朝江里望去,只见朝霞倒映在水中,让他突然想起了小时候乘船渡江时的情景。不知不觉已经过去了十几年了,那时初生牛犊不畏虎,而现在却是在逃亡。

9 日 5 日,船抵达南京。南京这时的情形已经跟以前不一样了。10 天之前,陈公博携带妻儿老小逃到日本,周佛海则一下子成了蒋介石在上海的行动总司令。假如现在周佛海看到当年那个得意忘形的对谁都不服气的宣传部政务次长和法制局局长如此狼狈,他会不会嘲笑他呢!

不过,后来胡兰成还是给张爱玲写了一封信,告知自己的行踪,想让她放心。

当时的情况的确对张爱玲很不利,她的日子也是大不如以前。日本投降以后,全国人民把愤怒的矛头对向了那些在抗战年代里有卖国言行的汉奸。张爱玲有两点为人所诟病。一是她大部分作品都发表在汪伪政府主办的报刊上,所以遭到了社会各个方面严厉的斥责,再加上 1944 年年底她参加了在南京举行的第三届大东亚文学者大会及其一些日伪举办的活动;二是人们都知道她与汪伪政府的高官来往密切。有的报刊拿她个人隐私做文章,有的甚至把她当文化汉奸来看待。连她的朋友柯灵为《传奇》再版问世在自己主编的《文汇报》副刊上刊登了一条短讯都受到当局的警告。尤其有人指责她参与了日伪为鼓吹所谓"和平文学"而办的活动,以便证实她的"文化汉奸"身份。所以很多事情也波及到了她,她整天心惊胆颤的,惶惶然不可终日。如果说某些风言风语张爱玲还能保持沉默的话,但对于刊登在白纸黑字的报刊"证据"面前,她就不得不开口了。1946年底,她借《传奇增订本》发行的机会,为自己作了辩白。她"有几句话要同读者说",她清清白白地告诉读者,事实并非如此。

张爱玲突然收到了胡兰成的信,知道了他已经到了上海。这时,她又惊又喜,而且很担心胡兰成的安全,另外她还在想胡兰成这次是一个人偷偷来到上海,会不会带着周训德?后来,上海风声一天比一天紧了,国民政府已经开始调查上海的日本居民了,为了安全起见,他决定去往杭州。胡兰成离开的时候,到了张爱玲那里,算是话别。胡兰成连自己的孩子都没敢见一下,在张爱玲那里住了一晚,第二天一大早就匆匆离开了上海,只身一人前往杭州。胡兰成走后,重庆国民政府就颁布并实施了《处置汉奸条例草案》,而且公布了汉奸名单,当然胡兰成也在其上,且名列前茅。蒋介石卸磨杀驴,把周佛海软禁在了重庆嘉陵;陈公博被逼无奈,在日本自杀未遂;听说汪精卫埋在梅花山上,蒋介石气不打一处来,命令何应钦马上平坟……顿时,整个上海上下是"风声鹤唳,草木皆兵",人人自危。逃亡途中的胡兰成听到这个消息之后,心里暗暗窃喜,终于捞了一条命。

胡兰成带了一些钱,一小袋换洗衣服就上路了。他逃到了浙江,化名张嘉仪,称自己是张爱玲祖父张佩纶的后人。一路颠簸,胡兰成到了绍兴皋埠。待了两个晚上,就又开始上路了。下一站是诸暨的斯家。9月30日,胡兰成只身来到了斯家。"一式粉墙黑瓦,兽环台门,惟窗是玻璃窗,房间轩畅光亮,有骑楼栏杆,石砌庭除,且是造得高大,像新做人家未完工似的……"抗战的时候,斯家便从杭州市内迁到乡下,这幢洋房是斯家老爷在杭州当军械局长时发心建造的,前后花了二万银圆。斯宅在五指山下,居民大约有三百家。民国以来,斯家的人大多在外做官,在山场田地耕作方面也很勤劳,所以村中房舍整齐,沿大路一段店铺栉比，像一个小市镇。胡兰成第一眼就看到桥头祠堂的墙上，用漆写着的四个鲜红大字——"肃清汉奸"。这时，胡兰成心里一惊，担心会有人认出他来。

岁月荏苒，似白驹过隙。十八年，滚滚红尘梦弹指间。十八年前，那个背扛斯家给的棉被出门的少年，十八年后再一次迈入斯家大门时，已经年近不惑了；而那个当年睿智犀利、深谙人情世故的徐娘，现在也年近耄耋了。十八年，虽然在人世间只是短短的一瞬间，但是这其间的人世变故却是沧海桑田。胡兰成年轻时在斯家住了一年，对斯颂德的妹妹雅珊有非分之想（他当时已结婚），被斯家礼貌地请出。胡兰成的同学斯颂德，就是斯家长子，死于疾病，三子当兵马革裹尸而回，曾经胡兰成蠢蠢欲动的雅珊也已经结婚了，但是之后丧夫、丧子，身边还有一个小儿子，现在一所中学里当老师。如今，斯家上上下下除了大太太袁培外，只剩下四子颂远一家和姨奶奶范秀美等人，其他的子女都在重庆。不过，现在见得这些人都是胡兰成很想念的人。

十八年过去了，胡兰成对大太太袁培的称呼在不知不觉中起着变化，现在他很尊敬地叫她"斯伯母"。斯伯母还是跟以前一样，打扫干净了一间房间，然后只说了一句："胡先生，你就住在这儿。"而当她看见邻居时却只说是张先生。虽是此一时彼一时，然淳厚的斯家，依旧待他当客，对于他汉奸的身世甚至不说一句批评话。

"斯家真好比是一个民国世界，父亲当年是响应辛亥起义，光复浙江的军人，母亲又明艳，出来的子女都铮铮。"但是，大儿子颂德和三儿子颂久年轻的时候就去世了，都和他父亲一起埋葬在乡下。这次来胡兰成当然得去坟上祭拜一下，算是对死去的人的悼念吧！

离开斯家十八年，在此期间胡兰成不仅跟颂德有过联系，而且还与颂德的四弟、五弟有过接触。在抗战的时候，他们俩个人还曾经来过上海，胡兰成资助了他们好几回。现在，斯家不计较他的身世收留他，也是因为与斯家的交情和他对斯家子女的照顾。

胡兰成住在斯伯母家中，斯伯母从不盘问，也不寒暄问暖，更不与胡兰成攀谈关于今后的事情,但是她心还是好的,总是在为胡兰成想很多能解决实际问题的方法。现在,胡兰成面前的忧患,真实地摆在眼前。这一点斯伯母比谁都清楚。她只是感谢胡兰成对颂德的好,而对于胡兰成对老四老五的资助,斯伯母却只字不提,因为她明白那是他们一代人的事情,他们的面子交情和报恩也是他们兄弟的事情,所以她根本用不着去谢,以免不是自己份内的事自己做了,带来不必要的麻烦。斯家待他还跟以前在杭州一样,分宾主之礼,有内外之分。

住在斯家,并不是太平无事。在斯家大院内,住着斯家已故老爷的小弟弟的孤儿寡母。这位寡母的儿子斯颂禹,二十七八了还没有娶妻,整天游手好闲待在家里,靠放高利贷为生,总是喜欢窥探张家长李家短的,当然对胡兰成也不放过。胡兰成来了才三天,斯颂禹就向颂远左问右问,把胡兰成搞得紧张兮兮,很是不爽。胡兰成怕露出身世,开始担忧自身的安全了。这时,上海、杭州和绍兴一带到处都在抓汉奸,风声很紧,胡兰成打心里恐惧,不敢在此久留。于是,颂远就带着他四处奔波,既为了躲避风头,又想伺机寻找新的藏身之地。

起先,颂远把胡兰成带到了离诸暨县城四十里外的陈蔡中学,他曾经在那里教过书,在那里有许多熟人。胡兰成在那里待了三天,整天都和教员们厮混打牌来消磨时间。一到上课的时候,他就独自一人到庙庵或祠堂那里。自从胡兰成来了之后,颂远一直没有闲着,他一直在为胡兰成想办法。颂远有一个关系要好的一个体育老师,为了让他帮忙想办法,他把胡兰成的身世告诉了他。胡兰成正处于这种境况中,根本不会相信任何人。虽然有点埋怨颂远做事不谨慎,但是也无可挽回了,于是只住得三天,就和颂远匆匆离开了。

胡兰成为了避人耳目,一直跟颂远在村外,或徜徉,或徘徊,一直到晚上才悄悄溜进村里,这时忽然发现村口有哨兵站岗巡逻。顿时,胡兰成惊出一身冷汗,深深的恐惧使他心里打怵,但又不能退缩,退缩嫌疑更大。于是,只好硬着头皮往家里走,没有想到的是国民党来了一个团的兵力,正好借宿在斯家大院。这个团不是专门来查汉奸,而是"剿共"的,也只是路过而已,但这也把胡兰成吓得够呛,一晚上都没睡。庆幸的是,这个团根本没有留意他,天亮就撤了。胡兰成这才长出一口气,但仍然胆颤心惊。于是颂远不厌其烦的又带他到了"许村",想在那里的小学谋份教书的职位,但还是不行。无奈之下,只好又回到了斯家大院。

胡兰成一想到这样几次三番地进出斯家,来回没个完地折腾,很难安定下来,不免长吁短叹,黯然神伤。颂远害怕他生闷气,就想陪他到村口散心。一天,他俩去看玉蜀黍,一边欣赏一边随意浅浅的闲聊,此时斯家小娘范秀美正倚锄立在一株桐树下,俯首视地,楚楚可怜。

斯家都叫范秀美为范先生,胡兰成也这样叫她。十八岁的时候范秀美就开始守寡,二十三岁学养蚕,之后在临安蚕种场工作。抗战的时候,范秀美回到了斯家,开始干农活,顺便帮兰溪做生意。范秀美人缘很不错,很多人都非常敬重她。她是个亮烈的人,从端正里可以看出温柔安详,立着如花枝微微倾斜,自然有千娇百媚。胡兰成看到眼前有玉人如斯,倒施施然有风月之闲情了。

胡兰成这一番投奔斯家毕竟同以前不一样。所以,要想有一个安身之所还得动一番脑筋。于是,范秀美总是在为胡兰成想办法,倒是有点像戏文里常演的"穷秀才落魄乡间,千金女倾囊相助"。眼见很多次颂远带着胡兰成出去找一个容身之处,却怎么也没有结果,她心里很着急,于是想起了有一个姓谢的同事,她想让儿子认她干妈。于是,就跟胡兰成俩个人到了同事的家中。范秀美跟同事说胡兰成是她远房表弟,想在这里住一段时间,只是借住一下,其他费用,都由范秀美来负责。没想到那同事却找了一个托词婉言拒绝了。范秀美有点不大高兴,但是也没有办法,只好另想其他办法了。看到这里,胡兰成非常感激范秀美为他做的这一切。

他俩要走,女同事殷勤挽留他俩多住几天。第三天一大早,他俩搭了一条小船回去了。在船上的时候,害怕被船夫听见起疑心,两个人谈话的时候都特别小心,从不谈胡兰成的身世。

后来，胡兰成暂时住在枫树头雅珊的奶妈家中。那奶妈心里清楚胡兰成的身世，但也没有为难他，还是愿意让他来家中小住。胡兰成在奶妈家中毕恭毕敬，旁人若是问起便说他是范秀美的远房表弟。

枫树头是个美丽的小村庄。村里人一辈子耕田种地，看天吃饭，生活都很困难，奶妈家也一样并不富足。这时的奶妈已经五十岁了，是一个标准的贤妻良母，早年丧夫，独自把子女带大，直至他们成家独立生活。在奶妈家，胡兰成事事都很小心，事事都很仔细，从来不跟村里人主动搭讪说话。平时他会帮奶妈挖红薯，拔豆子。没事的时候，胡兰成一个人跑到涧水边，在湿湿的沙滩上用树枝一遍又一遍地写着他和周训德的名字。现在，他已经把张爱玲忘记的一干二净了，心里只记得周训德一个人。他对周训德可算是爱意绵绵，一往情深啊！每次吃完晚饭的时候，奶妈总会讲打仗的时候经过枫树头的日本兵。

有一次，大路上赶市的务农人，边挑担边说着话，胡兰成刚好经过，于是便听到了务农人说的话。其中一个，差不多二十来岁的小伙子对他的同伴说，昨天镇上唱戏，他在亲戚家过夜，丈母娘给他一些荔枝，让他晚上饿的时候吃。小伙子笑着称赞那荔枝好吃，在他临睡之前往嘴里丢了好几颗，吃得他心里别提多美了。听完务农人的对话，胡兰成竟然觉得他们很惨，说他们是那样的贫穷，做人实在是有点虚度年华了。胡兰成生怕生活贫穷和困苦，他自认为像务农人一样贫穷的生活就是碌碌无为、虚度年华。"富贵不能淫，贫贱不能移，威武不能屈，此之谓大丈夫。"而他却因贪图世间的荣华富贵，宁愿去当一个汉奸走狗。胡兰成宁愿永世都背上令人不齿的骂名，宁愿遭国人的唾弃，载之史笔，遗臭万年，也不愿意让自己过着贫穷的生活，虚度年华。胡兰成只知道时时刻刻评价他人，偏偏没去回顾梳理自身。

在奶妈家住的这段日子里，范秀美也看过胡兰成，在众人面前以姐弟相称，其实虽然这是表面的，但是胡兰成心里还是美滋滋的。后来，身在武汉的周训德受胡兰成的牵连，以涉嫌汉奸罪被逮捕。消息传到胡兰成耳朵，痛苦难以自抑，他想去投案自首，以救出狱中的周训德。此时张爱玲突然出现，自然是胡兰成没有料到的。

胡兰成在奶妈家待了两个多月，终于有一天按耐不住沉闷、清贫和无聊，想离开这里。1945年12月1日，胡兰成终于离开了枫树头，用斯伯母的名义，由颂远和范秀美陪行，投奔金华傅太太去了。

在傅家，范秀美百倍呵护照顾胡兰成，胡兰成也是一刻都离不开她，像小孩一样听范秀美的话。范秀美经常带着胡兰成到村边看牛车压沥甘蔗，到邻里看大灶猛火煎炼红糖，还陪他去田地里转悠。胡兰成总觉得范秀美比他大，心里已经把她当成姐姐了。甚至，连换洗衣服换完之后也直接给范秀美。范秀美去哪儿，他都像一个小孩一样跟去哪儿。

后来，胡兰成和范秀美又准备雇两部黄包车去温州。当时已经是初冬了，到处都是浓霜，冷风飕飕，不禁让人直打寒颤，胡兰成用毯子把自己包裹起来，但是还是无法抵御刺骨的寒风。范秀美踩着炉，但是仍然冻得直哆嗦，胡兰成时不时地看她，询问冷不冷。这时，心里对范秀美的感激之情更加浓厚。于是他想起了小时候在胡村的情景，胡村人家新娶的媳妇冬天早起都要呵手试晓妆，眼下看看身穿紫色绸旗袍的范秀美，觉得她好像就是自己的新媳妇。此时，那种美妙的情境充斥着他的大脑，亡命天涯、颠簸劳累一时间变成了丝丝浪漫情意，于是生发了感情。

胡兰成对范秀美说了小时候的事情和后来逃亡的事情，以及玉凤、张爱玲和周训德。范秀美也说起了以前胡兰成资助她家老五的事，说胡兰成的恩，将来别人不还，她也要还。胡兰成吃惊她的重情，更敬重她的人品，连胡兰成这样的人在她面前"也变得没有了浮辞"。古云"滴水恩，涌泉报"，想不到温柔女子也有侠骨心肠。掏心掏肺互诉衷肠之后，却由感激而生出了亲近之意。其实，提到范秀美，胡兰成对她也不免有一种肃然起敬和暗中叹息。古时的女子端庄娴雅的多，有烈性的却大多是明珠暗投了。如杜十娘怒沉百宝箱，穆桂英情探负心郎，红拂夜奔，绿珠堕楼等等。范秀美这样了然于世事的聪慧女子也逃不开这样堪怜的命运。所以说，识英雄于草莽难。难在不但需要勇气，还要一双千锤百炼过的慧眼。

范秀美一个人孤独寂寞了二十多年，一直忍受肉体与精神的双重寂寞与痛苦，当他看到文质彬彬、温情脉脉的胡兰成之后，就已经对他心仪了。其实，在胡兰成的眼睛里范秀美早已经是国色天香了。她丰厚蕴藉、美轮美奂，"她的人蕴籍，是明亮无亏蚀，却自然有光阴徘徊。她的含蓄，宁是一种无保留的恣意，却自然不竭不尽，她的身世呵，一似那开不尽春花春柳媚前川，听不尽杜鹃啼红水潺爰，历不尽人语秋千深深院，呀，望不尽的门外天涯道路，倚不尽的楼前十二阑干。"此时，胡兰成已经如痴如醉地沉浸在自己的诗情画意中了。

说到底，胡兰成这个人还是本性难移。情人间甜言蜜语略带调侃意味的话，让范秀美经不住诱惑。言语过多难免会更加亲密，男女若心一贴近就开始你侬我侬了。果然，这个端然的女子也躲不了胡兰成的痴缠。12月6日，他们到了丽水，便欲结秦晋之好了。到了温州的时候，两人更是亲密无间，行同一家人。

与范秀美草草结为夫妇之后，蠢蠢欲动的胡兰成又开始躁动不安了，于是给张爱玲写了一封信，告知平安。就是在这样乐不思蜀、你恩我爱的蜜月里，胡兰成万万没有想到他的一封信，结果把张爱玲给引来了。张爱玲破了他的桃花梦，也带来了冷峻的现实。胡兰成会怎么对她？张爱玲也被爱迷了心。从而，上演了一出"痴情女子负心汉"的老戏，算是胡兰成与张爱玲爱情故事的谢幕。

时代的变化是如此剧烈、不可捉摸，原本悲观的张爱玲整天处于不安和迷茫中。胡兰成，曾许诺过要给她现实安稳的丈夫，就是她想要抓住的唯一的一样。所以，她下了决心，要去寻他，无论如何，无论多么困难，她都要去找到他，同他一起过平安而实在的现世生活。

1946年2月，张爱玲探得胡兰成潜藏的地址，冒着里通汉奸的罪名，过诸暨，走丽水，远去温州寻夫。她不曾想到会面临这样一个场景：胡兰成的穿着和神情虽然没有原来考究风雅，可是在人家屋檐下却举止大方和随便，不像是客，更像是主；一个少妇伴在他身边，体贴地为他张罗这张罗那,给她一种走错了地方的感觉,她以为误闯他人的居室了。按理应该是妻子不远旅途艰辛赶来看望患难中的丈夫,丈夫应该非常高兴才对。但是胡兰成不但不高兴,反而对张爱玲千里迢迢下温州的关切是:"一惊,心里即刻不喜,甚至没有感激。"对此,他后来的解释是:"夫妻难中相别,妻子寻踪探夫,本是令人感动的人情之常,但爱玲是超凡脱俗的,就不宜了。"这种解释多么的苍白无力。他认为张爱玲不该来温州,因为他现在落魄到一贫如洗的窘迫样,怎么愿意让她看见,所以他恼羞成怒,竟对张爱玲那么无情地吼道:"你来做什么?还不快回去!"张爱玲幽幽地说:"我从诸暨丽水来,路上想着这是你走过的,及在船上望得见温州城了,想着你就在那里,这温州城就像含有宝珠在放光。"君本多变,侬仍痴情,女人对感情向来要比男人更持久更认真。这个男人还是她朝思暮想的兰成吗?重要的是,事易时移,爱情已经转移了对象、转换了环境。他过去爱张爱玲不假,因为当时有这份心境和闲情逸致。当初张爱玲谈文论艺让他兴奋,一言一行不同凡响,令他心醉神迷,她的高贵家世、绝妙才华也成为他可以向同僚、向日本人炫耀的资本。可是现在他不仅处境艰难,甚至不敢把真实身份示人,张爱玲的一切优点长处都成了不适宜的奢侈品。当初缔结婚约时的浓情蜜意正在消退中,他不想改变什么去令张爱玲安心。现世安稳终究是一句空话,镜中月,水中花。痴情的张爱玲扰了胡兰成的新欢梦,她尴尬在胡兰成的窗前,嫣然一笑,退进了旅店。

　　胡兰成也觉得自己对张爱玲的态度有点粗暴了,不应该那样对满腔痴情的她,所以白天的时候胡兰成就到旅店去看她。因为警察晚上会过来查夜,胡兰成不敢在旅店里过夜。有的时候范秀美也和他一起过去,但是他并没有把他和范秀美两人的事情告知张爱玲,"不是为要瞒她,因我并不觉得有什么惭愧困惑。"胡兰成觉得男人向来是只顾原谅自己,不愿委屈自己的。其实,如果他自己不觉得惭愧和困惑,那为什么不当面说明白呢?当然,现在在胡兰成身上已经找不到任何的犯罪感、道德感和羞耻感。他可谓是一介"流氓文人",他根本不懂得惭愧困惑是什么。

白天,胡兰成去旅馆陪张爱玲;晚上,胡兰成回到住处陪范秀美。

在旅店里,胡兰成与张爱玲好像又回到了刚刚相恋的浓情蜜月时期,一天里总是待在房间里聊天。有时候,两个人脸对着脸躺在床上说着悄悄话,这个时候张爱玲好开心,从心里发出了幸福的笑。她的脸原本就比较大,这一笑就像一朵开得红艳艳的牡丹花。他俩四目相视,半晌没有一句话,突然窗外有牛哞哞在叫,两人面面相觑,诧异发呆,仔细听来,不约而同地笑了。于是胡兰成说牛叫起来真好听,张爱玲随之说这次来的时候,路旁也有牛。然后说:"牛叫是好听,马叫也好听,马叫像风。"

于是,胡兰成下了床,走到窗口,看见那头牛依然在旅馆后面的草地上悠然地吃着草,然后他又继续跟张爱玲说着话。这时候,听到树林里有乌鸦在叫,便笑着说:"在逃难的时候,我总是听见乌鸦在叫,但是近来看到书上说唐朝的人以乌啼为吉,主赦。"张爱玲接着说:"我一个人在房间里,有一只乌鸦就落在我的窗口上,我心里默念着,你停着吧,我不迷信,但是后来它飞走了,我心里倒是异常的开心。"。因爱可以爱屋及乌,因爱亦可以感时恨别,见鸟心惊。但张爱玲心中的黑乌鸦是永远赶不走了。

张爱玲看到范秀美竭尽全力去帮助胡兰成,心存感激,但是对她和胡兰成的事情竟全然不知。张爱玲没有怀疑他俩,"因为都是好人的世界,自然会有一种糊涂。"纸是包不住火的,有一天她立刻就感觉出了胡兰成与范秀美并非一般的关系,一时惆怅起来。胡兰成在心里说:"秀美是我的亲人!"范秀美如果是他的亲人,那么张爱玲就是外人了!

这两个女人与一个男人的三角关系,无论如何都只能是尴尬。因为怕范秀美的邻居对三人的关系有所猜忌,他们三人都是在旅馆见面的。一个清晨,胡兰成与张爱玲在旅馆说着话,隐隐腹痛,他却忍着。等到范秀美来了,他一见她就说不舒服,范秀美坐在房门边一把椅子上,但问痛得如何,说等一会儿泡杯午时茶就会好的。张爱玲当下就很惆怅,因为她分明觉得范秀美是胡兰成的亲人,而她自己,倒象个"第三者"或是客人了。还有一次,张爱玲见了范秀美,觉得她很美。于是就给范秀美画起像来,胡兰成站在一边看,见张爱玲勾了脸庞儿,画出眉眼鼻子,正画嘴角的时候,却突然停住了,一脸的凄然和委屈,只推脱身体不舒服,再也不肯画下去。胡兰成在一旁正看得起劲,想赞她的画栩栩如生,却看到她弃笔不画了,不禁诧异起来,于是连忙问她怎么不画了。张爱玲一句话也没有说。范秀美走了之后,胡兰成很纳闷地问:"这样的神来之笔,为什么不画了。"张爱玲才委屈地说:"我画着画着,只觉她的眉眼神情,她的嘴,越来越像你,心里好一惊动,一阵难受,就再也画不下去了,你还只管问我为何不画下去!"这就是世人所说的"夫妻像"吧!张爱玲真的很委屈,她的心里只有这一个男人,而这个男人的心里却装着几个女人,叫她怎么能不感伤?

张爱玲心中本来为周训德一事而有芥蒂,万万没有想到范秀美会是胡兰成新交的情人。张爱玲一直都宽容地想:一个身处险境的男人,远在外地寻找些安慰是难免的,何况秀美曾帮助过兰成,乱世际遇在一起,也只是权宜之计。并未因此责备他,相反,也许是爱屋及乌的缘故,张爱玲对范秀美还有一种同命相怜之情。此时,不想追究他跟范秀美之间的事情,因为她想知道的还是他和周训德的事。之前在上海的时候,关于周训德的事胡兰成跟她提起过几次,当时她听了愁怨满腔。不久之后,胡兰成跟周训德分开了,这时她心中的憧憬又开始填满了脑袋。其实,张爱玲此番来温州探望胡兰成,一方面是放心不下胡兰成,另外也想跟胡兰成摊牌,但是中间又出来了一个范秀美,就更促使她下定了摊牌的决心。

她要胡兰成在她和另一个女人之间选择。这另一个女人不是范秀美,而是周训德,一个在武汉与胡兰成有染的女子。以她的智慧,她不难看出胡兰成对范周二人的态度还是有别的,范秀美青春已过,胡兰成只是借她聊避一时,而胡兰成对周训德却有更多的喜欢。我们不妨假想一下当时他们摊牌的场景:

一条僻静的小巷子里,张爱玲停下了脚步。眼睛从地面上青青的石板挪开,静静地落在胡兰成的身上。阳光下,她的眼神中有决心,有伤痛,也有乞求和渴望,其中,透着一股荒漠、冷寂的气息。张爱玲再已无心按胡兰成的牌理出牌了。此时,她已经顾不上平日里的矜持和典雅,现在她就好像溺水者在落入水中时方寸全乱的致死挣扎,也许她的心里似乎也觉得事情已经无法挽回了。在目光刚刚接触到的一刹那胡兰成又迅速把眼睛移开,寒冷的风在弯弯曲曲的小巷里寒凛凛地撞来撞去,就像他游移不定的感情。胡兰成着实没有想到张爱玲会如此的执着,一时间惊愕的不知所措。在胡兰成的女人们中,张爱玲是最独特的一个,也是最让他欣赏的一个,是他唯一的朋友和知音。在一起零零散散两年了,张爱玲是那么地了解胡兰成,她爱他,所以原谅他的自私和冷淡,从来不会非议他。张爱玲是他在精神、理想上能找到的最为匹配的女子,却可惜不是与他夫妻情最深厚的一位。她固然悟性惊人、聪明可人、才华出众,两人因此可以作到相谈甚欢、相知甚深;但她所能给胡兰成的也仅此而已,而且也未必尽为优势。但是胡兰成最需要的是默契情笃、贴心关怀与难以言传的种种欢愉以及难为人道的微妙感觉,可这些张爱玲却没有。所以,在胡兰成眼里,张爱玲跟其他几个女人相比,却不是那么重要。现在的胡兰成需要的是贴心的关怀和相互理解的默契,并不像张爱玲的高谈阔论。当胡兰成这方面的需要退而为次,甚至不需要的时候,其优点也就变成了缺点,至少是不成其为优点了。虽然张爱玲远不至于平庸到使胡兰成轻易相忘舍弃,但她也没有能力让胡兰成得一知己就可以终生满足。此刻,虽然俩人站得很近,甚至连对方头上一缕头发的轻轻飘动都可以看得很清楚,可是,却心隔天涯。张爱玲想要的,也只是胡兰成许诺给她一份无缺的爱情,此外别无他求,可是胡兰成却很执拗,一直搪塞她,什么都不答应她。相爱容易相守难,从离别到现在时间虽然不长,但是胡兰成的爱情却已经有了几处停靠。胡兰成直言不讳地去选择,就是不愿意放弃周训德。胡兰成说他和张爱玲的爱是在仙境中的爱,与周训德、秀美的爱是尘境中的爱，本不是一档，没有可比性。他还说他待爱玲如待自己，宁可委屈爱玲，也不愿委屈周训德，如像克己待客一样。视妻为己，视情人为客，两相冲突时而"克己待客"，这就是某些喜欢拈花惹草而道德感未彻底丧失的男子的通性。男人移情别恋，这些都是推诿责任的不实之辞罢了。他宁可辜负眼前的张爱玲，也不愿辜负远在武汉的，或者今生今世都无法相见的周训德。孰轻孰重，一目了然。胡兰成只不过是一个自私、贪婪的男人，在他的生活中只需要少数的点缀就可以，而他所需要的爱却一分一秒都不可缺少。可是有一点是肯定的，他不会为了张爱玲而委屈自己。他们的生活和追求，就像两列开往不同方向的火车一样，只会越来越远，永远都不会有相遇的一天。张爱玲站在阳光下，感到一股前所未有的寒意从脚底下的青石板扑过来，一下凉到自己的心里。她茫然了。在之前，她对胡兰成还是抱有一线希望的，虽然也可能料到不会如她所愿，但即使有所料，她也不愿相信。无论如何，两人之间的这道裂痕已经难以弥合。然而一旦成了今天的局面，她便觉得眼下再没有什么是比这更难以忍受的了。于是张爱玲对胡兰成说了寥寥几句，自伤自怜："你是到底不肯。我想过，我倘使不得不离开你，亦不致寻短见，亦不能再爱别人，我将只是萎谢了。"尘境中的爱情击碎了仙境中的爱情，剩下的只有悲伤和痛苦，张爱玲的心灵再也承受不了这样沉重的打击。张爱玲遇到了胡兰成，由相知到相爱，由情人到伴侣，然而这一切都已成为过去。

听到了张爱玲的"我将只是萎谢了"，胡兰成跟针扎一样难受，但是即使这样他也不会妥协迁就。他无言可对，在后来的时候说："我听着也心里难受，但是好像不对，因我与爱玲一起，从来是在仙境，不可以有悲哀。"

胡兰成对张爱玲说："我待你，天上地上，无有得比较，若选择，不但于你是委屈，亦对不起小周。人世迢迢如岁月，但是无嫌猜，按不上取拾的话。而昔人说修边幅，人生的烂漫而庄严，实在是连修边幅这样的余事末节，亦一般如天命不可移易。"这话可以让张爱玲满足吗？她自有其理:"美国的画报上有一群孩子围坐吃牛奶苹果,你要这个,便得选择美国社会,是也叫人看了心里难受。你说最好的东西是不可选择的,我完全懂得。但这件事还是要请你选择,说我无理也罢。"而且她第一次作了这样的质问,"你与我结婚的时候,婚帖上写现世安稳,你不给我安稳?"胡兰成忙说:"世景荒荒,其实我与小周有没有再见之日都不可知,你不问也罢了。"

在离开温州回上海之前的那天晚上,张爱玲去了胡兰成住的地方。胡兰成便跟邻里间方说张爱玲是他的妹妹。张爱玲听了,心中压抑着灼痛,但是胡兰成并没有觉得怎么样,因为"我待爱玲,如我自己,宁可克己,倒是要多顾顾小周与秀美。"

张爱玲在温州和胡兰成,还有他的情人范秀美一起呆了20天,可是她仍然不愿离去。因为,在这里有她牵挂的人;但是她再怎么顾惜留恋,也只是徒劳。再加上,胡兰成总是催促她离开温州,很显然她已经成了多余。

二十多天的温州寻夫之行结束了。第二天,阵阵春雨,淅淅沥沥,缠缠绵绵地下着。这场雨,也冲刷了他们曾经的"倾城之恋"。张爱玲想起一年前和胡兰成初次相逢的那个黄昏,不由黯然神伤。雨水和泪水包围了张爱玲,把昔日的热焰浇泼殆尽,把欲仙欲死的爱境冲刷得人去楼空,把张爱玲的爱之繁花打落得残红遍地。张爱玲还是上了船,怀着一颗失落孤独的心,离开了这个让她伤心的地方。情有迁异,缘有尽时。滔滔江水,泪眼迷糊里渐行远去的背影在她的心中雕刻成一道无法磨灭的伤疤。天地离得遥远,那是一种如何的苍凉在回荡?风花雪月,山盟海誓,最终她的故事还是落入俗套,无法主宰。

张爱玲回到上海,知道胡兰成在温州生活的艰苦,她从自己的稿费中拿出钱来随信寄去。她给胡兰成的信上是这样说的:"那天船将开时,你回岸上去了,我一人雨中撑伞站在船舷边,对着滔滔黄浪,伫立涕泣久之。"都说女人情多泪亦多,但张爱玲是很少流泪的。与父亲反目成仇的时候,她大哭过;在香港求学时有一次放假炎樱没等她先回了上海，她伤心痛哭又追她而去。再就是这一次……天公应离情啊！随后又说："想你没有钱用，我怎么都要节省的，今既知道你在那边的生活程度，我也有个打算了，叫我不要忧念。"这份令人刻骨铭心的爱，虽然苦涩不堪，纵有千般委屈，毕竟让张爱玲一时难以割舍。之后，胡兰成和张爱玲偶尔时候有通信的往来，张爱玲经常寄来稿费，补贴胡兰成的生活之需，但是渐渐的联系稀少了。

1947 年的春天，张爱玲在给胡兰成的信中写道："我觉得要渐渐地不认识你了"。但是她还是寄钱给胡兰成，用自己的一些稿费来接济他。这时候胡兰成还是在隐姓埋名。此时，他正在写《山河岁月》一书，这书是论中国社会与现实的，后来在日本出版了。接着，他在温州中学和淮南中学教书。当时，他仍然怀着坚定意志想"要出去到外面天下世界"、"想法子结识新人"。

有时候，胡兰成会去温州看戏，"我看了温州戏，想着我现在看一样东西能晓得它的好，都是靠的爱玲教我。又我每日写《山河岁月》这部书，写到有些句子竟像是爱玲之笔，自己笑起来道：'我真是吃了你的涎唾水了'。"

1947 年 11 月，胡兰成辗转来到上海，他犹豫再三，最后还是忍不住去找张爱玲了。他在张爱玲那里待了一夜。

吃过晚饭，他俩促膝在灯下闲谈。胡兰成从来没有忏悔和谴责过自己的多情和滥情，反倒责怨张爱玲在日常生活中的一些细节处理的"不当"。他又问张爱玲对自己写的那篇含有与周训德交往内容的《武汉记》印象如何，之后又有意把他和范秀美的事情讲给张爱玲听，张爱玲听了之后很生气。

当晚，张爱玲和胡兰成分房而睡，当然胡兰成则"心里觉得，但仍然不以为然。"第二天，天还没有亮，胡兰成来到了张爱玲睡的房间，在她的床前俯下身去亲吻她。张爱玲一直都没有睡着，马上伸出双手抱住了胡兰成，突然泪涕涟涟，喊了一声"兰成！"可惜，张爱玲挚情的叫声虽然使胡兰成心里一震，但是仍然没有软化他。张爱玲所渴望与追求的,她曾经拥有的美好世界也在这一句摧心裂肺的叫声中画上了一个句号。在这个荒乱的世界里,舍自己去追求完美,或许是一个错误。人世苍凉,一个女子爱错了人,可她并没有过错!

这是,两人最后一次见面。

到了 1947 年 6 月,张爱玲知道胡兰成已脱险境,终于给胡兰成写了一封诀别信:"我已经不喜欢你了。你是早已不喜欢我的了。这次的决心,是我经过一年半的长时间考虑的。彼惟时以小吉故,不欲增加你的困难。你不要来寻我,即或写信来,我亦是不看的了。"还顺带给胡兰成寄去了 30 万元钱,那是张爱玲新写的电视剧本《不了情》、《太太万岁》的稿费。"我自将萎谢了","我已经不喜欢你了",这嗫嚅中多少悲伤,多少次灵魂的搏斗,内心的纠缠,使张爱玲不得不无可奈何地选择了诀绝。

收到诀别信之后,胡兰成想通过张爱玲的好友炎樱从中调解一下他们的关系。他写给炎樱信里这样说道:"爱玲是美貌佳人红灯坐,而你如映在她窗纸上的梅花,我今惟托梅花以陈辞。佛经里有阿修罗,采四天下花,于海酿酒不成,我有时亦如此惊怅自失。又《聊斋》里香玉泫然曰:'妾昔花之神,故凝今是花之魂,故虚,君日以一杯水溉其根株,妾当得活。明年此时报君恩。'年来我变得不像往常,亦惟冀爱玲以一杯水溉其根株耳,然又如何可言耶?"信寄出去了,但最终没有收到回信。张爱玲见到信没有,也没有人知晓。

胡兰成一直做着他那数美并陈的梦,他仍旧想名份上有张爱玲,意念中有周训德,现实中有范秀美。

到此,张爱玲和胡兰成这一场乱世之恋辛酸地谢幕了。这段爱恋留给张爱玲的究竟是什么?此后,张爱玲再也不是以前的张爱玲了,她不再寻求飞扬恣肆、轰轰烈烈。她爱得伤心、伤情、伤了灵性。感情的创伤,不仅影响了她的生活,还影响了她所有的创作。她勤奋的笔耕得慢了,生花的笔开得淡了,品味的感觉钝化了,对情致的体悟淡泊了。"我自将萎谢了。"萎谢的不仅仅是她的青春,萎谢的也是她的文采和才情。

胡兰成是晴天日头的、现世的、喜滋滋的人，张爱玲却只是乱世里的一粒尘土，一粒最珍贵的尘土。但是他们能够互相懂得片刻一隅，已经很难得了。谁也不能借谁半分光明，唯有天各一方是他们的宿命。

　　胡兰成，一个虚情假意的浪荡子，他是中国文学中难得一见的唐璜式的人物。他对他遇到的女人，虽然感情不是虚假的，但是他根本用情不专，也许他要的仅仅是"此时语笑得人意，此时歌舞动人情"，而他的情意会随其行踪的转移而改变，可想而知，焉能系于一身！他自认为是"永结无情契"的高人，旁人看来，到底只是个朝三暮四的天涯荡子。"女人矜持，恍若高花，但其实亦是可以被攀折的，惟也有拆穿了即不值钱的，也有是折来了在手中，反复看愈好的。"与张爱玲分手的很多年之后，他仍在说"世上但凡有一句话，一件事，是关于张爱玲的，便皆成为好"，然后一边说着一边又开始了自己的情感，这些话自然又成了苍白的借口，背叛的遮羞布！张爱玲说："你何必在我面前遮掩？"胡兰成在张爱玲面前的借口，由此可见一斑。晚年时候的胡兰成依然没有忘记张爱玲，因为他觉得还是张爱玲对他最好。于是他奋笔疾书写信给张爱玲，当然肯定是没有得到回信。曾经，胡兰成付出的感情，就如政治上的变幻沉浮，虽然并非一味地虚假，但当他弃之如敝屣时，就像一位先哲说过："请不必询问那只曾经歌咏的画眉。它已经不知飞向何方。因为它的嗓音已经干枯喑哑。为了真实，尊荣和洁净灵魂的灭亡。"对于胡兰成，四个字可以形容他"负心薄幸"。

　　张爱玲，一个至情至性的女子。其实，她早就应该绝望了，她明白两人的爱情已经走到了尽头，但还是对令她神魂颠倒的胡兰成心存侥幸，她一颗凄清的泪，悬挂在薄暮的腮边，这是永远的诀别。张爱玲为这段恋情拼命地付出，她不介意胡兰成已婚，不管他汉奸的身份，可是张爱玲对胡兰成的爱，就像房间中不合时宜的炫目的亮色，带着些温暖与亲近，却又无法抓牢。

　　这是张爱玲惟一的一次爱。她爱得如火如荼，如生如死，全身心投入而忘记了一切。曾经如火如荼的爱恋，曾经海枯石烂的感情信仰，在她遇见他时，以为那就是千万人之中遇到的千万分之一，只因为一场战乱变故，便彻底还原了胡兰成终究见不得真实的本来面目。在《今生今世》里胡兰成说："我与女人，与其说是爱，毋宁说是知。"是的，能知女人的男人，就是最懂得女人的男人，绝对是要才情垫底方可胜任，他既懂得情调又惯于调情。不然，张爱玲如此心高气傲冰雪聪明的女子，怎么会"见了他，她便变得很低很低，低到尘埃里，但她心里是欢喜的，从尘埃里开出花来。"然而这样卑微的爱情，谁会真正懂得怜惜。

归根结底，是她爱他，怜惜他，可他不肯专一地对她，她只好放手了。可怜张爱玲一片痴情。从今以后，她真的要"只是萎谢了"！但是无论怎样，时已移，事已往，落花早也成泥，人面不知何处。所以，还是莫论今生了。

有人把胡兰成比作贾宝玉，那也不是。贾宝玉不能不爱，胡兰成偏能不爱。贾宝玉肯为女人剐了自己，胡兰成更爱自己。

张爱玲曾经说过："普通人一生，再好些也是桃花扇撞破了头，血溅到扇子，就在上面略加点染成为一枝桃花。"她这话说的既聪明又苍凉。而爱情，怕就是这样的一把扇子而已。

第七章 飘零

落幕后的华丽转身

1945 年,抗战胜利后,时代发生了翻天覆地的变化。上海,这个全国最大、最繁华的城市,这个官僚名流最后的盘踞地,流光溢彩、灯红酒绿的十里洋场正面临着一场巨大的变化。人们在这个糜香温室中已经呆得太久了,现在探出头来,却觉得有些茫然不知所措。面对这一个即将到来的不一样的时代, 人们不知道自己接下来的路要怎么走,不知道选择哪条路才是正确的。每个人都在彷徨中焦急地等待着,他们在等待什么,恐怕连他们自己都不知道。张爱玲也在等待中,虽然等待是这样无着落地让人心烦意乱,但是她喜欢上海脏乱喧闹中可爱的月夜,喜欢上海圆滑世故中安稳的人生,更留恋上海这个与她生命最"熨贴"的地方。于是在胡兰成逃离上海之后,她毅然地选择留下,正如她自己所说,她是一个纯粹的上海人,她喜欢这个地方,她从来都没想过要离开这个生活了多年的黄浦江畔的城市。她,离不开上海。

　　虽然与汉奸胡兰成结婚, 但是张爱玲自信与政治没有任何关系,她自己不关心政治,也不参与任何与政治有关的活动,于是便泰然地保持沉默,想要独自在上海平静而安宁地生活下去。然而此时,全国上下掀起一股"严惩汉奸"的讨逆风潮,处在风头浪尖的张爱玲与胡兰成的婚姻成为人们议论的话柄,甚至还有人暗中将其列入有"文化汉奸"嫌疑的名单之上。虽说张爱玲自己知道她跟"文化汉奸"根本就挨不上边,可是处在当时巨大的舆论压力之下,张爱玲开始感到有些窒息。

　　她谢拒了大报小报的"盛意",沉默了一年多之久,1946 年全年,她没有发表过任何作品，然而这样仍旧不能消除人们对她的种种非议。尤其是有人把张爱玲参加"大东亚文学者大会"的报道翻了出来，对她进行了强烈的指责。在承受高压的同时，张爱玲还承受着情感挫折的巨大伤害，抛弃妻子独自逃难的胡兰成是张爱玲心头永远的痛，此前的温州之行让张爱玲痛不欲生，在极度绝望中涕泣而返。在双重压力面前，伤心欲绝的张爱玲算是体会到了乱世岁月风飘雨打的感觉，然而一向孤傲的张爱玲并没有向谁诉说自己的痛苦，她想要独自承受这一切，想要让时间来抚平创伤。

然而作为一个职业文人，她需要靠稿费来养活自己，没有文章发表，生计便成问题。她需要重新振作起来，整理整理思绪，再写些东西。

1947年11月，山河图书公司出版了《传奇》（增订本），迫于舆论的压力，同时也是因为她实在是从没想过要离开这个她所生、所长、所喜爱的城市，张爱玲觉得需要解释。于是，她在书前写了一个《有几句话要同读者说》，为自己作了辩白，她要清清楚楚地告诉读者，事实并非传闻的那样，虽然她"自己从来没想到需要辩白"，然而"最近一年来常常被议论到，似乎被列为文化汉奸之一，自己也弄得莫名其妙"，她进一步解释道，"我所写的文章从未涉及政治，也没有拿过任何津贴。"在说到报纸上所登她加入"大东亚文学者大会"一事时，张爱玲解释说"虽然我写辞函去，（那封信我还记得，因为很短，仅只是：'承聘第三届大东亚文学者大会代表，谨辞。张爱玲谨上。'），报上仍旧没有把名字去掉。"至于社会上其他许多对于张爱玲的无稽谩骂，她显得非常从容："可以辩驳之点本来非常多。而且即使有这种事实，也还牵涉不到我是否有汉奸嫌疑的问题，何况私人的事本来用不着向大众剖白。除了对自己家的家长之外仿佛我没有解释的义务，所以一直缄默着。……"

此时的张爱玲心情非常复杂，然而她还是以聪明而高贵的姿态在需要解释的地方做了解释，为自己赢得了尊严与安宁。

看透也罢，绝望也罢，心悸寥落的张爱玲开始面对生存的现实。

1947年4月,她在一位作家朋友龚之方筹办的通俗性文艺刊物《大家》上发表了小说《华丽缘》。之后又在《大家》上发表了自己的中篇小说《多少恨》。久未露面的张爱玲又活跃在了文坛上,这让许多她的读者欣喜不已。同时她还写成了由《多少恨》改编的电影剧本《不了情》,这也是她平生公开演出了的第一个电影剧本,由上海文华影片公司负责拍摄。

电影《不了情》由桑弧执导,编、导、演,阵容都很强大,公映后产生了巨大的轰动效应。于是张爱玲再接再厉,很快完成了第二部作品《太太万岁》,这是一部轻松的爱情喜剧,与《不了情》的幽怨情调完全不同。导演仍是桑弧,上座效果依旧很好。胡兰成在《今生今世》里还提及他在温州看了这部电影,说观众反应极佳。

这两部电影给张爱玲带来了一笔非常及时的收入,她立刻将这笔钱寄给了身在温州的胡兰成,并附上那封绝情信。至此,张爱玲彻底与那段曾经刻骨铭心却也痛彻心肺的乱世情缘告别了,然而心中的哀怨悲情却很难被时间所平覆。这一次的情感变裂,对她的影响实在太大,即使是在她"伤愈"复出文坛之后,也仍然摆脱不了伤痛的影子,她现在"亦不能再爱别人",正如她自己所说:"我将只是萎谢了"。可以说,张爱玲似乎已经失去了爱的能力,她既已爱过,也不打算再爱了。于是便有了后来婉拒桑弧一事。

张爱玲因《不了情》和《太太万岁》两部电影而结识了青年导演桑弧。桑弧才华横溢,性格拘谨内向,也算是极优秀的人。在朋友眼中,他与旷世才女张爱玲宛如天造地设之一对。龚之方就曾热心地为他们撮合。当时他并不知道张爱玲与胡兰成有过婚约,便对张爱玲婉言表达了自己的美好祝愿,并且请张爱玲考虑一下此事的可能性。然而张爱玲并没有任何表示只是不说话,一直摇头,意思是要龚之方不要再说下去了。于是,张爱玲与桑弧一事便在她的摇头中不了了之了。

此后张爱玲再次搁笔,转眼就到了1949年5月27日,上海解放了。历史很快翻开了新的一页,到处都是一派欢歌笑语,人们空前兴奋,以极高的热情参与到了新中国的建设中。与窗外热火朝天的生活不同，屋内的张爱玲仍然保持着平静而安宁的生活，几年前所遭遇的政治风波让她心有余悸，加上天生对于政治的缺乏敏感和漠不关心，使得她面对新的时代和新的社会制度，俨然成了一个旁观者，不过同时，她也用新奇的眼光打量着这个变化着的世界，思量着如何行诸笔墨。

上海解放了，左派力量终于在政治角逐中获得了胜利。人们在政治上表现出难以置信的狂热，左翼作家热情高涨地投入到对民生疾苦模式化的揭露写作当中，这些都在张爱玲心里是充满惊异而不敢苟同的。她惶恐，她反感，她只想逃避，她不想与没有形状却有着无穷力量的政治有任何瓜葛。

处于这诸多矛盾和困惑之中，张爱玲迷惘而无所向往！她想提笔，提笔，用自己的方式写这个时代最真的面貌，然而此时心中却是茫茫然一片⋯⋯

爱玲在写、不写、写什么之间犹豫不决，不过最终还是提笔写了，因为她在不自觉中被社会上喜气洋洋的气氛所感染着。

那时，张爱玲身边的朋友个个都对未来充满了信心，他们斗志昂扬地带动着她一起行动。桑弧在自编自导的《哀乐中年》被搬上银幕之后，又在全国解放以后，以更大的热情拍了鲁迅的《祝福》等片。夏衍在上海解放后，接管了上海市文化工作，重新组织上海文艺界人士办刊物报纸。龚之方等人响应号召，办起了《亦报》。这位老朋友来请张爱玲写稿，张爱玲在感动之余，内心更是在激情与理性、困惑与清醒、茫然与坚贞的纵横交错中徘徊不定，她深爱着写作！最终，张爱玲拿起搁了一年的笔，重新迈进文学世界的大门。这次会有不同吗？

1950 年 3 月起，张爱玲开始以"梁京"的笔名在《亦报》上连载小说《十八春》，这是她的第一部长篇小说。直至 1951 年 3 月连载完毕，全文 18 章，共计 25 万字。这是新中国成立以后爱玲发表的第一篇小说，颇有投石探路的意味。

《十八春》讲述了一个现代爱情故事。故事从解放之前十八年写起，小说主人公是善良、柔顺的顾曼桢，以世钧和曼桢的恋情为主线，写了几对青年男女十八年的遭遇。顾曼桢本是一个不经事的女孩，善良而独立的性格使得她具有特殊的魅力，与同在一家工厂的沈世钧产生了恋情。原本两个年轻人可以简简单单地相爱以至结婚，幸福地生活下去，然而曼桢的身世和她不甚明了的维系着过去的旧家庭成为了他们爱情的绊脚石。曼桢在很小的时候就失去了父亲，姐姐曼璐为了一家三代人的生计，在万般无奈之下做起了舞女，牺牲了自己的青春与爱情。在曼桢长大成人出来做事以后，人老珠黄的曼璐嫁给了一个无固定职业、靠做投机生意发财的浪子祝鸿才，渐渐麻痹了自己的良心与道德感，成为了一个高级乞食者。可是祝鸿才对曼桢一直居心不良。曼璐为了拖住祝鸿才的浪荡之心，不惜与祝鸿才合谋，决心将妹妹拉入深渊。其中还有一个原因便是，曼璐当初因为养家而放弃了初恋情人张慕瑾，而现在张却出乎意料地移情于自己的妹妹曼桢，这对一个女人而言是最难以忍受的伤痛。于是，她和丈夫设了圈套，使曼桢与世钧之间的误会越来越深，最终曼桢被骗奸继而又被禁闭起来。世钧不知道消息又误听曼桢与张慕瑾成了婚，之后就同石翠芝举行了婚礼。一对有情人被无情地拆散了。曼桢为祝鸿才生了一个儿子之后从医院逃了出来，开始独自生活。不久曼璐死了，而曼桢为了孩子将错就错地与祝鸿才结婚……转眼间，18 年一晃而过，时间来到 50 年代，在经历了无数痛苦磨难之后，曼桢与世钧意外相遇。18 年来的一切恍如旧梦一场，他们百感交集，说清了一切之后心情开始平静下来……一连串悲欢离合的凡人俗事，构成了 18 年的历史，个中人物所经历的跌宕起伏与坎坷命运，无不使人感慨万千，读后印象深刻，久久不能忘怀。在这个带有通俗意味的故事中，亦有张爱玲对于爱情的非常个人化的体验。

《十八春》一经刊出，随即引出了大批"梁迷"，他们的狂热程度与当年上海滩处处可见的"张迷"相仿。《十八春》的成功使得张爱玲心情也好转了很多，于是到 1951 年 11 月初，在读者和报纸主持人的热切期盼下，新作《小艾》也开始在《亦报》上连载。

《小艾》是一部中篇小说。在这部小说中，张爱玲完全放弃了过去冷讽式的写作方式，而转向一种同情的立场，这在《十八春》中已有表现。社会环境的变化，使得张爱玲开始考虑如何在作品中寻找自己与新的社会环境的契合点。《小艾》写的要算是"无产阶级的故事"，主人公小艾也基本上是属于社会底层人物。这正是她在创作上对新时代所作的调整。

小说讲述了小艾几十年的辛酸经历，将小艾的平凡生活描绘得朴实而充满张力，具有一种默然动人的力量。

小艾是童养媳，九岁即被卖入席家，十几岁时遭席景藩奸污，之后席太太得知小艾怀孕，便对其进行了残忍的毒打，小艾随即流产并落下了病根。她从此对席家恨之入骨，按她自己的话说就是"冤仇有海洋深"。后来与排字工人冯金槐相恋并结婚，从此彻底摆脱了席家。婚后小艾因病不能生育，不得已领养了一个女儿。解放后，她的日子慢慢好起来了，治好了病，生了个儿子，与丈夫过上了幸福的生活。她回想起自己的一生，不免感概万千："将来孩子长大以后，不知道是怎样的一个世界，要是听说他母亲从前悲惨的遭遇，简直不大能想象了吧？"

平凡男女之间的朴素情感以前是很难在张爱玲的小说中看见的。可以看出，尽管张爱玲在这两部作品中有些迎合时代的努力，然而萦绕在她心头的阴影却挥之不去。她的出身，她与胡兰成的关系，还有她旧时的作品，所以这一切都让她感到紧张。因为眼下文坛与社会上的政治空气是十分紧张的，她必须时刻保持高度的警惕，她总是要小心翼翼的。

于是张爱玲在 1950 年 7、8 月间，听从夏衍的安排，随上海文艺代表团下乡到苏北农村参加土地改革工作，此后两年间，到她离沪赴港为止，是她同中国大众形迹最为相似的一段历程，在此期间她也有心想要与新时代很好地融合在一起。

那个时候，张爱玲曾用发配给自己的一段湖色土布和雪青洋纱做了一件喇叭袖唐装单衫和一条裤子。有一次她穿着这身衣服去排队登记户口的时候,看见穿制服的大汉伏在街边人行道上的一张黄漆小书桌上,操着西北口音在作登记。等轮到张爱玲,他抬头看了一眼,以为是一个老乡妇女,便随口问道:"识字吗?"张爱玲笑着咕哝了一声:"认识。"当时心里真是"又惊又喜"!

虽然张爱玲在努力将自己融入到这个新社会中,可是时代在变,生命中总有一些欢乐再也不能畅快地来到她这里。

一切都随着时代发生了翻天覆地的变化。在服饰上,建国初期,全国最时髦的装束蓝布或灰布中山装,男女皆是如此。后来西方还把这个戏称为"蓝蚂蚁"。而张爱玲对服饰一直有着自己独到的见解和特殊的要求。

在应邀参加上海召开第一届文艺代表大会的时候,张爱玲出于对会议的重视,将自己用心修饰了一番。她非常希望自己能够尽快适应新的环境。然而,令人没有想到的是,正是这次会议,在某种意义上反而促使了张爱玲的出走。

当时是夏天,开会的地方是在一个电影院里,她穿着一身旗袍坐在后排,外面罩了一件网眼的白绒线衫。张爱玲的打扮尽管已经由绚烂归于平淡,但是和到场的其他人相比,在一片"蓝灰军团"中,还是显得很突出,她明显感觉到了这距离的存在。会议整整开了六天。在这六天里,她也没有为了将自己淹没于这片灰蓝海洋中而换上一件中山装,她依旧是她的打扮,她从来不会因别人都穿什么而去忙着穿什么。她是心静如水的女子,穿旗袍与否,对自己来说是一种事关紧要的姿态问题,是立场问题。她是上海女子,上海的女子生来就是要穿旗袍的,即便她已是过了炫耀的年纪,然而自己所钟爱的却是很难改变的。显然,这是一个没有私人生活的时代,对多少人来说,民族的事业就是私人生活的全部,人们的头脑被政治热潮冲击着,最后完全淹没了。可是张爱玲与生俱来的个人主义天性,使她很难彻底地改变自己,她无法完全融入这样一个集体中去,她是个绝对的个人主义者。

对于上海，张爱玲的感受是复杂的。面对上海出现的新秩序与新空气，她着实感到惧疑与不安。其实一直以来，她既讽刺上海人，却更喜欢上海人，她在《到底是上海人》中是这样描述上海人的："谁都说上海人坏，可是坏得有分寸。上海人会奉承，会趋炎附势，会混水摸鱼，然而，因为他们有处世艺术，他们演得不过火。"同时，她还着迷于上海的特殊气味与情调："隔壁的西洋茶食店每晚机器轧轧，灯火辉煌，制造糕饼糖果。鸡蛋与香精的气味，氤氲至天明不散"。与此同时，张爱玲作为一个小说家，需要一个有闲男女上演浮世悲欢的舞台，她的兴趣，她的表达才能有用武之地。有了一个能让佟振保、范柳原、白流苏活跃的舞台，她才能以一个旁观者、讽刺者、天才的女子存在；舍却这一切，她是要迷失的。但，不幸的是，在满眼看去皆是灰的蓝的景象中，这似乎是不可避免的。如今，这些她所爱过的一切即将载着她的忧伤与温暖，渐渐退去，成为永远的回忆了。当她发现她的"上海"已经不复存在时，她感到迷茫与无助。在这样一个时代背景下，她将如何选择？沉默，抑或改变自己？显然这些对于她来说都不是好的办法，于是她在无奈之下最终选择了离开。

不忍见破坏，所以离开，离开这闹哄哄的世界，还能和自己靠得更近。让生命的欢乐畅快地来到自己这里。

1952年11月，张爱玲决然地乘车离开了上海，离开了这个自己生活了近三十年的黄浦江畔的城市……

张爱玲是以到香港大学继续完成学业的名义申请出境的，临行前，她还和姑姑约定，彼此不再联系，以免给姑姑带来麻烦。张爱玲走的时候孑然一身，只带了简单的行李，就踏上了经广州到香港的旅程。在经过罗湖桥的时候，张爱玲的心中又是激动，又是害怕，心情非常复杂，以至多年后她还依稀记得当时离开大陆前后的一些细节。

"桥堍有一群挑夫守候着。过了桥就是出境了，但是她那脚夫显然不认为不够安全，忽然撒腿飞奔起来，倒吓了她一大跳，以为碰上了路劫，也只好跟着跑，紧追不舍。"又有，"是个小老头子，竟一手提着两只箱子,一手携着扁担,狂奔穿过一大片野地,半秃的绿茵起伏,露出香港的干红土来,一直跑到小坡上两棵大树下,方放下箱子坐在地下歇脚,笑道:'好了!这不要紧了。'……跑累了也便坐下来,在树影下休息眺望着来路微笑,满耳蝉声,十分兴奋喜悦。"这是张爱玲小说《浮花浪蕊》中的一个情节,其中所描述的主人公洛贞的心情正是张爱玲经过罗湖桥时的心境的真实写照。

在毫不知情的情况下,朋友们在得知张爱玲出走的消息时,个个都感到异常震惊和惋惜。柯灵更是不住扼腕叹息,据柯灵回忆说,夏衍在听闻此消息后,"一片惋惜之情,却不置一词。"后来,夏衍还曾托人带信给张爱玲的姑姑,希望能转告张爱玲,他们想要邀请她为《大公报》和《文汇报》写点稿子。但是张的姑姑表示她根本"无从通知",原来在张爱玲走的时候,虽然姑姑是唯一的知情人,但是她们之间有一个约定,那就是互不通信,这样,她一去之后,从此便杳无音讯,沧海桑田,世事变幻,她的生死存亡全都茫茫了……。后来直到 20 世纪 80 年代,她的姑姑和弟弟才终于又同她取得了通信联系,知道她尚活在人间。然而那时的张爱玲,已经从一个"风华绝代"、风情万种的才女,褪变成一位满头银丝的年迈老妪……

过了罗湖桥,就踏上了香港的土地。虽然 13 年前张爱玲曾经在香港大学念过三年书,然而当时记忆深处的一番热带地貌与殖民地情调已经不复存在,眼前的香港是一个陌生的大都市,到处是快节奏的生活与跳动的旋律。对于这个暂时的栖息之所,她并没有太深的感情。望着眼前拥挤的人群,她觉得自己好像刚从一场梦中走出来,一个橙色的梦。清醒之后,她又发现,此时自己成了完完全全的一个孤单之人。

此次重回香港,因为是以申请到香港大学复学的名义来的,张爱玲便先去香港大学登记注册,但由于没有生活来源而辍学了。生计问题是她现在必须马上解决的头等大事。

香港是一个物欲横流的城市,在热闹非凡、富于活力的外表下,充斥着残酷与竞争,在这样一个拜金的城市,张爱玲同所有 50 年代从大陆涌向这里的难民一样,只身一人卑微地在这片天空下谋生。

在全无生活来源的窘困情况下,凭借着她此前在上海的名气,很快引起了美国新闻署香港办事处的兴趣,于是张爱玲便得到一些翻译工作。在那里,她翻译过《老人与海》、《睡谷故事》以及爱默森的《选集》等等,为了谋生,她硬着头皮翻译那些并不怎么感兴趣甚至还有些反感的书,正如她所说的"我逼着自己译爱默森,实在是没办法。即使是关于牙医的书,我也照样会硬着头皮去做的。"此外,在美国新闻署的安排下,她将一本反共小说《荻村传》译成英文,由美新署将这些书作为反共宣传材料分送到东南亚及其他各国。

在此期间,张爱玲因为工作的关系结识了宋淇夫妇,这次偶然的相遇,使他们成为终生的挚友。宋淇是名较有影响的"红学"专家,当时宋淇在电影界从事剧本审查工作。早在 20 世纪 40 年代,夫妻二人就对张爱玲的诸多作品如《传奇》、《流言》等非常赏识,如今难得在香港偶识,自然是对其鼎力相助。在张爱玲以后的日子里,宋淇夫妇给予她的帮助是非常重要的。

后来张爱玲在美国的授意下,开始写带有"反共"色彩的小说《秋歌》和《赤地之恋》,这两本小说都是由对方提供故事大纲,张爱玲自己编写具体的情节与人物。在香港的三年里,她的大部分精力都投入到了这两部小说的创作之中。

虽然两本小说都是在受人指使的情况下写的,但张爱玲还是非常用心,她想要通过这两本小说在香港能为自己赢得一席之地。

《秋歌》先是用英文写的,是张爱玲离开上海以来的第一次写作,她信心不是很足,觉得没有多少把握。在初稿完成寄予美国经理人等待其审核的过程是非常痛苦的,再加上还要等出版商的消息,张爱玲整日焦急不已,宋淇夫妇还拿来牙牌签书来为她求卦。张爱玲对此还颇有兴趣。不过好在《秋歌》终于顺利出版了,先是在《今日世界》杂志上连载,后来张爱玲又将其译成了中文,并且在 1954 年的时候出版了单行本。张爱玲因此得到了美国方面付给了一笔丰厚的稿酬。张爱玲还因为《秋歌》与胡适相识并结下了友谊。胡适一直是张爱玲所崇拜的学者，在《秋歌》出版后，她主动寄了一本给胡适，并附上一封短信。胡适在回信中说自己仔细看了两遍，并且说自己"很高兴能看见这本很有文学价值的作品"，对《秋歌》以及张爱玲本人给与了很高的评价。

三个月后，她又出版了长篇小说《赤地之恋》，但是销路很不好，在香港几乎无人问津，这对张爱玲的打击非常大。从客观的角度来看，这两本小说是比较失败的，完全没有将张爱玲的才情表现出来。应该说，这是两部具有明显意识形态色彩的作品，虽然她是为了谋生，才不得不在美国的授意之下写了这两部小说，但是就她个人而言，这是对她所追求艺术的极大的背叛。即使是出于生计考虑，她所付出的代价还是太大了。

正如柯灵先生所说，这两部小说的内容大多虚假，有歪曲事实的嫌疑，文字也失去作者原有的光彩。张爱玲自己也承认这一点，她也曾私下里表示对这部小说"非常不满意"。

然而，在这样一个完全商业化的城市，她唯一能够赖以生存便是手中那支生花妙笔。对于初来乍到的她来说，想要谋得一份差事绝非易事，因此美国新闻署提供给她的可谓是难得的机会，因此现在我们也无需过多地訾议此事，她有着自己的无奈与辛酸。况且后来张爱玲并未再做过这样的"交易"。

面对《赤地之恋》遭到冷遇的结果，张爱玲开始意识到像她这样的艺术家在香港这样一个商业化的城市是没有前途的，并且她对于香港，这个殖民地城市的政治前景也没有信心，因此整日忧心忡忡，张爱玲决定到美国寻找她的精神家园，找回她生命的欢悦。

在美国新难民法令的支持下，1955 年 11 月，张爱玲乘坐"克利夫兰总统号"前往美国，当时前去送行的就只有宋淇夫妇。这次离别，惹出了她的无限愁思。13 年前，她离港回沪，在那里她取得了她人生的第一次辉煌，虽然是仅有的辉煌。13 年后的离港，却是去向一个陌生的国度，前程无法预测。在港 3 年的收入，除了日常花销，却也没什么积余了。告别宋淇伉俪时,她心情很差,当维多利亚海湾逐渐消失于视野之中的时候,航船向着阴暗湿冷的大海深处,她伤心地哭了起来,她不知道将会去向何方,自己是否能够承担未来一切的未知苦痛。

张爱玲于11月中旬到达美国纽约,与比她先来美国的炎樱再度会合,之后在哈得逊河(胡适把"哈科逊河"译为"赫贞江")畔的一个"救世军"组织专门为穷人开办的女子职业宿舍里住下来。这处宿舍设施简陋,费用很低廉,并且是带有济贫性质的,许多贫寒无依靠的人都投住于此,包括很多酒鬼和老女人。张爱玲就与这些人住在一起,就好像一个难民一般,处境异常寒酸、窘迫,她的心境自然也极为抑郁。

在纽约,张爱玲有一个非常想见的人,那就是曾经在她最失落的时候给与她鼓励与赞扬的胡适先生。不久后的一个下午,张爱玲和炎樱一起去看胡适,在午后的阳光里,张爱玲看着胡适先生所居住的港式的公寓房子,不禁有些恍惚,觉得自己此时仿佛置身于香港。和蔼可亲的胡适先生与身着中国传统服装的胡夫人让张爱玲倍感亲切,尤其是能够在异国他乡喝到久违的绿茶,更是让她欣喜。这一次的拜访让张爱玲非常难忘。后来有一次,张爱玲还独自一人去拜访胡适先生,他们之间经常有些来往。胡适对这个晚辈也非常关心,见张爱玲孤身一人,怕她在外寂寞,还特意在感恩节的时候请她去吃中国馆子,还曾经亲自到女子职业宿舍去看望她,并夸奖她能够吃苦。对于前辈的关心,张爱玲久久不能忘怀,以致多年以后在得知胡适猝然病逝的消息后,她悲痛万分,专门写了《忆胡适之》来追念这位长者。其中一段记述了胡适亲自去女子职业宿舍看望她的情景,"我送到大门外,在台阶上站着说话。天冷,风大,隔着条街从赫贞江上吹来。适之先生望着街口露出的一角空蒙的灰色河面,河上有雾,不知道怎么笑眯眯的老是望着,看怔住了。……我也跟着向河上望过去微笑着,可是仿佛有一阵悲风,隔着十万八千里从时代的深处吹来,吹得眼睛都睁不开。那是我最后一次看见适之先生。"

张爱玲的美国生活也并不如意。在纽约待了四个月,她仍未找到出路。三月中旬，张爱玲写了一份到麦克道威尔文艺营暂住的申请，在得到批准之后，她结清了女子职业宿舍的所有账目，从里面搬了出来，从纽约城火车到波士顿，又转乘长途汽车到彼得堡市区，然后雇了一辆出租车，最终在天黑之前到达了远在郊区的麦克道威尔。

麦克道威尔文艺营主要是为经济上有困难的作家提供一个写作环境，同时这里还有一些音乐家和画家，这里环境优美，在这里的生活是完全没有负担的，因此可以专心从事自己的作品创作。

她在这里，结识了后来成为她丈夫的左翼文人——美国作家甫德南·赖雅，由此开始了她的第二次婚姻。和前一次的婚姻相比，这只是一场平实无奇的婚姻，既没有伤痛与凄苦，亦没有轰轰烈烈。

甫德南·赖雅，1891年出生于美国费城，是德国移民的后裔，17岁时进入宾夕法尼亚大学攻读文学专业，1912年，进入哈佛大学攻读文艺学硕士学位。创作的一部诗剧《青春欲舞》在麦克道威尔戏剧节中上演。同年获哈佛大学硕士学位，经人推荐在麻省理工大学任教。之后，他辞去工作，成为一名自由撰稿人。赖雅才华横溢，口才出众，结识过许多活跃于欧美文坛的重要作家，如庞德、乔伊斯等，后来与著名左翼剧作家布莱希特相识，受其影响颇深，成为了一名坚定的马列主义信仰者。1917年与吕蓓卡结婚，生有一女，后因不习惯家庭生活，向往丰富多彩的漂泊生活，与女权主义者妻子在1926年协议离婚。1931年开始为好莱坞创作剧本，尽显其非凡的创作才华。然而他追求享乐的性格逐渐将自己的才华淹没了，1943年他不幸将腿摔断，并得了轻度中风，此后健康状况渐差，写作才能也逐渐退化。或许是希望重振雄风，1955年，他申请住进了麦克道威尔文艺营，计划在这里休养生息，重新积聚力量完成几部作品。

36岁的张爱玲在冥冥之中邂逅了65岁的赖雅。1956年3月13日，张爱玲出现在了赖雅的视线里，他看到的是一个庄重大方、温和可爱的东方少妇，与此同时，张爱玲被赖雅的洒脱风趣所吸引，由此两个人互相产生了好感。随着交往的深入，一向不轻易相信人的张爱玲这次却觉得赖雅可以信任，并将自己此前所作英文版的《秧歌》拿给赖雅看。赖雅对她的优美文笔大加赞赏。后来他们还谈到了张爱玲正在构思写作的《粉泪》，赖雅还对其结构提出了建议。

到 5 月初，他们之间的关系也开始变得非同一般。在赖雅 5 月 12 日的日记还出现了"去房中有同房之好。"这样的文字。这是张爱玲继胡兰成之后，对另一个男人的接纳，然而十年的光阴已是悄然流逝。她萎谢了十年的爱，在此时终于又复苏了。

然而，仅仅两天以后，张爱玲又一次必须要忍受离别的痛苦，因为赖雅在麦克道威尔文艺营只能住到 5 月 14 号，他将要转至纽约北部的耶多文艺营，继续手头的创作工作。张爱玲与赖雅在火车站依依惜别的时候，将自己的感情与经济以及生活上的诸多苦恼都告诉给赖雅。

这一年，张爱玲三十六岁，赖雅已经六十五岁了，较之当年风华正茂、才气横溢的桑弧自然不如，那时张爱玲因为不能也不想再爱了而断然拒绝了桑弧，可是现在她为什么能够接纳这样一个衰老的男人呢？

张爱玲自然有她的难言之隐。当年她不能接受桑弧，或许因为还没有从与胡兰成分手的苦痛之中脱身出来，又或者觉得桑弧的单纯明朗与自己所期待的成熟稳重并不相符，不过最大的原因或许是在经济上。当时她是上海当红的女作家，对于她而言，有足够的信心进行自己的文学创作，而且也可以获得比较稳定的收入，她说自己已经不能爱了，即使是面对像桑弧这样优秀的青年，她都是断然拒绝，从没考虑过再结婚的问题。如今的状况有了很大的不同，身处美国的她无人知晓，更是无人认可，她的创作前景十分不好，对于自己现在无依无靠的处境她非常明白，并且文艺营的免费居住也是有期限的，到 6 月底，她就得从这里离开。她现在全无收入，新小说还在创作阶段，如果此时离开文艺营，她就会陷入难以想象的困窘之中，面对极其严峻的经济危机。她很有可能是出于这种考虑而选择赖雅，希望他能够成为自己经济上的依靠。虽然赖雅年岁偏老，不过他的心理还比较年轻，对她也非常热情、关心，让离国万里、孤身流亡在外的张爱玲感到了一种慰藉。说到底她还是非常需要一个家的，一个温馨、充满关爱的家，一个疼爱她丈夫，没有人可以忍受长久的孤独。

不过现在，张爱玲已经了解了赖雅的经济现状。由于年轻时的挥霍无度，赖雅现在根本没有任何积蓄，处境也是非常窘迫的。但是骨子里传统的东方女性的观念使她接受了这个现实，她并不是一个随便的人，既然已经有了肌肤之亲，她便想要同自己心爱的人共患难，这也是她身上所表现出来的中国妇女的传统美德。于是在临别的时候，她送了一笔现款给他，算作是对他的经济援助，或许也是一份感情的许诺。

赖雅到耶多之后，给张爱玲写过好几封信。六周后，他因为在耶多文艺营的工作期满而搬到了一个名叫萨拉托卡泉的小镇。刚到这里，就收到张爱玲一封信，被告之张爱玲怀上了他的孩子。当时的张爱玲已经辗转几次暂时搬到了纽约，对于自己怀孕的事情，她又惊又怕，在写信告知赖雅后，就急匆匆地坐车赶到了赖雅所居住的小镇。赖雅在得知这个消息时，开始非常吃惊，不过经过一番认真的考虑，他觉得自己至少应该在道德上对她负责，于是立即写了一封信向她求婚。不过张爱玲没等到赖雅的回信就已经来到了赖雅身边。两人相见之后，赖雅就当面向她求婚，并认真地与张爱玲谈了一次话，他坚持不要孩子，这也是出于现实的考虑。于是催促张爱玲去做人工流产，并安慰她说手术时他会在她身边。此时的赖雅表现的责任感让张爱玲非常感动。

第二天，赖雅带着张爱玲游览了这个小镇，晚上的时候他们还谈起了各自的下一步文学计划。第二天离开的时候，张爱玲将300美元的支票留给了赖雅，作为她来小镇后的开支。其实在这里住宿只花了5美元，但张爱玲仍然像当年资助胡兰成一样的援助赖雅，对于自己的爱人，张爱玲总是甘心付出的，并且无怨无悔。实际上，此时张爱玲的生活也是异常拮据的，300美元对她来说也不是一个小数目，然而，她对赖雅如此关照，可见他已经将赖雅看成了自己最亲近的人。

经过一个多月的准备，1956年8月14日，赖雅与张爱玲在纽约举行了婚礼。马莉·勒德尔和炎樱受邀出席，炎樱也是惟一一个张爱玲两次婚姻的见证人。婚后，他们一起畅游了纽约。张爱玲在这个大城市里终于找到了一种"归家"的感觉。尽管这个家只是暂时租来的。但是，对于从小缺少家庭温暖，又在外飘泊多年的爱玲来说，这一天她盼望得已经太久太久。1956年10月，新婚不久的张爱玲和赖雅得到麦克道威尔文艺营的允许，再次回到这里暂住，直到第二年的二月。

然而，命运之神似乎并不垂青于这个饱经感情折磨和人世风霜的女子，在他们回到文艺营后没多久，真正令张爱玲忧心的事情便接踵而至了，张爱玲从此便开始了自己人生当中最为严峻的考验，开始在不知不觉中承受着精神上与生活上的双重压力，使她始终难以摆脱第二次婚姻所带来的沉重与阴郁的一面，让她在日后的生活中总有一种雨打浮萍的零落感。

生活上的烦恼首先向她袭来。65岁的赖雅身体状况渐渐不及从前，并且在婚后不到两个月，就又一次中风，给张爱玲带了一个不小的打击。后来赖雅的病情在几次反复之后，终于在圣诞节来临前明显好转了。赖雅一出院，就希望能以节日的欢乐消除张爱玲心头的忧虑，不过效果不好，这对夫妻间的新婚欢乐短暂地如一阵风，转瞬即逝了。结婚不到半年，张爱玲渴望的安稳已经严重受到了威胁，她努力去照顾病人，但心情却开始变得沮丧起来。

此外，他们贫穷窘困的生活处境也令张爱玲非常担忧。生活依旧是茫然而没有着落的。1957年3月，张爱玲将刚刚完成的《赤地之恋》英文译稿寄往纽约，却遭到了出版公司的质疑他们，表示对她的这部书信心不大。之后尽快解决生计问题，张爱玲和哥伦比亚广播公司签了一份出版合同，由该公司将《秧歌》改写成剧本。不久之后，哥伦比亚公司来信说协议顺利，并且付给了张爱玲1350美元的稿酬与90美元的翻译版权。这些钱对于他们来说犹如雪中送炭，张爱玲非常高兴。

很快，到了1957年4月，他们在文艺营的住期又将满，只好提前在附近寻找住所。他们找到了一个月租金61美元的小公寓，里面有简单的家具。虽然租金不多，但是对于目前没有固定收入的他们来说算是一笔不小的负担。

至此，他们的生活才稍稍稳定下来。生活拮据，但是他们过得却很从容淡定，二人都努力写作，希望能稍稍改变一下经济状况。谁知5月初的时候，她把写完的《粉泪》的手稿寄到司克利卜纳公司没多久，该公司就将稿子退了回来，并附上一封拒绝信，这对她是一个很大的打击。她伤心沮丧至极，一下子就病倒了，好几天都卧床不起，很长一段时间以来一直支撑着她的信心受到极大的影响，她在这部小说上花费了不少心思，在文艺营花了几乎半年的时间都用在了这本小说的创作上，并且对它寄予厚望。这次对她的打击很大，一直到了6月，她才渐渐从失落沮丧中恢复过来。幸好后来司克利卜纳公司将《秧歌》一书的版税约300美元付给了张爱玲，这使得她的精神稍微振作了一些，于是又着手写了一篇新故事——《上海游闲人》，并且主动同宋淇夫妇联系，希望能够重新获得为香港的电影公司写稿的机会。此番尝试后来在相当程度上缓解了他们的经济压力，鉴于宋淇的推荐，她的每篇稿子可获800至1000美元的稿酬，这在香港是极高的。

8月中旬，张爱玲接到从伦敦发来的一封加急电报，上面说她的母亲病重要做手术，张爱玲立即写了一封信并附上100美元的支票寄往英国。可惜，母亲最终还是永远离开了她，在手术后不久便去世了。母亲留给张爱玲唯一的东西便是一只装满古董的箱子，母亲去英国的这些年一直是靠变卖古董为生，这些古董后来也被张爱玲逐个变卖以补贴家用。

1958年春天，张爱玲为了能够在文学事业上有所发展，想要搬到大城市居住，虽然风烛残年的赖雅因为早年放荡不羁的生活已使他厌倦了都市的繁华与喧嚣，但是为了他心爱的妻子，还是下决心一起搬到大城市。于是，他们向洛杉矶附近的亨亭顿·哈特福基金会提出申请，不久，他们相继获得了批准。

对于张爱玲的生日，赖雅总是弄不明白，因为中国是过农历生日的。而这一年，赖雅早早将张爱玲的农历生日弄清楚了，他特意将10

月1日这一天记下来，提醒自己，一定要给心爱的妻子过一个快乐的生日。

这天早晨，下着绵绵细雨。午饭后，赖雅拿出事先准备好的生日蛋糕和一束火红娇艳的玫瑰花送给了张爱玲，并且祝她生日快乐。这个惊喜着实让张爱玲愣了半天。张爱玲从小生活在缺少爱的家庭中，从来没有人给她过过生日，连她自己都不记得自己的生日了。而这些年颠沛流离的生活，更是无暇顾及自己的生日。可是现在，赖雅竟然将自己的生日记得那么清楚，还精心准备了礼物，这让张爱玲十分感动。等到下午天晴的时候，赖雅与张爱玲一起到外面散步闲逛，他们踏着满是落叶的小径，感受着大自然的美好。回到家，赖雅亲手做了饭，他们愉快地用餐之后，傍晚时分，张爱玲穿上最漂亮的衣服同赖雅手挽手地到电影院去看了一场电影，由艾迪·格里菲丝主演的《刻不容缓》，那是一部轻喜剧，张爱玲看得都笑出了眼泪。散场之后，他们踏着夜风往回走，赖雅怕张爱玲着凉，脱下自己的外衣替她轻轻披上。回到家临睡前，张爱玲告诉赖雅，今天是她这38年来最快乐、也是最令人难忘的一天。这让赖雅感到非常欣慰。

于是，怀着快乐、兴奋的心情，他们在10月中旬来到了亨亭顿·哈特福基金会，一直住到了第二年五月，他们在那儿呆了半年多时间。

随着时光的推移，赖雅与张爱玲之间的感情也日渐深厚了。张爱玲对赖雅的照顾格外周到，充分显示出了东方女性的温柔娴雅，经常替他按摩，还常给他做一些他喜欢吃的中国菜。随着年龄的增大，赖雅觉得自己越来越离不开张爱玲了，不仅是生活上，就是感情上也是越来越依赖她了。他曾动情地对张爱玲说，娶到她，是他这辈子最大的幸福。他还立下遗嘱，将自己的全部财产都留给张爱玲。其实他所谓的遗产大都只是一些无用之物，其中收集着他与华莱士·史蒂文斯和贝托尔脱·布莱希特的大量通信。这是有关这两位文学大师信件最大的收藏，具有珍贵的史料价值。

在基金会的期限到了之后，张爱玲如愿把家搬到了大城市旧金山,在布什街找到了一所便宜公寓住了进去。想到自己终于可以在美国的大城市里有了一个家,张爱玲心里感到非常开心。此后宋淇夫妇不断地帮她约稿,她和赖雅两个人都非常勤奋地写作,一段时间里,他们的收入还比较可观。同时,由于宋淇夫妇和美国新闻署官员麦嘉锡交情很深,所以就能继续为香港美新署做翻译。这一时期,他们生活较为平稳,比当初的窘迫漂泊,可谓是大有改观的。

他们的生活渐渐变得很有规律。赖雅每天早上 8 点起床,用过早餐之后就步行到附近的他的小办公室去工作,而张爱玲则因为晚上熬过夜而将整个上午用来补充睡眠。中午的时候他们会一起用午餐,下午继续各自得工作。他们偶尔也会相伴去购物。此外张爱玲还弄到了一张附近唐人街图书馆的书卡,可以经常到那里借中文书籍回来看,这实在让她喜出望外。

这年 8 月 14 日是他们结婚 3 周年的纪念日。他们小小地庆祝了一番,度过了愉快的一天。相比较而言,在旧金山的岁月是张爱玲在美国少有的快乐时光,稍后不久,她还正式得到了美国国籍,成为一个真正的移民,这是她从前想都没想到过的,不过她也因此得到了一些法律上提供的生活保障。

然而,生活虽然已经慢慢好起来了,可是她在美国的写作生涯并没有随之有丝毫进步,她开始对自己的英文写作丧失了信心。这些年她在美国写作的英文小说几乎全部失败,这让她觉得想要在这个英语世界有所成就是很难的。此时,她暗中做了一个决定,她想要重新回香港,寻求新的发展。同时她当时正在计划写一部长篇小说《少帅》,内容是当年的"少帅"张学良兵谏蒋介石的西安事变,而此时的张学良本人正被蒋介石幽禁在台湾。她希望能够顺便到台湾找机会见一见张学良本人,收集一些资料。

赖雅虽然对妻子的东方之行并不情愿,多年的夫妻生活已经使他无论在感情上还是经济上都离不开妻子,但是他没有理由拒绝妻子为改善他们的经济状况而进行的长途奔波。

虽然张爱玲在美国没有取得什么成就，甚至连自己的中文创作也渐渐进入了低潮阶段，但是她却在台湾悄悄红了起来，这是她万万没想到的。她过去在上海红极一时，那个时候写的几本书在香港重印之后，渐渐传到了台湾，开始受到台湾文化界的认可和重视，夏济安和夏志清两兄弟就曾大力推崇她的作品。五十年代，夏志清在美国留学时因为要出一本《中国小说史》，在林以亮的推荐下，读了张爱玲的《传奇》和《流言》之后，对其大加赞赏，并在自己的书中毫不含糊地写道："张爱玲该是今日中国最优秀最重要的作家。"此后一批新起的青年作家还将张爱玲的作品奉为"经典"。她的文学成就几乎获得了毫无保留的肯定，这对台湾新一代青年产生了巨大的影响，像白先勇、王桢和等一批优秀作家更是对张爱玲的作品顶礼膜拜，并深受其影响。台湾逐渐掀起了"张爱玲热"，使这里又出现了一大批新一代的"张迷"。张爱玲到台北之后，虽然采访张学良被拒，但是却感受到了自己在台湾的影响力。1945年以后，这是她第一次感到自己的文学事业与个人天才得到了最为正式的承认，15年以来，她几乎已经开始对自己的才能产生了怀疑，她以为属于自己的时代早已被遗忘。

在美国朋友麦嘉锡的安排下，她与白先勇等《现代文学》的青年作家见了面。聚会时，张爱玲的少言寡语使这些崇拜者们感到莫大的兴奋与满足的同时，更加深了他们想象中的神秘与不可企及。

然而此时张爱玲突然接到从美国打来的电话，说赖雅再次中风，请求与她联系。张爱玲立即取消了所有旅行计划，迅速赶回台北。从赖雅女儿霏丝那里得知了赖雅发病的详细情况。听说赖雅此次中风非常严重，已经瘫痪不起，这让张爱玲怅然若失。她很悲伤，更感到疲惫不堪，她知道赖雅此时很需要人照顾，但是她身上的钱已是不够买机票回美国了，而且，即使回到美国，现在的她也无力支付赖雅的医疗费。所以，她决定按原计划先去香港，决定赶出一批新剧本，以解决燃眉之急。

张爱玲此后在香港住了五个月，但是过得并不如意。她本来是为宋淇替她预约的《红楼梦》剧本而来的，但是剧本完成之后，却没有被电影公司接受，原因是另外一家电影公司抢先拍摄了同一题材的电影，于是电懋公司决定放弃拍摄《红楼梦》的计划，那么她此次香港之行的希望就会化为泡影，她的经济窘境也将无法得到改善，这样一来，她和赖雅的生活又会很快陷入朝不保夕的境况之中。为了这件事，41岁的张爱玲整日忧心忡忡，开始连夜失眠，眼疾也加重了。此时她在香港完全陷入了经济上的窘境，为了买到回美国的机票，张爱玲不得不精打细算，甚至舍不得花钱去买一双鞋子。

在中国农历正月十五元宵节的前夜，张爱玲独在公寓楼顶的黑暗中仰望，一轮满月静静地普照着远处九龙远远近近的公寓，眼前的万家灯火，让张爱玲感到一种落寞深入骨髓。

3月18日张爱玲乘飞机从香港回到美国，已经出院的赖雅和女儿霏丝一起到华盛顿机场接张爱玲。看到张爱玲走下飞机，他激动异常。然而张爱玲回来后没几天，赖雅又接连住了几次医院。她只得和霏丝轮流照顾他。张爱玲此时仍然在忙着给香港电影公司写稿。好在赖雅很快就出院了，他们的生活又逐渐恢复到了常规状态。

原以为生活可以在平平静静中过去，然而，一件非常糟糕的事情发生了。1964年，宋淇所在的电懋公司的总裁在一次空难中丧生，公司很快倒闭关门，宋淇也离开了电懋，自谋出路去了，张爱玲顿时失去了通过写剧本获稿酬这一主要经济来源。张爱玲立即决定从皇家庭院的简朴公寓搬了出来，住进了黑人区中的肯德基院，然而生活来源的问题迫在眉睫。

在此后的两年里，为了谋生，张爱玲开始为美国的电台编广播剧。当时她的朋友麦嘉锡在"美国之音"任职，张爱玲在他的帮助下，得以在那里做点"散工"。这可算是帮了张爱玲一个大忙，不过这些收入只为能够解除她与赖雅的生存之忧。

没多久，一个意想不到的严峻考验很快又来了。赖雅意外跌断了股骨，很快又引发了中风。张爱玲只得花大量时间和精力去照顾他的起居，同时还要更加努力地挣钱支付赖雅的治疗费用。她顿时陷入了巨大的困难。豪贵出身的张爱玲自小养尊处优,一直有佣人伺侯,现在居然要她去照顾一个气息奄奄的老人,并且还要为困窘的经济状况而担忧!非但张爱玲,赖雅也感到了深深的绝望,阴郁的气氛笼罩在整个家中。

1966年,她申请到俄亥俄州的迈阿密大学作驻校作家。迈阿密大学的校刊称她是"健在的最优秀的中国女作家之一",这句话似乎是引自夏志清教授的著作里的。事实上,她能够申请到这个职位,也是由于夏志清教授的推荐。这年的9月,她来到大学的所在地,俄亥俄的牛津市,在住了一段时间之后,她放心不下无人照顾的赖雅,又回到了华盛顿,将他也带到了俄亥俄。她刚来的时候,学校的师生对她是很期待的,然而,张爱玲却让他们失望了,她绝少露面,甚至连一般的社交活动也不参加。英文系教授华尔脱·哈维荷斯脱曾力邀她参加他的研究班,但是她却还是借故推辞。照顾赖雅已是让她身心俱疲,她再也抽不出精力再去做别的事情了,当然写稿还是一直没停下来的。她始终割舍不下的是她的文学追求。

在夏志清教授的介绍之下,张爱玲向洛克菲勒基金会提出申请翻译《海上花列传》,得到批准。自此,她的文学生涯也出现了一个转折,转向了古典文学的研究工作。可以说,这也是她对人生的一次退缩,她的人生道路向着内里收缩,也逐渐地变得更加狭窄了。

正好此时位于麻州康桥的赖德克利夫大学的朋丁学院也向她发出了邀请让她去任教。1967年4月,张爱玲带着已时日无多的赖雅悄然离开了迈阿密,没有和任何人道别,直接就去了康桥。此时76岁的赖雅在病魔的折磨下已经是骨瘦如柴,1967年10月8日,他终于在痛苦中去世。

张爱玲没有为赖雅举行葬礼,只是在他遗体被火化后,将骨灰转交给他的女儿霏丝,由她安葬。从此,张爱玲真正变成无牵无挂了。她在顷刻间失去了在美国惟一亲近的人。赖雅的离开,使张爱玲彻底陷入了孤独之中,不过这也让她回到了自己身边。在此后漫长的30年人生长河中,她都是一个人走过的。爱玲至死都是以赖雅夫人的身份自居,她对于这份迟来的爱情,看得非常珍贵。自 1968 年后,她似乎是渐渐地离开了世俗的生活,直至闭门幽居。她不为人知,外部世界她也没兴趣关心。

1969 年,张爱玲在康桥的工作期满之后,经夏志清教授推荐,陈世骧教授请她去伯克莱中国研究中心去工作,于是她再次从美国东部迁到西海岸。1969 年 7 月初从波士顿来到了伯克莱,从此开始了她晚年在加州的二十六年的孤独岁月。

1968 年,台湾的皇冠杂志社决定重印张爱玲早年的小说与散文作品。《传奇》、《流言》、《秧歌》、《怨女》、《半生缘》等作品都因而得以重新面世。《怨女》问世后不久,港台地区出现了经久不衰的"张爱玲热"。张爱玲因此在文学上似乎是又迎来了她的第二春。在经济上,她也获得了较为稳定的来源。60 年代的末两年,她在台湾和香港奠定了自己的地位。自此,她的经济状况转入了平稳状态。

《怨女》是译自张爱玲 60 年代断续写成的英文小说《北地胭脂》,并稍作了改动。对于这本书,张爱玲是倾注了诸多心血,是她准备来进军英语文坛的一部倾心之作,但是写成了之后,经她多方联系,最终英国的凯塞尔出版社才出版了此书,但是英国的评论家对这本书却评价不高,这次事件对张爱玲意图用英文写作的信心是个莫大的打击。只好再度改译为中文,在汉语世界出版。60 年代后期,她开始专心用中文写作。她将《北地胭脂》译为中文,改名为《怨女》,交给平鑫涛出版了。

相比较《怨女》,将《十八春》删改成《半生缘》是较为省力和成功的改写。《十八春》最初是 1950 年在上海《亦报》上连载,1968 年她改动了之后在《皇冠》杂志连载,改名为《半生缘》。张爱玲为这个名字曾考虑了很久。她在给林以亮的信里曾这么写道:"《十八春》本想改为《浮世绘》,似不切题;《悲欢离合》又太直;《相见欢》又偏重了'欢';《急管哀弦》又调子太快。"到了第二年五月,她准备用《惘然记》作名,但林以亮从销路上考虑,还是劝她改了个名字,也就是最后我们看见的《半生缘》。改动除了标题之外，最大的一个改动就是，去掉了结尾的那个貌似大团圆的结局，只把故事结束在世均与曼桢、叔惠与翠芝的重逢之际，最后留给读者的是一种凄凉、空落的感觉。

"重逢的情景他想过多少回了，等到真的发生了，跟想的完全不一样，说不上来的不是味儿，心里老是恍恍惚惚的，走到弄堂里，天地全非，又小又远，像倒看望远镜一样。使他诧异的是外面天色还很亮。她憔悴多了。幸而她那微方的脸型，再瘦些也不会怎么走样。也幸而她不是跟从前一模一样，要不然一定是梦中相见，不是真的。"

然而，一切的欢乐、悲伤与痛苦都已全部如水般逝去，淡淡地流向了未来。时间已然夺去了许多真实而美丽的东西。她的心里感到的是惘然，不知身在何处的迷茫。身在异国的星空之下，她仿佛听到了一个声音对她说：再也回不去了。

现在，在张爱玲作品中，一种惘然的情绪又悄悄地氤氲其间。20年之后，张爱玲并没有像刚从恋爱的痛苦中走出来的年轻人一般，为了那段乱世情缘而哀婉叹息，而是以一种平淡的心境将《十八春》进行了重新修改，她现在已经无心过分地去哀婉。如今的她，写的是对人世长河平静的体验。

随着作品不断被重印，张爱玲就是在美国的华人文化圈里也开始逐渐受到重视。1969 年到 1972 年，她在经济上已经完全没有了任何问题，从此结束了颠沛流离的窘况生活。

70 年代的张爱玲已经过上了完全与世隔绝的生活，与外界几乎不来往。然而此时她的名气在海外华人世界里已经渐渐传开，仰慕者骤然增多，不断有写信联系或登门拜访的人，不过张爱玲几乎都拒绝了。于是，"张爱玲"这三个字开始变得神秘而高贵起来。在将近十年的时间里，能够与她取得联系或者见到她本人的就只有两个人——台湾青年作家王桢和与水晶。

后因陈世骧教授的去世，张爱玲的职位自然失去，不过靠着她在港、台两地的版税收入，她终于可以选择自己喜欢的城市居住了。于是她选择了洛杉矶,她曾经与赖雅在这里居住过一段时间,这里优美的景色和宜人的气候让她非常喜欢。

张爱玲在此后20多年的时间里一直住在洛杉矶,直到她悄然离开人世。

在洛杉矶幽居的前期,她仍然偶有新作面世,《色·戒》便是其中较为出色的一部短篇小说,后来还被海外的一些学者推崇为不朽之作。

《色·戒》讲的是发生在40年代的故事,主人公王佳芝和一群同样热血的青年学生,在民族主义感召下,密谋刺杀汪伪汉奸易某。为此王佳芝主动献身作诱饵,欲施美人计引他上钩。为了能够逼真地扮演已婚女人,在实施计划之前,根据团体的决议,王佳芝不得不失身于一个她并不喜欢的男同学,而后招致风言风语。但她忍辱负重,不忘大事,终于有天接近到了易某,并将其骗到一家珠宝店里准备下手,然而就在计划实施到关键时刻,王佳芝因为过度紧张而产生了幻觉,觉得这个为她买戒指的男人是真心爱自己的,因此产生了恻隐之心,错失良机。结果最终导致她同她的同伴一起被易某所杀。

这个故事本是40年代她与胡兰成恋爱时胡讲给她的一个真实背景的故事,张爱玲当时留下了深刻的印象,因此在数年之后根据这个故事改编成这部短篇小说。当年胡兰成所讲述的,原本是一个具有传奇色彩的暗杀故事,不过通过张爱玲的妙笔,将它转换成了对人性脆弱的观察与对人类生活的反讽。通过《色·戒》,也可以看到年近60的张爱玲依然保持着相当可观的创作活力,不过此时她的观察点已经和年轻时期有了很大的不同。

此后的时间里,张爱玲主要醉心于两件事情,一个是对《红楼梦》的潜心研究,另一个就是翻译《海上花列传》。对这两部著作的研究、翻译,是张爱玲朝向内心沉迷的一次旅行。说到她对《红楼梦》的研究,早在她幼年时就有所涉及,当时她还写过一篇《摩登红楼梦》的鸳蝴体小说。对于张爱玲来说,她自认为《红楼梦》和《金瓶梅》是她一切的源泉,特别是《红楼梦》。张爱玲一向不喜欢看理论书,但《红楼梦》中所提到的理论研究她却了如指掌。

张爱玲整整花了 10 年的时间对《红楼梦》进行研究,中途间有停顿,终在 1976 年汇集成册。她纯粹是为了自己的兴趣而研究,并不是从学术的角度,所以她不仅是"身陷其中",而且甚至常年是"不想自拔"的。那里似乎是她涓涓才情的泉眼,她愿意像小鹿一般伏在泉水边,躲开世间的一切纷争,静静地在回忆中品味生命。

七八十年代,张爱玲花费两年的工夫翻译晚清小说《海上花列传》,想将《海上花列传》译成英文,更是她自 1955 年就萌生的念头。那年,张爱玲在一封写给胡适的信中提到:"《醒世姻缘》和《海上花列传》一个写得浓,一个写得淡,但是同样是最好的写实的作品。我常常替它们不平,总觉得它们应当是世界名著。《海上花列传》虽然不是没有缺陷的,像《红楼梦》没有写完也未始不是一个缺陷。缺陷的性质虽然不同,但无论如何,都不是完整的作品。我一直有一个志愿,希望将来能把《海上花列传》和《醒世姻缘》译成英文。里面对白的语气非常难译,但是也并不是绝对不能译的。我本来不想在这里提起的,因为您或者会担忧,觉得我把事情看得太容易了,会糟蹋了原著。"后来,当她拜访胡适的时候,她又提到了这件事情,对此胡适也很支持。《海上花列传》全书的对白都用苏州话写成,对于不懂方言的读者来说,可谓"天书"。因此,即使是译成国语版,也得细心咀嚼,那么译成英文需要多少时间和心血也就不言自明。所以这项工作是十分艰巨的,但也是颇有价值的,它标志着胡适工作的延续。张爱玲这样做的目的就是要重新发掘或者说"打捞"一部古典杰作,使其成为传统文学经典序列之一,与《红楼梦》、《金瓶梅》、《水浒传》等一样并列而流传久远。

经过十几年的伏案苦作,《海上花列传》终于在 80 年代全部定稿的。但是英语译本在上世纪八十年代张爱玲的屡次搬家中丢失,国语译本于 1981 年由皇冠出版公司出版,分为《海上花开》、《海上花落》两本,共 60 回。到上世纪 80 年代后期,张爱玲的名字在各种文学选本中频繁出现。,但这一时期,张爱玲开始了一种较舒适的生活。此时她已经 60 多岁了。当年传奇时代的橙红色梦幻在这个时期已经彻底散去，甚至她自己也将那段传奇经历"遗忘"了。因为她早已不为声名、地位而激动了。

张爱玲的生活越来越趋向于"个人化"，在长年的幽居岁月中，张爱玲习惯了一个人的生活，习惯了独自享受内心的完美。她向来很少与外界往来，更不愿意面对外界，但是外界关于她的喧哗却仍然不断高涨。她的作品在海峡两岸掀起的热潮与她的这种隐居格格不入。而这个时期，台湾首先出现了众多崇拜、模仿她的年轻女作家，紧接着就是 90 年代的大陆作家。"张爱玲"这三个字已经成为同天才、神秘、高贵、爱情、传奇相类似的 30 年代"上海"的代名词。而她本人，则深受社会群众的欢迎与崇拜，成了一位不在场的明星。

然而，张爱玲并不希望有人扰乱她当时那种宁静的生活。在那段时期里，她一直都住在家里，几乎不出房门。她的作息时间很特别：早上是休息时间，中午则要打开电视，声音开得很大，一直到半夜，利用间歇时间骑健身单车。每天她都要看上 12 个小时的电视。偶然出门也是出去买日常用品。有时她也会读一读报纸，例如《洛杉矶时报》、《联合时报》、《中国时报》，但只是略略地读，并不认真。张爱玲到住宅楼下取信都不是天天去取，而是十天半月才取一次。有时，为了避免见人，甚至要半夜三更下楼取信。

也许，人的心理就是如此，越是不能了解的东西，就越是要探究到底。何况是对像张爱玲这样的一个身世传奇、知名度极高的名人呢，人们对她充满了好奇。1987 年，台湾一位名叫戴文采的记者前去采访她。这位戴记者自称自己从 19 岁起就崇拜张爱玲。当她到达洛杉矶后，便打听到张爱玲的地址，于是先给她投了封信。可是，许多天都没有回音。戴小姐看见张爱玲隔壁的房间正好是空的，便把它租了下来，在此居住。戴小姐几乎和张爱玲一样，整天待在房间里，但是戴小姐常常用耳朵贴着墙壁，仔细地听着墙那边张爱玲的一些动静。整整一个月过去了，她都没有看到张爱玲。既然张爱玲的"庐山真面"如此难看到,戴小姐只好用一支长长的菩提枝将张爱玲的全部纸袋子都勾了出来,就因为这些垃圾,戴小姐特别写了一篇题为《华丽缘——我的邻居张爱玲》。

有一天,戴小姐突然听到隔壁有开门声,原来是张爱玲出来扔东西。于是戴小姐立刻走出家门,准备跟踪张爱玲。但张爱玲似乎有所察觉,便十分自然地整了整袋子,退回了房间。见此情景,戴小姐只好回到自己房里。当她一回到房间,便又听到张爱玲开锁出门的声音。这次戴小姐没有立刻开门,而是躲在墙后观看。虽然看得不是很真切,但这也足已令人震动了,戴小姐回忆说,她看到张爱玲,就像看到从书里走出来的葬花人林黛玉,似乎真实,又几乎不真实。为此,戴小姐有一种莫名的兴奋,于是她立即将这一切告诉给自己的一个朋友,但她的这位朋友却不太认可戴小姐的此种做法,于是就通知了夏志清教授,夏志清教授迅速通知了张爱玲。仅仅隔了一天,张爱玲便突然搬走了。

从此,张爱玲几乎不怎么接电话,自己的住址也轻易不像外人偷漏,她甚至租用了一个信箱来收信。张爱玲的生活是完全封闭的。只是在 1994 年的时候,发表了一生当中的最后一部作品《对照记》。她在这部作品中向世人展示了许多她和她家人、朋友的照片。这对于研究张爱玲本人的价值非常高。

1995 年 9 月 9 日,张爱玲被发现病逝于洛杉矶的公寓中,享年 75 岁。当时,张爱玲的邻居发现已经好多天没有看到这位消瘦的中国老太太了。洛杉矶警署的官员打开了张爱玲的公寓的门,出现在他们眼前的那幅画面让人无法形容:一个瘦小、穿着赭红色旗袍的中国老太太,十分祥和地躺在空旷的大厅的地毯上。

这一天正值中国农历中秋前夕。澄静的圆月挂在天空中,透过被风轻轻卷起的落地窗帘,银色月光静静地洒在她饱经风霜而安详入梦的脸上,似乎为这位曾经拥有绝代风华的奇女子奏响了一首美丽的挽歌。

此后二十四小时内,祖国大陆及台湾、香港地区得知了张爱玲猝然病逝的消息。纷纷为之哀恸。《中国时报》等媒体均以整版的篇幅对张爱玲的病逝进行了详细的报道。一时间，海峡两岸关注张爱玲的人为之震惊。她的逝去，是中国文坛的巨大损失。这位曾经红遍上海滩的传奇作家就这样无声无息地离开了人世。

张爱玲在遗嘱中提到，一切私人物品都留给在香港的宋淇、邝文美夫妇；遗体立即火化，不举行任何仪式；骨灰撒到任何广阔的荒野中。

1995 年 9 月 30 日，张爱玲的追悼会在玫瑰公墓举行，遵照她的意愿，人们将她的骨灰撒于空旷的原野。事实上，人们特意选择这一天，是因为她出生于 1920 年的 9 月 30 日。对于张爱玲来说，能够在自己生日的这天又重回到大地的怀抱，也算是一段几近完美的旅程了。不过这其中还是留有一丝遗憾，因为远在异国他乡的张爱玲，只有隔着浩瀚的大西洋，才能够感受到故国丝缕的气息。

长眠于异国的张爱玲，还能回到她那橙色的梦中么？能够越过重洋，回到她的上海么？还有她的恋情，她的传奇，她的……一切都回不去了。她和她的旧上海就如同茫茫烟波一样，随着大海流逝，再也回不去了……

第八章

怅惘

山河岁月空悲切

1950 年 9 月 26 日，正当农历八月十五，中国传统佳节中秋节，神州大地皆是亲人齐聚，户户团圆。但是在广袤的太平洋上，一条小船正于其中颠簸着，这条船叫"汉阳轮"，前行目的地是日本横滨。潦倒落魄的胡兰成此刻正在这条船上，如同一只丧家之犬，以偷渡的形式逃离故土！

1949 年，温州解放之后，胡兰成再也无法在大陆待下去，遂于次年四月来到香港。他此时已是别无长物，不名一文，决计去日本度过余生。因没有护照，得花高价秘密偷渡，于是他向佘爱珍等人借钱，好容易凑够了钱，才得以登上汉阳轮。

等船快靠近横滨港的时候，天空一片晴朗，日本的国土可以看得清楚了，或许是由于想到以后能在这里生活的缘故，胡兰成站在汉阳轮的甲板上，心情也似这天气一般的好，只觉得四年以来生活颠沛流离，心情从来没有如此好过，不禁脱口说道："真是天照大神之地。"

胡兰成乔装成水手上了岸，在整个中华民族欢度阖家团圆的佳节之际，胡兰成身处异国，却未曾有丝毫去国离家的离愁悲思，也未曾有丝毫抛妻弃子的感伤情怀，而是沉醉于樱花树下听丝弦，观歌伎翩然起舞的糜烂生活的幻想中！估计他想象力再丰富也料想不到，当张爱玲与他分手之时，爱玲的心就已经死了。因为她在那年二月，与胡兰成分离时她对他说过："我想过，我倘使不得不离开你，亦不致寻短见，也不能再爱别人，我将只是萎谢了。"张爱玲是一个不会轻易将感情流露出来的人，可见她的伤痛有多深，绝望有多重！她是真的爱他，不管这人是汉奸、国贼，还是逃亡在他乡，她都会心甘情愿地陪他走下去，所谓"执子之手，与子偕老"。而45年之后的中秋月圆时，张爱玲，那个对其倾注了全身的爱，又被其无情抛弃的女子会在大洋彼岸的公寓里凄凉逝去，身边却没有一个亲人和爱人。当然，似他这般天性凉薄之人，道德是不具备任何约束力的。

胡兰成乘着电车前往东京，站在月台上的时候，他不禁偷偷地观察一下日本的男女行人，看他们并非是面容憔悴，衣衫褴褛，竟然心里窃喜，心里说不出的高兴！

来到东京之后，胡兰成想寻找清水董三等人。运气是出奇的好，他找清水董三家的过程相当的顺利，在那里住了五天之后，池田笃纪闻讯从四百里之外的静冈县赶了过来，将他接到自己在静冈东北部的清水县的家中居住。

池田笃纪找到了《每日新闻》的东亚部长橘善守，央他让胡兰成每月为其写三篇稿子，此外为胡兰成联系了很多地方来作演讲。如此，胡兰成便不至于失业，同时又可以赚得生活费，生活也算是安定了。

池田笃纪对于能够再次见到胡兰成显得很高兴，好几次曾在饭桌上说起："先生能来，真是太好了！"胡兰成也为这次成功来到日本感到很高兴，特别是见到了池田等人，一直以来紧张的神经总算放松了下来，心想这回可算是安全了，于是又不安分起来了。只要有人请他，他是来者不拒的，一点都不加考虑的。未曾想，如此便又招来了麻烦。国民政府驻联合国安理会军事参谋团、中国代表团及中国驻美军事代表团曾数次警告《每日新闻》的橘善守，对其登载胡兰成文章的行为表示严正抗议，同时对清水董三介绍胡兰成到改进党会场演说一事也是严加斥责。代表团对日本政府施加压力，责令清水市的警察局调查胡兰成。但是，日本和中国国内是大不相同的，虽身为战败国，但此时离战败已过去了五六年，审判战犯的高潮早已退去，又加之日本也不像刚投降时那样任人鱼肉，所以虽然在一年多的时间里代表团屡次提出要求,当地政府却终究没有一次听令去做的,因此胡兰成还是依然故我。

虽说如此,但是胡兰成还是稍稍有所收敛,并不敢像以前那样嚣张了,同时挖空心思来想对策,他虽然对蒋介石的国民党政府颇不以为然,但对自身的安全却不能不作长远的考虑,和代表团之间消除芥蒂方为上上之策,也才能永绝后患。到底还是让他想出对策来了,有一次,时任代表团团长的何应钦来到了日本,胡兰成主动上门求见。当时正值抗美援朝战争,胡兰成于是便顺着他的意思,尽说一些为台湾设想的话,何应钦因此便让他将对于美国在朝鲜作战及扩军政策的看法写成书面意见,写好就交给他。胡兰成见态势有和缓的可能,自然喜不自胜,于是援笔成章。何应钦看完之后又交给"国民政府"的秘书长王世杰,请其转呈蒋介石。蒋介石看了之后颇为嘉许,何应钦也很高兴,自此之后代表团就再也没找胡兰成的麻烦了,胡兰成算是放下心来了。

1951年3月,在清水池田的家里住了半年之后,胡兰成迁到了东京。而这一年,张爱玲出版了《十八春》单行本、《小艾》,之后就再也没有写出其他作品,多半时间内她都是在思考中度过的。这段时间张爱玲在上海,仅仅依靠写作为生。她常常站在自家的阳台上,看着沸沸腾腾的上海,抱着双臂,思考着自己的未来。没落的贵族家庭让她深受折磨,她觉得自己不适应这个社会的文化环境;其次,胡兰成与她那一段短暂的婚姻,让她备受伤害,甚至还因此改变了张爱玲的后半生。

初到东京的时候,胡兰成是没有固定住处的,游荡了四个月之后,于阳历7月底搬进一户普通日本家庭,这家的女主人名叫一枝,她和胡兰成此时是房东和房客的关系。

一枝家有后母、丈夫和一个孩子。一枝是一个典型的日本女子,具有普通日本妇女的种种传统德行:体贴、谦卑、善良、乖巧,同时还颇会顺人意愿。一枝虽然已结婚十年了,作为少女时的天真烂漫却依然存焉,举手投足之间有着一种惹人怜爱的风韵。一枝的丈夫是入赘的,夫妻之间并不很和谐,甚至可以说有点冷淡。很具文人气质的胡兰成去了之后，将这一家原本平淡宁静的生活打破了，一枝对其颇具好感。胡兰成是一个很能讨女人欢心的人，懂得欣赏和爱护女人，这使得一枝甚是感激。胡兰成此时内心是极度空虚的，往日里从不缺女人的他现在身边是没有一个女人：张爱玲主动离他而去，周训德去向不明，范秀美远在杭州；胡兰成此时虽已快五十了，但由于往日他在女人堆里如鱼得水，所以在他的心中对女人的渴望已经衍化成了一种习惯，现在一下子缺失了当然不习惯。现在在异国他乡，别人都是家庭和睦，他却形单影只，空虚之感不免时常来袭，又加之文人多易于惆怅伤感，就更需要女人的温香软玉来抚慰，因此温顺可人又惹人怜爱的一枝便适时地成了胡兰成的一帖安慰剂！依照胡兰成的往日行径，又岂能放过如此好的机会？

租住在日本人家里，伙食费和住宿费是一起交的，就如同亲戚来家留宿一样。胡兰成也是如此。他借住的是一个六叠的房间，靠近后院，面朝南。一枝的丈夫多是出外上工，家里主要是由一枝照看着，因此胡兰成的饮食起居也就由一枝来照应。一枝除了每日三餐皆是端进来侍候之外，还给胡兰成洗衣裳，早上为其扫尘，晚上为其铺被，事无巨细，皆是躬亲勉力为之，宛然胡兰成才是这家的男主人。白天一枝偶尔也做些针线活，一有空闲就会为胡兰成端茶倒水，遇到胡兰成有客人的时候，胡兰成根本不用言语，她自会及时地奉茶。

胡兰成搬去的第一天，他就已经留心起一枝在人前的笑语了。他时不时地偷眼瞧一枝奉茶捧点心的动作，一枝总是一副专心致志的样子，不管是扫地、煮饭、洗衣，做针线，都是那么一心一意。闲下来的时候，一枝会坐在阿婆身边，就好像一个小女孩一样乖巧听话。

胡兰成搬过去的第三天晚上，请一枝和其后母看电影。在电影院里，一枝和胡兰成挨着坐在一起，由于是夏天，天气很热，一枝穿的是短袖，或许是看到了一枝指若春葱，胳膊如同白玉一般，于是年届五十的胡兰成不禁春心荡漾，做出了流氓般的行径：将手指搭在一枝露出的一节臂膀之上！胡兰成对自己的流氓举动不仅未感到愧意，反而在后来无耻地写道:"自己也分明晓得坏。"

后来,一枝每天早上来为胡兰成打扫房间时,他总是请她稍坐一会儿,用笔和一枝进行着交流。通过这些谈话,胡兰成知道一枝丈夫对其很冷漠,夫妻感情非常淡漠;还知道了一枝女塾刚毕业的时候有个医科大学的恋人,但由于不能入赘最终两人还是分手了。

八月中旬的一天,在池田的陪同之下,胡兰成到北海道各地的炭矿及造纸厂进行讲演,在苫小牧认识了一个叫宫崎辉的人,后来他请胡兰成游洞爷湖。

他们是傍晚时分到的洞爷湖,胡兰成进了旅馆,并没有马上急着看湖边的风景。次日早上三个人在湖边散步。上午池田写家信,胡兰成却写了一张明信片给一枝,向她告知自己的行程及归期。

之后胡兰成又去了北海道半个月,回来时却看到一枝病了躺在床上,半边脸都肿得很厉害,然而即便是如此,胡兰成寄给她的那张明信片她仍是放在贴胸的衣兜里,掰着指头算胡兰成回来的时间。胡兰成到外面去还能写明信片给她,让她非常感动,因此两人的感情开始迅速升温。

一枝的病好了之后,两人就开始黏糊在一起了。一枝到厨房,胡兰成也跟着来到厨房;胡兰成写文章的空闲时间就又转到了一枝的面前;早饭之后一枝洗漱好了梳妆的时候,胡兰成就又凑到一旁。胡兰成有一次很是冲动地对一枝说:"我要和你结婚。"本想一枝不会拒绝的,谁知她却拒绝道:"不可,我是人妻,现在这样子便好。"胡兰成其实明知自己并没有诚意娶一枝为妻,却依然这样问。一枝自然也是知道其意不诚——哪有这样不作打算地贸然求婚?!一枝梳梳头笑着说:"你说我生得好看,对镜自己端详,果然还好看似的。"

每当一枝开衣箱的时候,胡兰成都喜欢在一边看着。一枝尚留着几件高级的和服,那是她作为女儿时,父亲送给她的。在胡兰成眼中,和服是可以在衣箱里留一世的,再取出来穿时仍是新的,就像一枝的人一样。胡兰成曾向一枝要过一件东西,那就是包袱,一枝将自己做新娘时用的给了他，上面有金丝线绣成的凤凰。后来，胡兰成拿它包裹过《今生今世》的底稿。

胡兰成的前妻全慧文有一句话，说的是："好歹不论，只怕没份。"用在胡兰成身上真是恰如其分。的确，胡兰成几乎是对任何一个能够接近的女人都不会放过的，他自己也说："常时看见女人，亦不论是怎样平凡的，我都可以设想她是我的妻。所以我心里当一枝已是我的妻倒是真的。"

而这时的张爱玲，从朋友那里听说香港大学已经复校，于是决定告别培养了她的上海，继续去香港求学。

两年之后，胡兰成从一枝家搬了出去，原因不详，但也能猜出一二来。一枝已是他人的妻子，不能离婚嫁给胡兰成；而一枝的丈夫和后母也渐渐看出了他俩的私情，不能容忍，便下逐客令了。

胡兰成后来搬到一户只有一个四十多岁的母亲和两个女儿的家庭，胡兰成也在她家住了两年，这两年倒是相安无事，毕竟胡兰成也不是人见人爱的主儿，对他不感兴趣的女人大有人在。两年之后胡兰成搬走，和旧相识佘爱珍结婚住到了一起。

佘爱珍是上海解放前就保释出狱的，先于胡兰成一年来到香港。抗战胜利之后，重庆政府查办汉奸，以汉奸罪将佘爱珍送进监狱，和李士群的遗孀叶吉卿关在一起，并抄没了其财产。审理了几个月之后，佘爱珍被判处有期徒刑七年，三年半后被保释出狱。吴四宝被李士群毒死后，佘爱珍也就变得淡然了，渐渐地退出了"江湖"，日子过得可算是无忧无虑，闲适平淡，于是就学唱京戏。

佘爱珍到香港的头年，住在义子李小宝家。在九龙广东街店面的房子，楼下开有上海百货公司，都是小宝的一班阿侄阿甥在管账。李小宝夫妇更是对着佘爱珍"继娘"长"继娘"短地叫，非常亲热、义气。

李小宝夫妇孝敬佘爱珍，佘爱珍对他们也不错，她刚来香港时李小宝还不怎么宽裕，她就卖了自己带的首饰，来资助李小宝夫妇俩。佘爱珍在香港待了三年，天天就只是打打牌，无甚心事可烦，日子倒也过得闲散自如。

第二年佘爱珍搬出去住了，搬到了加宁公寓，李小宝就每月按时送去一千元港币给佘爱珍作为日常开销，李小宝妻子则早晚都去看她，帮忙添置一些缺的物品。佘爱珍五十岁的生日就是此间在香港过的，李小宝为她办得风光无限。

佘爱珍到香港的第二年春，也就是1950年，胡兰成也来到了香港。他听说佘爱珍在广东街，当晚就去拜访佘爱珍，因李小宝那里人多，胡兰成就邀请佘爱珍到他住的旅馆里闲叙。二人挨着坐在一起的时候，胡兰成情不自禁握住佘爱珍的手，蹲下身去，将头埋在佘爱珍的两腿之间。佘爱珍心里明白胡兰成是一时冲动，故而没作任何反应。

两年之后，也就是1952年，佘爱珍去了日本，但仅仅两个月之后又返回香港，胡兰成是在她临行的前一天接到了她的信的，看了信之后随即前往新宿去看她，但转来转去找了一个小时，也没有找到佘爱珍的住处，正准备放弃了，看到了路边的警察，于是抱着试一试的心理上前询问，方知就在这附近。二人终于相见了，仿佛是命中注定的。倘若这次胡兰成没有找到佘爱珍，以后也不大可能会去找她的，而佘爱珍也肯定不会再给他写信，二人后面的一段姻缘也就根本不会出现的了。

这年冬天，佘爱珍和李小宝又一次来到了日本，这次她是和义子一起来日本做生意，依旧是住在新宿。胡兰成听说之后，就每周去看她一次。二人原本就是亲如姐弟，在异国他乡相遇并能经常在一起，感情自然就愈加升温。

次年三月的一天，胡兰成从清水市回东京，没有在住处作任何停留，便去看佘爱珍。那是下午时分，天气晴好，佘爱珍一人独自在家，胡兰成便想乘机表白，他对佘爱珍叹了一口气，说道："火车经过铁桥，我看着桥下的河水，当下竟跳入这河中。"以自杀的方式来让女人怜爱，分明就是在装模作样，让人觉得可笑，也亏胡兰成能够想得出来。佘爱珍听此一说，心里倒也有点着急，随即便说道："你可不能这样，我往后还要指望你呢。"说完脸上也不禁微微一红，眼波流动，随后便俯在桌子上写字，看见胡兰成回过头来，遂对他一笑，倒也有一种小女孩似的调皮，胡兰成于是心下大动，就在客厅里和佘爱珍追逐戏耍起来。胡兰成的表白便如此完成了。次年春，二人结为夫妇。对于此事，胡兰成曾说过："我对她的心思究是如何，说真也真，说假也假。"但他心里却是很欢喜，便对佘爱珍说道："原来有缘的还是有缘。"不料佘爱珍却说："我与你是冤。"虽是冤，可还是走到了一起。

刚结婚的那两年，二人整日在一起，口角之争自是免不了的，往往是胡兰成对佘爱珍唠唠叨叨不绝于耳，具体原因倒也是说不上来什么，可能两个人在性格、脾气上的差别还是很大的，总是吵架，所以就经常不住在一起，当时胡兰成住在奥泽，佘爱珍和李小宝夫妇住在新宿，隔几天二人才见一次面。即便是这样，摩擦还是免不了。就像胡兰成自己所说的："我生来便是个叛逆之人，总是欢喜对于好人好东西叛逆。"

后来李小宝出了事，又惹上了官司，佘爱珍也被牵连进去。胡兰成为她跑前跑后，奔波劳苦，二人的感情又渐渐回升了。佘爱珍还帮他将《山河岁月》的原稿誊清了；那年六月，胡兰成得了盲肠炎，住在下高井户秋田外科病院，她也尽心尽力地服侍着；随后为了更舒心地生活，佘爱珍又开了一个酒吧。

自与佘爱珍结婚之后，胡兰成并没有收心，仍与别的女子来往——前妻应英娣。应英娣在香港开了一间小店，专卖日本的一些小玩意儿，如饰物人形之类，因而经常到日本进货。昔日两人虽然因为张爱玲而离了婚，但是应英娣柔和硬气，待人心思好，不会和胡兰成计较他那点文人的小心眼，所以感情还是有的，两人就像兄妹般亲切。

《山河岁月》是胡兰成避居温州时所写的一本书，也是一部纵论中国文化与天下大势的书。写完后，胡兰成曾以化名将其中部分章节寄给文化界名流梁漱溟看过。据说梁漱溟看后非常赏识，并以此邀他北上议事。因此，胡兰成对此书也甚为自矜。

胡兰成1948年开始写《山河岁月》，直至1954年春，共历时六年，一共写了十六万字,最初是由日本清水市西贝印刷厂印刷的。胡兰成一开始并不是准备写这么长的,而只是一篇八千字的论文。1948年逃难时,他在范秀美老母亲家开始写的,后来慢慢写成了三万字。当时的温州名宿刘景晨看了之后说:"意思是好,文章要改。"胡兰成就又再写,增至六万字,又拿给刘景晨看。刘景晨只看了一半,就说还是不行,胡兰成又接着再改。

就是因为这个,胡兰成对刘景晨很是感激,他在文章中说:"我是生平不拜人为师,要我点香亦只点三炷半香。一炷香想念爱玲,是她开了我的聪明。一炷香感激刘先生,是他叫我重新做起小学生。一炷香敬孙中山,是他使我有民国世界的大志。半炷香谢池田笃纪,最早是他使我看见汉唐文明皆是今天。"

胡兰成非常重视《山河岁月》,在这本书的序言中说:"我此书能被当作闲书,无事时有事时可以常看看,即是我的得意了。"胡兰成在写的时候,抱着"打天下亦只是闲情"的想法和态度的,将"闲"字看得很重,尽量采用闲情逸致的态度去写;但闲情归闲情,写起来还是很用心的,从几易其稿即可看出,而且,他严格遵循张爱玲对其告诫的"文章体系严密不如解散了好"的思想,实在用心良苦。他是抱着与张爱玲比高下、与世人作见面礼的心思动笔的,所以一再在张爱玲面前提及。因为他说过"没有张爱玲,就没有《山河岁月》",因此要让张爱玲"慌慌也好"。

《山河岁月》出版之后,胡兰成原本打算给张爱玲寄一本去,他认为这本书"也不见得就输给她",但是终究还是没有寄。只是,想必张爱玲肯定还是看到了这本书,香港某个小报刊登过,就胡兰成《山河岁月》一书问及张爱玲,但是她没有发表任何言论。

巧的是,池田那段时间有事要去一趟香港,胡兰成心里本就不平多日,于是犹豫中请池田有空去看看张爱玲。但是,池田回来后对于此事只字未提,胡兰成知道肯定不顺利,所以也就不好多问,但心里已经存有芥蒂了。在无事和郁闷中,他开始动笔写《今生今世》。

《今生今世》是胡兰成逃亡日本后,万念俱灰,想起生平欠下的累累情债，不禁心生悔意，因此写出这本情感自传来的。这本书一共写了5年，共有8章，40万字左右，比《山河岁月》要多一倍。从这本书中，胡兰成叙述了自己一生的成长轨迹和情感，除了张爱玲以外，胡兰成一生中还有7个女人，张爱玲之前的玉凤、全慧文、应英娣等三任妻子；张爱玲之后又有护士小周，斯家小娘范秀美、日本女人一枝，以及上海黑帮头子吴四宝的寡妻佘爱珍。其实他对每个女人都很用情，只是每次都用情不专，以薄情寡义收场。虽然张爱玲只是其中一段，但却是他整个后半生都魂牵梦萦的。

胡兰成写《今生今世》时，自然会终日回顾往事，因此心头萦绕某些事情是在所难免的。他与张爱玲的爱情已经成为往事，只能在书中回忆着张爱玲的才情。但是，事情的发展总是出乎人的意料。还有一个月就要写完《今生今世》时，池田转来了张爱玲写给胡兰成一张明信片，信里别无他言，连上下款都没署，只写着：

"手边如有《战难，和亦不易》、《文明的传统》等书（《山河岁月》除外），能否暂借数月作参考？请寄（底下是英文，是她在美国的地址与姓名）……"

胡兰成几乎不敢相信这是张爱玲写的，此刻他的心中涌起了一种难言的情感。张爱玲在信里所说的那两本书，正是胡兰成在《中华日报》、《大楚报》的社论集。但是，张爱玲单单列出《山河岁月》除外，似乎意有所指，可见胡兰成想要与她一较高下的心思已被张爱玲看破。胡兰成自然落寞不已，于是把信拿给佘爱珍看，佘爱珍没想到是张爱玲的来信，以至于看到内容时，不由的心里欢喜，知道张爱玲对胡兰成已经没有了热情，于是赶紧让胡兰成写回信。胡兰成心里落寞，不想立刻回信，佘爱珍催了好几遍，这才写了，而且还在信里附了自己新近的照片。信的内容是这样的：

爱玲：

《战难，和亦不易》与《文明的传统》二书手边没有，惟《今生今世》大约于下月底可付印，出版后寄与你。《今生今世》是来日本后所写。收到你的信已旬日,我把《山河岁月》与《赤地之恋》来比并着又看了一遍,所以回信迟了。

兰成

胡兰成回信内容虽然很短,但是却字斟句酌,有意透露了写作《今生今世》的消息,并且暗示里面的内容与张爱玲有关;还有意点出《山河岁月》和《赤地之恋》的可比性,这不但暗示张爱玲他仍然关注她的作品,附照片一张更表明他有意与张爱玲重修旧好。

《今生今世》付印了十个月之后,上卷才得以出版。胡兰成立刻将书寄给了远在美国的张爱玲,同时还写了一封信。但是,张爱玲并没有立刻回信。这其实是在意料之中的,因为以张爱玲那种孤僻高傲的性格,加之那时张爱玲在美国已经有了第二任丈夫赖雅,而她对胡兰成早就心如死灰,自然不会太把他的信当回事。但是,胡兰成的心里却多了一份牵挂,以至于每次到百货公司看到日本妇女穿的和服时,就会想到张爱玲;吃海鲜时,也会想起她。

佘爱珍见胡兰成这样,笑着说道:"你呀!就要爱玲这样对付你。想起你对人家绝情绝义,不知有几何可恶!"

对于张爱玲而言,回信的确难写,所以拖了一段时间,这才回信给胡兰成,而信的内容既决绝又简单:

兰成:

你的信和书都收到了,非常感谢。我不想写信,请你原谅。我因为实在无法找到你的旧著作参考,所以冒失地向你借,如果使你误会,我是真的觉得抱歉。《今生今世》下卷出版的时候,你若是不感到不快,请寄一本给我。我在这里预先道谢,不另写信了。

爱玲
十二月廿七

尽管回了信,但是从中也可以看出张爱玲并不情愿;虽然礼貌,但是明显有着拒人于千里之外的姿态。胡兰成接到信后,大叹无奈。

转眼农历正月十五元宵夜到了,胡兰成当时在松原町,那晚的月亮又亮又圆，胡兰成在楼上倚着窗口看月亮，便即兴作词曰：

晴空万里无云，冰轮皎洁。

人间此时，一似那高山大海无有碑碣。

正多少平平淡淡的悲欢离合。

这里是天地之初，真切事转觉懊恼难说。

重耳奔狄，昭君出塞，当年亦只谦抑。

他们各尽人事，忧喜自知。

如此时人，如此时月。

却为何爱玲你呀，恁使我意气感激。

胡兰成之所以睹月思人，是因为生活中的张爱玲非常喜欢月亮，她的作品中有很多都是拿月亮来作比喻的。

多年以后，胡兰成晚年回忆起与张爱玲在一起的美好时光，引用了李商隐的两句诗：

星沉海底当窗见，

雨过河源隔座看。

这短短的两句诗，蕴藏了张胡两人之间可歌可泣的爱情。其实张爱玲与胡兰成本来就像天边的两只星，相互遥望才是最好的，实在不必朝朝暮暮。

1960 年 9 月，《今生今世》下卷出版之后，胡兰成立刻给张爱玲寄了一本，张爱玲仍然没有回应。在之后的 70 年代里，胡兰成原本打算为张爱玲写传，曾通过台湾文化界人士转告张爱玲，但是张爱玲婉言谢绝了。也许这一举措深深地刺激了胡兰成，所以胡兰成在最后的十几年中，他发愤学习，并与数学家冈洁，诺贝尔物理学奖得主汤村秀树，以及诺贝尔文学奖得主川端康成等人交往密切，并专心研究中国古典文化，取得了一定的成绩。

为此，胡兰成还写过一篇《女人论》，谈了他对女性的感受，可谓情真意切。首先他回顾了人类的历史进程，两性阴阳互补的关系，肯定了女性的优点和成就，特别是女人对男人在感性上的引导，他认为：向来英雄爱美色,他是从女人学得美感,这正是男人所缺少的。

在文中,他还提到自己向女性学习:"我也即是向张爱玲及朱天文、朱天心学习,在日本是向日本妇女学习美感,否则我不能有今天的进步的。"

与此同时,胡兰成还与中国台湾,以及日本政界方面的人也有交往。1969年,台湾出版了《蒋介石密录》一书,并有意想在日本出版。胡兰成适时出现,为此书牵线奔走,最终这本书在《产经新闻》上连载了四年。1972年12月下旬,胡兰成第一次来到台湾。亲蒋的日本前任首相岸信介访问中国台湾,作为特邀人员的胡兰成一同前往。这个岸信介原姓佐藤,曾担任"伪满洲国"产业部的部长,1941年起担任东条英机内阁的商工相、国务相兼军需省次官。日本投降之后,作为甲级战犯被关押,数年后获释,担任外相并组阁,最终因为与美国签订《日美安全条约》被轰下台,之后与胡兰成相识,并深入交往。

1974年,得到蒋介石同意,胡兰成被台湾中国文化学院聘为教授。那时胡兰成对于中国抗战历史以及那段时间自己的所作所为,还是有点心虚的。有一次一个青年对他说,他的祖父曾在上海沦陷区当过律师,还认识他。胡兰成立刻不敢作声了。胡兰成一贯是以错为对的,尤其是在他的书上。但是遇到新生力量,他的"坦然"也就跑得无影无踪了。

1975年5月,台湾远景出版社出版了《山河岁月》一书。但是,余光中的一篇《山河岁月话渔樵》,引发了中国台湾文化界,以及整个台湾地区对胡兰成的强烈声讨。远景出版社自然也受到了牵连,在舆论的压力下,11月台湾"警总"查禁该书。虽然蒋介石与胡兰成的关系不清不楚,但是仍然不敢出面为其说话。这时的胡兰成,就像一条"丧家之犬",无法在台湾待下去了,于是辞去教职,离开台湾,返回日本。

这期间,张爱玲在台湾《中国时报》上发表了一篇小说,名为《色·戒》,故事讲的是一个女间谍爱上她所要暗杀的汉奸。文中写道:"他的侧影迎着台灯,目光下视,睫毛像米色的蛾翅,歇落在瘦瘦的面颊上,在她看来这是一种温柔怜惜的神气。"也许就是在这一瞬间,爱情击破了理智,她救了他的命,可是却葬送了自己的性命。

也许从这篇小说里,我们找到了张爱玲对于胡兰成至死不渝的爱情。想必她直到临终时对他都还又恨又爱。正是因为这样一个"无毒不丈夫"的男子,让张爱玲终生如痴如醉。

而胡兰成这一生也不曾忘记过张爱玲,他们曾经戏言彼此是"照花前后镜,花面交相映",只是现在物是人非……

1979年5月,胡兰成所写的《禅是一枝花》由三三书坊出版。10月,《中国礼乐》出版。紧接着又动笔写《中国文学史话》,每天大概写一千多字,三个月写成一部十一万字的书,随后赶紧寄到台湾。1980年9月,台湾三三书坊出版了此书。

1981年7月25日,胡兰成去外面参加了一个活动,回家后很疲劳,当时正值酷暑天气,气候又干又燥,因此他就洗了个冷水澡,接着挑灯写作,不料却体力不支,突然去世了。

日本各报社随即发了图片予以报道,7月28日,美国合众社发了一条东京电讯,写道:

此间今日获悉,前中国文化大学教授胡兰成,于7月25日在日本病逝,享年七十五岁。据日本共同社称,胡兰成因心脏衰竭,于25日在东京都青梅市寓所病逝。从他辞去台湾教职后,1976年回到日本。胡兰成曾在汪精卫政权中任职,中共占领中国大陆后,他于1950年来日本寻求政治庇护。

8月30日,在福生市的清岩院举行了胡兰成的葬礼,福田纠夫、宫崎辉、宫田武义、保田与重郎、松尾三郎、幡挂正浩、桑原翠邦、赤城宗德等八人作为友人代表出席。大沼秀伍主持。胡家将胡兰成手书的"江山如梦"四字印在四开的美浓纸上,赠予前来吊丧的人。上面有一段佘爱珍的说明,写的是:"内附的'江山如梦'是亡夫多年来萦绕于怀的感慨,在晚春的一个夜晚忽然吟出的。所谓江山,是指故国的山河、扬子江和泰山。不,就我看来,是指故国本身。所谓梦,就是空、是色、是善、是美、是真、是遥、是永久的理想。敬请收下，以追忆胡人。”

胡兰成随即被安葬于清岩院，墓碑正面刻着"幽兰"两字，侧面是"胡兰成居士"五字，背面是碑文，记载了胡兰成的生平。

这一年，《今日何日兮》由三三书坊出版。

胡兰成在日本的时候，自始至终都没加入日本籍，始终都是以中国人的身份示人！他在日本期间，每年都需要为居留办理相关手续，很麻烦，于是就有人劝他加入日本籍，而且根据其自身情况，获准应无问题。可是他却不肯，所以一直到死都还是中国公民的身份！作为文人的胡兰成，对于祖国的感情，可见一斑；但作为汉奸的胡兰成，却自始至终，都没有悔悟，委实令人憎恶！

斯人已去，是耶？非耶？都且留与后人评定！

参考书目

1.《天才奇女张爱玲》,于青著,花山文艺出版社,1992年

2.《乱世才女张爱玲》,阿川著,陕西人民出版社,1993年

3.《张爱玲传》,余彬著,海南出版社,1993年

4.《张爱玲传》,胡辛著,作家出版社,1996年

5.《张爱玲传奇》,费勇著,广东人民出版社,1996年

6.《浮世的悲哀——张爱玲传》,宋明炜著,上海文艺出版社,1998年

7.《张爱玲传》,刘川鄂著,北京十月文艺出版社,2000年

8.《临水照花人——张爱玲传奇》,(台)魏可风著,中国友谊出版公司,2001年

9.《沉香屑里的旧事——张爱玲传》,任茹文、王艳著,团结出版社,2002年

10.《她从海上来——张爱玲情爱传奇》,曲灵均著,华龄出版社,2003年

11.《她从海上来——张爱玲传奇》,(台)王蕙玲著,作家出版社,2004年

12.《传奇未完》,蔡登山著,云南人民出版社,2004年

13.《回眸绝美的瞬间——张爱玲评传》,周冰心著,华文出版社,2005年

14.《张爱玲传》，张均著，文化艺术出版社，2006 年

15.《张爱玲与胡兰成》，王一心著，北方文艺出版社，2001 年

16.《今生今世——我的情感历程》，胡兰成著，中国社会科学出版社，2003 年

17.《山河岁月》，胡兰成著，广西人民出版社，2006 年

18.《胡兰成的今生今世》，杨海成编，团结出版社，2005 年

后 记

在张爱玲与胡兰成的情感漩涡中"迷失"了几个月之后，这本书才得以最终成稿。虽说搜集资料、汇编整合及提炼加工的过程最为繁重，但能让这段具有传奇色彩的爱恋故事不致埋没于历史的长河中，亦是十分值得的。

因为要从当事人的生活中挖掘其情感纠葛的蛛丝马迹，所以就不可避免的需要参阅张爱玲与胡兰成生前的著作，以及前人所著的大量的传记性质的作品，从中选取与本书主题相关的史实与事件，对所有资料进行整理融合，以求使自己的作品更加翔实全面，使读者对这段亘古未有的恋情有一个更加立体的认知与感受。在编著的过程中，我综合借鉴了许多前人的著述以及网络上的资料，从这一点来说，本书有着浓厚的"编"的特质；而另一方面，作为一本汇编书籍，其中也渗透着非常辛勤的个人劳动。在参考前人著作的同时，也吸收了一些与当事人关系密切的亲人朋友所叙说的事件内容。此外，我也加入了自己对张爱玲与胡兰成这对悲情恋人的看法。毫无疑问，史实性、资料性的东西绝对值得借鉴，这是必需的；而感性的评论性文字要有自己独特的风格，从这一点来看，本书也不乏"著"的特征。因而对于本书最恰当的定位，应该是编著。在此，我向我所参阅与借鉴的图书的作者们表示由衷的感谢，并对出版这些著作的出版机构表示由衷的感谢！

在搜集资料的过程中，我也受到了身边热心的师友以及出版社朋友的大力支持与帮助，在此一并表示感谢！